繡裡乾坤

5 完

風文創 1209

夏言 著

風文創 1209

目錄

第四十一章

揚風第一次見到他們家侯爺這般憤怒的模樣，他在一旁提醒。「侯爺，萬一是假的呢？他們可能只是嘴上說說，根本沒帶走夫人。」

即便知道有這種可能，顧敬臣的心情依舊不能平復，畢竟梁國不會蠢到胡亂散播謠言，他們很可能真的把意晚抓走了，若他們敢傷害她，他有生之年定要鏟平梁國！

揚風說道：「屬下這就派人回城去看看夫人在不在城中。」

半個時辰後，城中的消息尚未傳回，已有小兵回報，梁軍帶出來的俘虜中有一名女子，那女子的身影和服飾與侯夫人有幾分相似。

揚風得知後心一沈，不敢看自家侯爺的臉色，安慰的話再也說不出口。

旁人多少也聽過侯爺和夫人的故事，知曉侯爺對夫人的情感，紛紛擔憂地看向顧敬臣。

顧敬臣只微微瞥了一眼那個身影，整個人便放鬆了。

不是她！

梁國三皇子烏浩都開始在對面叫囂。「顧敬臣，本皇子在梁國聽過不少關於你和尊夫人的情感故事，想必你愛慘了這位夫人，如今你夫人就在我們手中，你說該怎麼辦呢？」

顧敬臣淡淡道：「你想怎麼辦？」

烏浩都笑道：「這好辦！只要你把延城讓出來，我立馬把你夫人送回去。如何？」

顧敬臣頓了頓。「我考慮考慮。」

揚風微微有些詫異，侯爺說話的口氣怎麼怪怪的，難不成是因為太過憤怒了？

他側頭看向自家侯爺，瞧不出侯爺和剛剛有什麼不同，但又覺得哪裡不太一樣。

烏浩都道：「好，我給你一個時辰的時間思考，晚一刻鐘，我就砍掉她一根手指頭。」

說著，烏浩都把人帶回了營帳裡。

顧敬臣也回到了營帳。

揚風問道：「侯爺，他們抓走了夫人，咱們現在該怎麼辦？」

營帳中將領們臉色也都變得凝重，顧敬臣沒說話，這時，被派去城中查探情況的小兵回來了，身後還帶著一名侯府護衛。

小兵立即喊道：「大人，老夫人和夫人都沒事，人安然無恙地在侯府！」

眾人眼睛一亮，揚風說道：「總算回來了，你們兩個上前回話。」

「是！」

小兵和護衛上前，顧敬臣看向他們，平靜地問道：「說一說侯府現在狀況如何。」

那小兵恭敬地回道：「是，小的收到命令後不敢怠慢，快馬加鞭前往延城侯府探查夫人的情況，夫人確實好好地待在侯府，一點事都沒有，只不過老夫人出門不慎，險些真的被梁國人擄走，幸好最後還是平安回到侯府，具體情況要請這位兄弟詳細說明。」

接下來，侯府的護衛便把今日發生的事情一五一十說了，從一早聶扶搖邀約秦氏去馬場騎馬，到突然改變路線往山上走，聶扶搖把多數護衛都留在山腳處，不料中途遇到埋伏，護衛緊急下山求援，一行人上山救人，只發現受傷昏倒的老夫人，而聶扶搖已被帶走了，整件事交代得鉅細靡遺。

小兵又說了一些城裡的情況，不知是誰放出了流言，讓城中百姓以為老夫人及夫人被梁軍抓走，延城馬上會被攻破，現在城中百姓們匆忙準備逃難，形勢混亂。

余將軍聽後直接罵道：「那姓聶的貪酒斂財誤了大事，沒想到他女兒也這麼蠢，備戰時刻帶老夫人去什麼山上，還敢不帶護衛？真是有什麼樣的老子就有什麼樣的種！」

其餘人也跟著紛紛罵起聶氏父女，揚風只感慨說了一句。「幸好夫人沒事。」

此刻他只覺得慶幸，他知道侯爺有多麼重視夫人，若是夫人真的遭擄，侯爺不知會做出什麼事，怕是這天下都要亂了。

余將軍道：「是啊，還好夫人沒出門，可惜老夫人還是受了傷，那個聶姑娘可真是個害人精！」

這時有人道：「既然梁軍抓走的那女子不是夫人，那咱們就不用受他們威脅了。」

余將軍立刻附議。「對！反正也是那聶姑娘自找的，算她自作自受，否則連累了老夫人不說，還要連累軍中的兄弟。」

大家七嘴八舌說了起來，紛紛贊同余將軍的說辭，一會兒後，顧敬臣沈聲道：「人還是要救的。」

營帳中的人不知顧敬臣和聶扶搖的關係，一時都沒開口，余將軍嘟囔了一句。「真他娘的憋屈！」

他接手了聶將軍的爛攤子，延城在聶將軍的主持下軍心渙散，沒有人比他更清楚聶將軍有多麼不稱職，這份怒意也轉移到了他的女兒身上。

但他也深深地明白顧敬臣的性子，只要聶扶搖是青龍國人，他就不可能不救她。

眾人開始商議如何救，不過，因為對方不是喬意晚，所以氣氛不似剛剛那般沈悶。

倒不是因為大家討厭聶扶搖，而是因為喬意晚的身分，主將夫人代表的意義不同，處理不好會令己方士氣大傷，同時還會令對方士氣大漲。

與此同時，李總管去了孫知府那邊告知實情，侯夫人和老夫人都在城中，相信孫知府知曉這事後把消息傳出去，就能穩定城中混亂的局面。然而，一個時辰過去了，城中情況卻越來越混亂，城門口擠滿了想出城的人，甚至出現了人群踩踏的危險情況。

喬意晚讓人去打探了一番，結果發現原因出在百姓們不相信孫知府的話。

她琢磨了一下，換上一身正式的衣裳準備出府，黃嬤嬤極力阻攔。「夫人，外面正亂著，還有梁國刺客隨時想對您不利，您這時候可不能出去啊！」

喬意晚道：「嬤嬤說錯了，梁國潛入的細作不會再盯著侯府了。」

黃嬤嬤不解道：「為何？」

喬意晚說：「因為他們以為我被抓走了。」

黃嬤嬤怔了怔，瞬間明白了。「可外面是真的亂，到處都是人，夫人出去也可能會有什麼意外。」

喬意晚看著鏡中一身盛裝的自己，冷靜地道：「沒事，我會小心一些的。」

喬意晚還是出府了，她坐著侯府的馬車小心翼翼地到了城門口，隨侍的護衛則早一步抵達，並混入人群中準備保護侯夫人。此刻孫知府正站在城樓上大聲說著話，告訴百姓侯夫人和老夫人都活著，延城不會失守。

李總管也在城樓上觀察情形，他正看著下面的人，試著搜尋裡面有沒有刻意煽動之人，這時，他看到了侯府的馬車，侯府如今只有兩位女主人，老夫人受了傷，馬車裡的人只可能是夫人，他頓時心中一緊，連忙下了城樓。

「夫人，您怎麼過來了？這裡很亂，您快回去。」

喬意晚掀開簾子下了馬車。

「您和孫知府已經解釋了一個時辰，百姓真的信了嗎？」

李總管道：「城門已經關閉，不管百姓信不信，城裡最多有些混亂，不會出事的。」

喬意晚沒說話，逕自朝著城樓上的孫知府走去。

孫知府並未見過喬意晚，但看著朝向自己走過來的年輕婦人，他一下子就猜到了對方的身分。

「您可是定北侯夫人？」

喬意晚看向孫知府，在她前世的記憶中，是孫知府開了城門放梁軍進來，今生他依舊親自來到城樓，這次他不是放敵人進來，而是在維護城內百姓的安危。

一念成魔，一念成佛。惡人也不是天生就壞，好人也未必一直都善良。

喬意晚微微福了福身。「孫大人。」

孫知府連忙往旁邊側了側。「夫人折煞下官了。」

喬意晚一出現，擠在下面準備出城的人神奇地安靜下來，全都看向她。

或許是大家沒見過長得這麼好看的人，又或許喬意晚身上有一種神奇的魅力，能安撫人心，總之大家的目光都隨她而動。

喬意晚看著城下的百姓，輕輕開口。「我是定北侯夫人，我娘家姓喬，父親是永昌侯，他雖是文官，年輕時也曾來過邊關打仗，守護一方百姓。我夫家姓顧，公爹是老侯爺，當年從梁國手中奪回了這一座城池，如今我的丈夫正在前線抵抗梁軍，我相信這一次他定也能擊退梁軍。大家雖不能上陣殺敵，但卻能守好自己的家，保護好自己，因為你們就是他想守護的人，請大家相信他好嗎？」

一開始人群安安靜靜的，這時，有人大聲道：「我相信定北侯！」

隨後有人附議。「我也相信侯爺！」

越來越多的人說：「相信侯爺，相信定北侯！」

喬意晚笑了。「嗯，那請大家回家，守好門戶，一起迎接定北侯得勝回來。」

人群齊刷刷地說道：「好！」

見百姓們馬上要散開了，一個聲音大吼。「這個女人不是定北侯夫人，她是知府找來騙我們的！」

聞言，不少人停下了腳步。

那人立刻指著喬意晚道：「那人是假的，大家千萬別信她，孫知府早就通敵了，他關城門的目的是想讓梁軍將我們一網打盡。」

孫知府氣極，漲紅了一張臉。「你胡扯什麼？我何時通敵了？你莫要在侯夫人和百姓面前誣陷我！」

喬意晚瞥了一眼那個煽動群眾的人，而後看向了李總管。

二人想到一處去了，李總管向埋伏在人群中的護衛點了點頭，說話之人立即就被拿下了，百姓都被嚇壞了。

喬意晚這時開口了。「若孫知府真的通敵，他應該做的是開城門放敵軍進來，而不是關上城門不讓大家出去，對於敵軍來說，一座空城更易於占領不是嗎？而對於百姓而言，外面正在打仗，緊閉城門才是最安全的，我不得不懷疑你的身分，你是否是梁軍派來的？」

百姓們紛紛點頭。

那人掙扎道：「既然你們這麼有理，幹麼要抓我？我不過是提出質疑罷了，你們是另有所圖，被我說中了才會這般惱羞成怒！」

喬意晚瞥到他懷中露出信封的一角，立即道：「搜他的身！」

很快的，一封信被搜了出來，通敵實錘了，百姓們立馬沸騰起來了，恨不得對其踩上兩腳，若不是孫知府及時制止，說留他還有用，怕是要被百姓們一人一腳踢死了。

有了這個小插曲，眾人對喬意晚的話更加深信不疑，漸漸散開了。

等百姓們走了，孫知府看向離自己只有兩步遠的婦人，眼中滿是佩服。他吼了一個時辰，好說歹說的，下面的百姓就是不聽，可侯夫人一說話，百姓們立刻就信了。

孫知府朝著喬意晚深深鞠了一躬。「多謝夫人。」

喬意晚道：「謝我做什麼？我夫君是定北侯，我是青龍國人，此事也是我該做的。」

聞言，孫知府怔了一下，隨即笑了。

「是下官說錯話了。」

喬意晚說：「其實百姓們應該謝謝您，若不是您，延城不會這般安穩。」

孫知府笑著說道：「您過譽了，下官不過是聽從侯爺的安排。」

喬意晚笑道：「婆母如今還在病中，我先回去了，延城就交給您了。」

孫知府鄭重應下。「您放心，我定能守好這座城。」

喬意晚對他點點頭，這一世孫知府是顧敬臣的人，她相信他。

喬意晚回了府中，吩咐眾人不要再出門，同時清點府內的人數，做好準備，評估若是前線失守，府中還有多少人可以加入防衛。

剛做完這些事，就見正院的一個小丫鬟匆匆跑了過來。

「夫人，老夫人醒了！」

喬意晚頓時鬆了一口氣，連忙隨她去了正院。

到了正院，看著躺在床上虛弱的婆婆，喬意晚吸了吸鼻子，道：「母親，您終於醒了，可有哪裡不舒服？」

秦氏看到兒媳，安心了不少，她抬手想要拍拍喬意晚的手安撫她，結果發現胳膊受傷了抬不起來。

喬意晚連忙握住她的手。「母親，您想做什麼，直接跟我說便是。」

秦氏停下了動作。「我只是在想，人老了真是不中用了，成了有心人的目標還逃不掉，差點連累了妳和敬臣。」

喬意晚搖頭說道：「母親，您這是哪裡的話？這件事跟您沒有任何關係，您也是受害者。」

秦氏難過道：「我還是太大意了，不然事情不會這樣的。」

喬意晚寬慰道：「要怪只能怪梁國賊心不死，一直覬覦我們青龍國的國土。」

秦氏道：「那梁賊確實可恨！」

喬意晚安撫她。「您好好養傷，侯爺定能把梁軍擊退的。」

秦氏點頭道：「嗯，我相信敬臣。」

說罷，秦氏想到了另外一件事。「對了，聶姑娘可有安全回來？」

喬意晚沒注意到秦氏對聶扶搖改了稱呼，她怕婆母太過難過，猶豫了一下，不知該怎麼回答。

秦氏說：「妳直說便是。」

喬意晚道：「她被黑衣人抓走了。」

秦氏沈默了片刻，說了一句。「今日的事情或許是她安排好的。」

喬意晚怔了一下。聶扶搖安排好的？雖然剛剛她就覺得此事過於蹊蹺，只是沒有往這方面想。

秦氏道：「我不知她究竟想做什麼，但我覺得她一路上都知道會有人來抓我們。」

檀香心疼地看著老夫人。「她爹在邊關時就消極抵抗梁軍，說不定他們聶家早就跟梁軍串通了。」

喬意晚皺了皺眉，並不贊同這種說法，說聶扶搖通敵賣國她是絕對不相信的，可若不是這個原因還會是因為什麼呢？她大張旗鼓地出門是要達到什麼目的呢，難道是故意讓人來抓她？

細想了一番，喬意晚說道：「或許她是想以自己做誘餌，找出藏在城內的梁國細作？」

秦氏讚賞地看向喬意晚，她這個兒媳真的是冷靜又理智，聰慧又公正，並沒有因為扶搖喜歡敬臣就把人往壞處想。

喬意晚正思考著聶扶搖被抓一事，沒料到秦氏突然說起了其他，她怔了一下，看向秦氏。

「妳很像妳的母親。」

秦氏道：「我雖然和妳母親接觸不多，但也多少了解她的性子，妳很像她。」

喬意晚道：「您過獎了，我不及母親良多。」

秦氏接著說剛剛的事。「妳的推論確實比較合理。」

聶扶搖是她從小看著長大的，脾氣秉性她了解。她是有些小聰明，但若說她通敵，倒還不至於。

喬意晚心裡燃起一絲希望。「若真是如此，想必聶姑娘還有後手，說不定她沒被抓走。」這樣她就不會耽誤敬臣了。

說完，她起身道：「我這就讓人去查探。」

秦氏點頭道：「好。」

喬意晚去尋李總管了，李總管很快找到了等在山下被安排要接應聶扶搖的人，從那些人口中得知了聶扶搖原先的計劃。

事情的確被喬意晚猜中了，聶扶搖故意透露她和老夫人要去騎馬的消息讓梁國的細作知道，想引出梁國的細作，屆時在自己的人馬接應之下將其一網打盡，但沒想到黑衣人出現得太突然，並未按照她的設想去走。

秦氏得知此事，說了一句話。「各人有各人的命數，咱們也算是仁至義盡了。」

喬意晚沈默不語。

顧敬臣再次上了戰場，青龍國這邊的人臉色陰沈，對面卻是士氣大漲，耀武揚威。

烏浩都帶著人質聶扶搖出來，得意地問道：「定北侯想好要怎麼做了嗎？」

顧敬臣道：「想好了。」

說著，他的目光從三皇子臉上挪到了一旁的聶扶搖身上。

「妳放心地走吧，將士們會記住妳的事跡，每逢清明節我也會讓人去祭拜妳。」

聶扶搖不可置信地看向顧敬臣，滿臉震驚。

烏浩都臉上的笑容消失，他看向顧敬臣問道：「你說什麼？你寧可犧牲她？你看清楚了，她可是你的夫人！」

顧敬臣點點頭，雲淡風清地道：「看清楚了。」

烏浩都怒道：「你未免對自己的髮妻太過涼薄，就不怕被天下人恥笑嗎？」

見顧敬臣沒說話，烏浩都索性用力扯過聶扶搖，拿起一把劍抵在她的脖子上，脖頸處瞬間滲出血絲。

「定北侯，我是說真的，我再問你一遍，你確定要這樣做？」

此刻顧敬臣也抬起了手中的箭，目標瞄準了聶扶搖。「不煩勞三皇子，我親自送她上路。」

說著，箭射了過來。

烏浩都頓時慌了，連忙把聶扶搖往前面推，人也下意識朝右邊躲。

然後，箭支射入了肉裡，卻是正中三皇子烏浩都的胸口。

烏浩都左邊有副將站著，顧敬臣瞄準的正是三皇子的右邊，三皇子如他所料躲向了右側，所以現在人倒下了。

兩軍都沒想到事情會這般逆轉，鴉雀無聲，梁軍的副將第一個反應過來，立馬上前要再抓住聶扶搖，顧敬臣下一支箭又射了過來。

第一箭顧敬臣能中，那是因為出其不意，對方沒料到他會有此舉，躲閃不及，慌忙擇路，這一次就沒那麼好的運氣了，這次副將提前有所準備，躲開了。

顧敬臣看著呆愣愣的聶扶搖，大吼一聲。「蠢貨，還不把劍撿起來！」

聽到這一聲吼，聶扶搖終於回過神來，撿起烏浩都手中的劍，跟副將打了起來。好在她有些功夫，勉強可以跟人過上兩招。

顧敬臣大聲喊道：「梁軍主將已死，這是我們決勝的好時機，眾將士隨我一同抵禦外敵！」

「殺！」

「殺！」

「殺！」

相較於青龍國士氣高漲，沒了主將的梁軍軍心渙散，士氣一旦消失，若是想贏那就難了。

天黑之時，前線終於傳來了一些消息，梁國的三皇子被顧敬臣一箭射殺，聶扶搖也救回來了。

秦氏得知此事，心中的大石終於放下，說道：「等她回來趕緊送她回京。」以免再多生枝節。

從前在京城時，聶扶搖時常來府中陪她，二人脾性相投，興趣一致，她的確很喜歡這個小姑娘。可如今卻是不同了，她在大事上如此不分輕重，實在讓人失望。

梁國主將被殺一事很快傳遍了延城，傳遍了青龍國，也傳遍了梁國，皇子被殺，引起了梁國的憤怒。

然而，梁國的憤怒只是憤怒，暫時是無形的，顧敬臣的憤怒卻是實質化的。

縱然喬意晚並未真的被抓，可梁國打算對喬意晚下手一事還是令他憤怒不已，於是事後他給昭元帝寫了一封信。

這一次梁軍沒有成功，難保沒有下一次，若他像前世一般沒來得及救她，怕是這一生都會不安，他再也不想過沒有她的日子了。

青龍國的將士們勢如破竹，一個月內，顧敬臣一舉擊潰了梁軍，越過兩國二十年前劃定的邊界線，打到了梁國邊境之城平城。

待梁國國君驚覺大事不妙，想要調兵前來抵抗之時，卻發現自家的西面也被青龍國挑起了戰事，一時之間顧不過來。

顧敬臣陳兵在梁國的邊境之城平城城外，日日派人去攻城，半個月後，梁國國君終於遞出降書。

青龍國和梁國重新劃定邊界，兩國中間數百里的廣袤之地劃分給青龍國。平城作為兩國的邊界，以後就是貿易中心，兩國都能來此進行交易。

顧敬臣的威名在梁國成了惡煞的代表，但在青龍國，他聲名大噪，成了英雄。

梁國這些年來時不時就侵擾青龍國的邊境，而因他們兵力足，青龍國時常送些東西企求和平，梁國因此更加放肆，每每囤兵青龍國邊境索要好處。如今這種局勢改變了，青龍國終於壓了梁國一頭！自此，顧敬臣的威名在梁國成了惡煞的代表，而在青龍國，他名聲大噪，成了英雄。

因定北侯的皇子身分已不再是秘密，因此一時之間百姓們都支持他上位，但對於定北侯在民間的呼聲越來越高，朝中大臣們的心情都很複雜。

人人都希望有一個強大的國君，可若這位國君尚武，而自己又是文官的話，狀況就不同了，尚武的國君勢必會重用武將，削弱文官的勢力，因此文官們對定北侯是又愛又恨。

顏嬪得知局勢的轉變，連忙讓自己的兒子去籠絡那些對顧敬臣不滿的朝臣，並且囑咐兒子禮賢下士，對這些文臣客氣些。

畢竟皇上就這麼幾位兒子，除了顧敬臣，剩下的幾位皇子都擺在了眼前，資質最高的就是她的四皇子，他們要把握住這個機會才行！

二皇子和三皇子參與朝政多年，有多少本事大家都知曉，他們資質平庸，像他們的母妃，沒有繼承一絲皇上的睿智。

其他三位皇子中，五皇子過於迂腐，不像個皇子；六皇子又太幼小，聽說也不太聰慧；也就四皇子還可以，如今四皇子漸漸活躍在人前，瞧著倒是比二皇子和三皇子強上一些，文臣們和四皇子走得近的越來越多。

冉妃得知此事，再次慶幸自己冒著被皇上發現的風險揭露了顧敬臣的身世，也因此改變了朝廷局勢，有顧敬臣在，一定可以改變四皇子獨大的局勢。

自己的娘家沒什麼根基，兒子又小，這皇位怎麼都輪不到他們頭上，若是皇位落到四皇子身上，等待他們母子倆的就是死，因此她當然支持顧敬臣。

文官中的確有一部分人不喜顧敬臣，可也有支持他的，不說別人，在文臣之中頗有威望的永昌侯府，以及門生遍布青龍國的太傅府定是支持的，更別提武將們了。即便顧敬臣如今不在京城，他的呼聲也是最高的，四皇子無法跟他比。

她只求顧敬臣能早些回京，千萬不要一直留在漠北。

顧敬臣可沒心思管朝中大臣如何想，他已經兩個月沒見著喬意晚了，心急如焚。

聶扶搖被救回之後跟著顧敬臣待在邊境打了兩個月的仗，心裡越發佩服他，如今瞧著事情塵埃落定，上前來恭賀。

「敬臣哥，你真厲害，以後你若想更進一步，再也沒人可以阻擋你了。」

世人都說定北侯衝冠一怒為紅顏，喬意晚沒有被梁國的人抓走，那麼這「紅顏」自然指的就是自己，可見自己在他心中是不一樣的。

聞言，顧敬臣瞇了瞇眼，這兩個月他忙著打仗，險些忘了她還在軍營裡。

他涼涼地瞥了揚風一眼，揚風嚇得縮了縮脖子，道：「侯爺，屬下並不知此事。」

這兩個月來不僅侯爺在打仗，他也一直在前線，兩隻眼睛一直盯著他們家侯爺，哪裡有心思去管旁人？他早把這個不重要的人忘了。

余將軍可沒忘。他因中了毒，身子撐不住，被迫退出前線戰事，這兩個月一直守在城中，如今戰事結束，侯爺終於允許他過來了。

他沒能跟隨侯爺打這一仗，心裡正憋屈著，看到聶扶搖，心情就更差了，忍不住說：「聶姑娘怎麼還賴在這裡不走？別以為妳說兩句好話，別人就忘了妳之前幹了什麼蠢事，險些拖累大軍！」

聶扶搖臉上的笑僵住了。「余將軍，您這麼說就過分了，我知道我險些誤了侯爺的大事，可我也不想被梁軍抓走，這是一個意外，我是無辜的受害者。」

余將軍真的要氣死了。「妳是不是無辜的妳自己心裡清楚！別以為別人不知道妳的謀劃，要不是妳想立功，還非得帶著老夫人，哪裡會有這麼多事？」

聶扶搖頓時心虛了，但轉念想到自己做此事的初衷，她又鎮定下來。「我這都是為了幫侯爺分憂。」

余將軍毫不客氣地道：「我呸！妳被抓了還要冒充夫人，弄得軍心不穩，還想分什麼憂？」

聶扶搖狡辯道：「當時的情況我若不說我是夫人，梁軍可能會殺了我。」

余將軍冷哼一聲。「說到底妳就是為了自保，也不知聶大人是如何教育妳的，竟然養出妳這樣的性子。」

「我從小便熟讀兵書，這次的計劃也沒什麼問題，若非侯夫人干涉，硬要一堆護衛跟著我們，礙手礙腳的，我的人早就找到我們了，我也不至於會被梁軍抓走。」聶扶搖覺得自己的計謀沒問題，只不過運氣不好，進行不順利罷了。邊說著，她看向顧敬臣。

余將軍一臉不可思議。「妳竟然還敢把責任推到夫人的頭上？妳可莫要誣陷夫人，這事跟夫人沒關係，夫人做事最是穩妥，要怪就怪妳自己自作聰明把老夫人拉出去當誘餌，還不讓護衛跟著，才會令自己陷於險境！」

這兩個月來他在城中親眼見證了侯夫人的端莊大氣、溫婉善良，那才是真正的侯門貴女。

在聶扶搖把事情推到喬意晚身上的那一刻，顧敬臣的臉色就冷了下來，他已無耐心聽下去。

「來人，即刻送聶姑娘回京城。」

聶扶搖怔住了，余將軍反而笑了。

聶扶搖抱怨道：「敬臣哥，你為何急著趕我回去？我又沒做錯什麼，我還跟著你打了兩個月的仗……」

顧敬臣沒有心軟，斬釘截鐵道：「別說了，妳自己知道自己惹了什麼禍，我派人送妳回京，以後妳別來定北侯府了，延城的不要來，京城的更不要去。」

聶扶搖道：「我如果有事想找你怎麼辦……」

顧敬臣神色冷硬。「有事也不要來，無事更不要來。」

聶扶搖看著顧敬臣的眼神，忽然就想到了兩軍對峙之時他看向自己的眼神，也是這般涼薄，她心頭頓時一緊，臉色白了幾分。

顧敬臣抬了抬手，讓小兵把聶扶搖帶走，聶扶搖這次沒有掙扎，只能乖乖地出了營帳。

余將軍看著聶扶搖狼狽離開的模樣，笑著說道：「侯爺英明。」

顧敬臣瞥了他一眼，沒說什麼。

此時揚風看向余將軍，問道：「余將軍，您剛剛從延城過來，有沒有侯夫人的消息，快跟我們侯爺說說。」

余將軍道：「夫人挺好的，時常來給我們守城的將士送些吃食，大家都說夫人好。」

揚風見自家侯爺臉色和緩了些，又道：「夫人還做了什麼事？你快把知道的都告訴侯爺吧。」

余將軍看著侯爺臉上的笑，懂得侯爺是離家太久，想念夫人了，連忙細說守城時喬意晚幾次親送食物、送水慰勞將士的過程，顧敬臣一直認真聽著。

不多時，孫知府過來了，顧敬臣交代了他建城牆一事，又囑咐了余將軍一些事，確定兩人可以接手他的軍務後，他整裝匆匆回返延城。

第四十二章

顧敬臣一進延城，不知是何人認出了他，驚呼一聲。「定北侯回來了！」這句話一傳十、十傳百，百姓們蜂擁而上，爭相想看顧敬臣。

「侯爺回來了！」

「侯爺回來了！」

城內的百姓自覺地站在路兩邊歡迎定北侯回城，擔心馬兒受驚發狂傷到百姓，顧敬臣駕著馬不自覺走慢了些。

終於，半個時辰後，在眾人的歡呼迎接下，顧敬臣回到了定北侯府。

他歸心似箭，這場戰事雖然只打了兩個月，可是，從他離開侯府到現在可不只兩個月了，應該有三個月了，三個月不見，也不知夫人是胖是瘦，還記不記得他？

顧敬臣忍住內心對喬意晚如潮的思念，先去了正院，母親之前受了傷，也不知好了沒有。

如今已經是五月，天漸漸熱了起來，秦氏正在院子裡練劍。

顧敬臣仔細看了看，母親的動作如行雲流水，可見這些日子沒少活動，想來身子應該無礙了。他喊道：「母親。」

秦氏收了劍，看向許久不見的兒子。「回來了！」
顧敬臣道：「嗯。」
秦氏道：「回來就好。」
顧敬臣問道：「母親這幾個月過得可還好？身上的傷可好多了？」
秦氏笑道：「挺好的，別擔心，我傷勢不重，躺半個月就能下床了，意晚時常囑咐廚房為我做一些藥膳補一補，如今身子好多了，後來我又請師傅教我練劍，把從前的功夫都撿了起來。」
顧敬臣仔細看了看母親的臉色。「母親氣色倒是比從前好多了。」
「嗯，大家都這麼說。」秦氏笑著說，說罷，她看著兒子，又感慨了一句。「你父親當初沒能辦到的事倒是被你完成了。」
顧敬臣知道母親指的是徹底擊退梁軍，他笑了笑。「這只是一時的，若是兵力跟不上去，等梁軍恢復元氣後，他們早晚還會打回來。」
秦氏補充道：「至少十年內他們是有心無力。」
顧敬臣笑道：「嗯，母親說得對。」
秦氏接著道：「對了，聶姑娘你如何安排的？」
顧敬臣回道：「今日兒子讓人把她送回了京城。」
秦氏點點頭。「這樣做就對了，聶大人雖然和你父親關係好，這些年咱們對聶家也算是仁至義盡，今後頂多逢年過節送送禮，平日裡就不要再來往了，他們府上的事你也莫要再插手。」聶扶搖自作主張的事還是觸怒了秦氏。

顧敬臣道：「好。」

秦氏道：「行了，去看看你媳婦兒吧，幾個月不見，你怕是想她了吧？」

顧敬臣臉上難得流露出一絲羞赧，秦氏催促道：「快去吧。」

顧敬臣頓了頓，道：「兒子告辭，晚上再來陪母親用飯。」

秦氏笑道：「去吧。」

顧敬臣匆匆離去。

看著兒子遠去的背影，秦氏跟檀香說道：「如今戰事已平，他們二人不必再聚少離多，我想來是要抱孫子了。」

檀香笑著說道：「可不是嘛。」

顧敬臣一進入院子就問喬意晚的去向，得知她正在看書，他抬了抬手，沒讓人通報，徑直走向了正房。

待走到門口，他透過一側的窗子看到了正靠在迎枕上看書的喬意晚。

喬意晚正半躺在窗邊的榻上看書，忽然眼前投下一方陰影。她抬眸看向了窗外，只見眼前站著她朝思暮想之人，她的眼神從平靜到錯愕，逐漸變成了彎彎的月牙。

顧敬臣低頭親了親她的唇，喬意晚被他唇邊的鬍子扎得有些癢，又有些疼，但她忍住了，抬起胳膊圈住了他的脖子。

顧敬臣親著親著逐漸不滿足了，一個眨眼的工夫，他從窗外翻到了榻上。

她還沒來得及說什麼，顧敬臣就把她打橫抱起，朝著裡間走去。

喬意晚道：「要不你先去洗洗？」

顧敬臣動作頓了頓。「妳嫌棄我？」

喬意晚本想否認，可仔細一想，若是不說的話，此事難受的還是她自己，故而，她索性鼓足勇氣又補了一句。「順便刮刮鬍子。」

顧敬臣瞇了瞇眼，臉色變了。

喬意晚推了推他。「快去！」

顧敬臣起身離開了，但是，下一瞬他直接把喬意晚抱了起來，朝著淨房走去。「不如夫人陪我一起。」

「我……」

後面的話被顧敬臣吞入腹中。

顧敬臣還是很聽喬意晚的話的，又是沐浴又是刮鬍子，不過，身子是和喬意晚一起洗的，鬍子也是他拿著喬意晚的手給自己刮的。

雖然聽話，但該占的便宜還是都占了。

事後，喬意晚趴在顧敬臣的懷中睡了過去。她身上總是有一種淡淡的香氣，這種氣味熟悉而又令人安心，幾個月以來他的心一直提著，鼻間永遠充斥著血腥味，但此刻他緊繃的心已漸漸平復，終於也閉上眼睛，沈沈地睡去。

二人一睡就是半日，直到天色昏暗時方清醒。

喬意晚梳洗了一番，瞧著鏡中的自己，特意換了一件能遮住脖子的衣裳。

顧敬臣嘴角一直噙著一抹笑，喬意晚透過鏡子看到他臉上的神色，微微有些不悅。「都怪你。」

顧敬臣忙斂了臉上的笑，認真道：「嗯，怪我，下次為夫的會注意些。」

喬意晚想到那些場面，臉上泛起紅暈，抿了抿唇，沒再說他。

隨後二人一同去了正院。

秦氏看著兒媳含羞的神態，再看兒子一身清爽的模樣，什麼都明白了。

喬意晚瞧見婆母看她的脖子，心虛地垂下了頭，秦氏並未多問。

吃過飯，喬意晚和顧敬臣便離開了，剛走出正院，顧敬臣就牽起了喬意晚的手。

夜晚涼風習習，沒了白日的燥熱，涼爽了許多，如此良辰美景，喬意晚忽而想到一事，問道：「大家都說定北侯衝冠一怒為紅顏，就是不知侯爺為的是哪一位紅顏？」

顧敬臣失笑道：「夫人覺得呢？」

喬意晚道：「這是你做的事，我怎麼會知道？」

顧敬臣捏了捏她的手。「夫人這般聰慧，能安撫延城的百姓和將士，怎會不知為夫的心意？」

喬意晚看向顧敬臣。她覺得自己最近越來越小心眼了，尤其是在面對和他相關的事情時，總是不夠大度，時常會因為一絲絲小事而介懷，對待聶扶搖的態度也有失公正。

微風吹過，像是吹走了她心裡那一絲絲介意，她笑著說道：「你自然不是為了任何一個人，你是為了延城，為了青龍國的百姓。」

是啊，無論是前世或今生，顧敬臣在乎的都是百姓，每次邊關有戰事，他都會第一時間趕過去，她明知這一點，卻還是因為嫉妒心而有所懷疑，是她的錯。

喬意晚以為自己猜對了，沒想到顧敬臣否定了她的觀點。

「看來夫人還是不夠了解我。」

聽到這句話，喬意晚眼中有一抹訝色，難道他不是為了百姓？不可能啊！

望著她眼中的疑惑，顧敬臣揉了揉她的頭說道：「夫人未免把為夫想得太偉大了，我衝鋒陷陣雖是為了延城的百姓，但不僅是如此而已，更多的是因為夫人。若梁國沒有把主意打到夫人身上，為夫的怕是不會這般憤怒。」

喬意晚瞪大眼睛，目光灼灼地看向顧敬臣。

他竟是為了她……

是了，前世的戰役並未打到梁國的平城，只是守護了青龍國的國土。今生他越過了兩國之間的分界線，他說的是真的。

顧敬臣又開口道：「至於旁人……」他頓了頓。「夫人難道沒聽說為夫的在兩軍交戰之時拿起箭射向她嗎？我聽說朝中有御史因為此事還參了我一本。」

喬意晚的心情從欣喜轉為憤怒，她瞪大了雙眸問道：「他為何要參你一本？」

顧敬臣道：「自然是參為夫的不顧百姓安危，只顧取敵將首級，貪功冒進。」

喬意晚抿了抿唇，一時竟然不知該如何說，最終她吐了一句。「這位御史是瘋了嗎？」

他又不是真的想殺了聶扶搖，這只是誘敵之計，那一箭直接決定了此次戰爭的結果，沒想到竟還有人因為此事彈劾他，那群人真的是為了自己的利益睜眼說瞎話，是非不分，輕重不分！

喬意晚鮮少會這般說人，顧敬臣瞧著她認真的模樣，忍不住笑了。

「為夫的初時對這位御史的彈劾嗤之以鼻，後來卻有些感激他了。」

喬意晚道：「為何？」

顧敬臣說：「至少他為我正了名，好叫天下人明白我對聶姑娘狠心至極，心中只有夫人一人。」

喬意晚很開心能聽到他對自己說這樣的話，然而，她更心疼他被世人誤解。

「你不計較是你大度，但這位御史因為個人私利彈劾你是他的不對。」

顧敬臣見喬意晚一心維護他，心癢難耐。白日裡體諒她身子嬌弱，他並未索取太多，終究是不滿足，此刻有些後悔了。

「嗯，每個人都有自己的政治立場，支持的人不同，便認為對方都是錯的。」

「這樣的風氣真不好。」

顧敬臣捏了捏她的手。「回去吧。」

喬意晚道：「嗯。」

皇帝封賞的聖旨很快就到了。

定北侯立了大功，理應受重賞，可又如何賞呢？若是尋常的人立了如此大功，定會加官進爵，蔭及父母妻兒，可如今昭元帝的想法並非如此。

天下人都知道定北侯是皇子，他總不能給兒子封國公吧？若沒人知曉他們父子之間的關係倒是可以如此，但如今定北侯的身分已經不是秘密了，他就不想再這樣給予形式上的賜賞了，畢竟比起封國公，他更想讓兒子回宮做太子，把自己的皇位傳給他。

因此，顧敬臣只得到了一句口頭表揚以及一些珍寶，莫說爵位，田地也沒給。

待內監讀完聖旨，喬意晚有些疑惑地看向了顧敬臣，顧敬臣起身從內監手中接過聖旨。

內監恭敬地對顧敬臣行禮道：「恭喜侯爺、賀喜侯爺，太后和皇上都十分想念您，盼您早日回京。」

這話意有所指，顧敬臣沒應這句話，內監也絲毫沒感覺到怠慢，依舊態度恭敬，甚至連喬意晚為其準備的紅包都沒敢收。

待內監離開，喬意晚再次看向顧敬臣，顧敬臣直接把聖旨遞給了揚風，隨後和喬意晚回到院中，若無其事地逕自坐在榻上看書。

喬意晚琢磨了一下，問道：「你覺得皇上給的賞賜是否太輕了些？」

顧敬臣的目光從書上挪到了她臉上。

喬意晚想安慰他。「雖然皇上沒給太多賞賜，但我想皇上是十分肯定你的功勞的。」

顧敬臣道：「嗯，我知道，先帝一直想擺脫梁國的侵擾，皇上也很在意邊關的局勢，如今這樣的局面正是他想要看到的。」

喬意晚不解。「那為何這賞賜似乎有點輕？」

顧敬臣握著書的手頓了頓，一時不知該如何回答。

喬意晚突然靈機一動，湊近了他，低聲問道：「難不成皇上想讓你當——」她指了指天。「所以故意不多給你賞賜？」

顧敬臣微微嘆氣，攬過喬意晚的腰，把她抱起放在腿上。他用下巴蹭了蹭她的頭髮，道：「為夫的也是這樣想的。」

喬意晚抬手把玩著他腰間的玉珮，問道：「那你是如何想的？」

顧敬臣沈默片刻，道：「在太子出手之前，為夫的從未想過這件事，但在太子出手之後，一切就不同了，沒了太子，還有二皇子、三皇子、四皇子……以後不知還會不會有其他皇子……」

有些事情不是他想不爭就能不爭的，也不是他不想要就能不要的，只是，自己的身分……還有母親的苦楚、父親的名聲，他也不得不考慮。

顧敬臣抱緊了喬意晚。「不過妳放心，我總能護著妳的。」

喬意晚看著手中的玉珮，聽著顧敬臣的話，大概明白他的意思了。

她抬眸看向他。「不管你做什麼樣的決定，我都支持你。」

看著她信賴的眼神，顧敬臣心中滾燙，低頭親了親她。有她陪伴，不管將來會有什麼樣的風雨他都不懼，他也會把她放在自己的羽翼之下妥善保護。

懂的人自然明白昭元帝的意思，不懂的人誤以為定北侯失寵了，又或者皇上不樂見兒子冒進興戰，諸位皇子的支持者以及文臣們終於動起來了。

兒子得勝歸來，秦氏也有了精力關注其他事，比如，兒子被彈劾一事。

經過調查，她這才知道兒子去打仗的這兩個月，朝中彈劾他的摺子竟然有近二十份，而在兒子得勝之後的半個月裡，更是幾乎日日都有人彈劾他，最多一日竟有三份摺子。

她和喬意晚開始有了同樣的想法，這些人是瘋了嗎？兒子打了勝仗，不誇反罵！更可恨的是那個坐在龍椅上的男人竟然留中不發！

之前兒子在打仗時，他還嚴懲那些上書彈劾的大臣，如今打了勝仗、梁國簽了降書，他反倒是任由那些人詆毀兒子，毫無作為。

他果然還跟從前一樣虛偽、自私，不配為人父！

秦氏從前在京城中提都不提昭元帝，如今遠離京城，她再也克制不住內心的憤怒，日日在府中罵昭元帝，就差沒有親自寫封信去罵皇帝，她嫌會髒了手，所以沒寫。

眾人皆知她和昭元帝的關係，聽到她罵昭元帝也沒人敢勸什麼。

罵過昭元帝之後，夜深人靜之時，秦氏終於想到了其他的事情。

那虛偽的男人對兒子尚有幾分父子之情，還這般對待兒子，若是有一日他死了呢？他那一群愚蠢的兒子登基稱帝，又會如何待敬臣？

一想到此事，秦氏頓時睡不著了，從床上坐了起來。

敬臣手握兵權，如今支持者日漸增多，朝中幾乎所有的武將都支持他，文臣也有不少倒向他的，京城中一些老臣也是支持他的，反觀其他皇子支持者少得可憐。

那些皇子此刻定是恨死了敬臣，可那些皇子裡面終究有一人會登基稱帝，待到那時，對於敬臣這種功高震主、又有那麼多支持者的皇子會如何處置？

臥榻之側豈容他人鼾睡，秦氏背後一身的冷汗。

歷史上有無數鮮血淋漓的例子在告訴她兒子的結局，她突然想到了兒子之前想爭皇位時說過的話——

「若我只是父親的兒子，我不會去爭，可偏偏我不是……」

是啊，兒子偏偏不是侯爺的兒子，而是「那個人」的兒子。

秦氏拳頭緊緊握了起來，心也被攥緊了，片刻後，她深深嘆了一口氣，拳頭漸漸鬆了下來。

她不想要兒子改姓，跟那個男人姓周，可若不這樣做，兒子怕是性命難保……

秦氏眼神黯淡下來，一夜無眠。

梁軍已被打退，短時間內不可能捲土重來，軍營有余將軍掌管，延城有孫知府在治理，顧敬臣終於閒了下來，他日日和喬意晚膩在一處，很是過了一段神仙日子。

他每日都陪在喬意晚身邊，閒來無事教她射箭，瞧她射箭的模樣，他再次想起了之前的疑惑，她射箭的小動作和他可真像，可喬意晚並未如他一般有著前世的記憶，之前他也並未教過她射箭，這是她跟旁人學的，難道真的是巧合？

喬意晚瞧出他的疑惑，笑著問道：「侯爺，我的射箭技術如何？」

顧敬臣一向是誇她的，從不說貶低她的話，而她的射箭功夫的確不錯，可圈可點，所以她很有自信。

但沒想到，顧敬臣卻板著臉，違心說道：「不怎麼樣。」

因為，不是跟他學的。

喬意晚眨了眨眼，道：「那一定是之前教我的那位師傅水準太差了。」

這話顧敬臣愛聽。

「對，不過夫人也莫要灰心喪氣，以後為夫的教妳，妳的射箭水準定能提升。」

喬意晚忽然忍不住笑了起來。

顧敬臣不解地問道：「夫人笑什麼？」

喬意晚笑著說：「沒什麼，就是覺得你說的對極了。」

顧敬臣不明白她為何忽然笑得這般開心，不過，她開心，他也開心。他抬手使勁地揉了揉她的頭髮，心裡那一點嫉妒也消散了。

「其實妳射箭功夫挺好的，想必之前教妳的那位師傅沒少下功夫。」

聞言，喬意晚微微怔了一下。

前世顧敬臣的確沒少下功夫，時常拉她去練習，那時她不明白顧敬臣是想和她待在一處，心中有些畏懼他，嚇得不行。為了少跟他接觸，她私下沒少練習，即便如此，顧敬臣似乎依舊不滿意。

如今想來他的不滿定不是因為自己箭術差，而是少了和她多相處的時間吧？

「嗯，他很用心，箭術也很高明。」

顧敬臣也想到了夢境中在前世教喬意晚射箭的情形。那時他挺彆扭的，不肯將自己對她的心意說出來，心裡越想對她好，卻總是把事情搞砸。

「以後為夫的親自教妳。」

「好！」

說著，顧敬臣站在了喬意晚身後，將她圈在懷中，握著她的手，拉起了弓——

正中靶心！

練了幾次箭之後，顧敬臣瞧出喬意晚其實不怎麼愛射箭，就陪著喬意晚待在房中，她繡花看書，他就坐在一旁為她作畫。

想來前世她定也是不喜歡射箭的，只是畏懼自己，不敢說出來。

與此同時，京城——

顏嬪見朝中彈劾定北侯的摺子越來越多，而自己的兒子也越發受皇上重用，心裡得意極了，不過，如今定北侯的支持者依舊是所有皇子裡最多的，不能對其掉以輕心。

顏嬪吩咐兒子。「趁著你父皇如今喜歡你，又有那麼多的文臣厭惡定北侯，你趕緊讓人多上幾份摺子彈劾他，把他手中的兵權收回來。」

四皇子笑了。「母妃和兒子想到一處去了，兒子早就在這麼做了，最近一直讓人擬摺子。」

聽到兒子的安排，顏嬪安心了許多。

「你能想到這一點很好，支持定北侯的人再多，咱們也不必怕，怕就怕他手中有兵權。只要收回他手中的兵權，他對你就不造成威脅了。」

四皇子道：「是，兒子這幾日就讓人寫好摺子彈劾定北侯，收回他手中的兵權。」

延城那邊歲月靜好，一個月下來，顧敬臣的書桌旁已經存了一沓喬意晚的肖像畫。

顧敬臣的畫技並不是特別好，跟言鶴沒法比，可喬意晚卻從這些普通的畫中看出滿滿的愛意，她還讓人將畫裝訂成冊，時常拿出來看看。

顧敬臣見她這般喜歡自己的畫作，受到了鼓勵，畫得更認真了。

然而同在定北侯府，不同人卻有不同的悲喜。

正院裡，秦氏已經一個月沒睡好覺了。

這一個月來她日日打探著京城中的事，越聽越難受，越聽越睡不著，在她得知四皇子建議皇上收回兒子的兵權，而皇上也在朝堂上討論此事時，她終於忍不住了。

看著日日膩在一起的兒子和兒媳，她把兒媳叫了過來。

「敬臣可有跟妳提過朝中要事？」

喬意晚想了想，搖頭道：「沒有。」

至於二人討論過關於皇位繼承的事情，她隱去沒說。

她明白，這件事不是一個簡單的問題。於皇上而言，敬臣是他最優秀的兒子，他希望他能繼承皇位。但對於婆母而言，若是兒子繼承皇位，那當年的傷疤就會被徹底揭露，定會鮮血淋漓，婆母的驕傲、老侯爺的臉面都可能被拿出來踐踏。

敬臣對老侯爺充滿孺慕之情，婆母也對老侯爺感情很深，此事終究還是要婆母和敬臣自己做決定，旁人無權干涉。
秦氏皺了皺眉。「那妳可知朝中有人寫摺子彈劾他？」
喬意晚點頭。「知道。」
顧敬臣這些日子一直在後宅處理事務，此事他並未瞞著她。
秦氏見兒媳淡定的模樣，問道：「妳就不擔心嗎？」
喬意晚想了想，道：「不擔心。」
秦氏急了。「妳是不是沒明白我的意思？」
往日那麼靈透的兒媳於大事上怎麼突然有些糊塗了？茲事體大，兒子不急，兒媳不急，就她一個人急得不行。
喬意晚看向秦氏，秦氏生怕兒媳沒懂，說得更清楚了。「若有一日皇上死了，讓二皇子、三皇子，又或者四皇子、五皇子、六皇子登基，到時敬臣該如何自處？」
喬意晚想到顧敬臣前世的經歷，道：「我相信他，不管最終是哪位皇子登基，他都能保護好定北侯府。」
秦氏看著兒媳，一時不知該說些什麼，她不知兒媳是真的不明白現況，還是對兒子太信賴了。
「妳可知他之前跟諸位皇子爭過皇位？」
喬意晚點頭道：「知道。」

秦氏驚訝道：「知道妳還不擔心？那些皇子知道他的野心，如今又有那麼多人支持他，待他們上位，怎可能放過敬臣？」

喬意晚頓了頓，道：「母親可知他當初為何有意爭皇儲之位？」

秦氏沒說話。

喬意晚道：「他其實從來沒想過要做皇帝，之所以爭，是因為調查得知，當年您那突如其來的病是太子動了手腳，暗中對您下了藥，之後太子更有計劃性的要綁架我威脅侯府，所以敬臣不得不去爭。再加上在太子倒臺之後，顏貴妃又攛掇諸位皇子對付侯府，敬臣知道自己若不爭這個位置，下場可能就是死，他是為了保全我們的性命所以才爭。」

秦氏怔住了。

等喬意晚離開之後，秦氏細細品味兒媳的話，方才明白了許多事。當初她太過憤怒，以至於誤解了兒子的用意，懷疑兒子的野心，如今仔細想想，兒子從前的確沒有爭皇位之心，是後來種種事件讓他迫不得已。

一直以來，他都站在太子背後，甘心為太子做事，想來也是誤解了當年的事，對太子生出了愧疚之心，若是太子沒有對侯府的人出手，他應該還是會繼續忍讓著太子的所作所為，唉，此事，怪她。

當晚秦氏再次失眠，不過，她的心情已平靜了許多。

第二日兒子來請安時，秦氏直截了當地問道：「當初你帶我離開京城，是不是答應了他什麼條件？」

顧敬臣微怔，看向母親。

秦氏道：「我想了月餘，終於想明白了一事，那個虛偽的男人一直就想讓你繼承他的皇位，定不會這般輕易放棄你，他知道我是你的牽絆，理應不會如此輕易放我離京，所以，你一定是答應了他什麼，如今你失信於他了，對不對？」

不然他不會突然縱容皇子們和朝臣彈劾兒子，這麼多年來，他一直在維護兒子。

顧敬臣抿了抿唇，默認了此事。

秦氏問：「是什麼？」

顧敬臣道：「兒子答應皇上，打了勝仗就回京。」

秦氏眼中流露出了然的神情，嗤笑一聲道：「果然如此，我就知道他沒安好心！故意不給你獎賞，縱容朝中大臣彈劾你，這是在敲打咱們母子倆。」

顧敬臣垂眸不語。

秦氏想想，又覺得不對。

「不，他是在敲打我，他在告訴我，如果我攔著你不讓你回京，將來你的下場會很慘。這麼多年過去了，他還是那麼令人生厭！」想到昭元帝當年做過的事情，秦氏越說越氣了。

「你就別回去，我看他能拿你怎樣！他雖然虛偽，但看重百姓和國家安定，定不會傳位給他那一群不成器的兒子，你就等他快死了再回去，回去直接繼承他的皇位，然後再把那些對付你的皇子通通圈禁起來，讓他眼睜睜看著自己兒子的慘狀，氣死他！」

聞言，顧敬臣看向秦氏，默不作聲。

秦氏罵了一會兒昭元帝，舒心多了，見兒子正靜靜地望著自己，她也看向兒子。

「敬臣，之前是母親不對，沒有把當年的事告訴你，前些時候還因為自己的緣故誤會了你。如今我想通了，你不必顧忌我，把皇位爭過來吧。」

看著母親眼底的悲傷，顧敬臣心中一痛，道：「母親，這皇位並不是非得由兒子來坐不可，還有其他的解決辦法。」

秦氏抬了抬手，制止兒子繼續說下去。「你固然還有其他的辦法，扶持一位聽話的皇子，或者把兵權死死握在自己手中和新皇對立，但都是兩敗俱傷的場面，傷的還是青龍國的百姓，你父親……」她頓了頓，道：「想必你父親也不願看到這樣的情形。」

提及老侯爺，秦氏和顧敬臣母子倆都沈默了。

「你我都明白，只有你去做皇上才是最好的解決辦法。」說著說著，秦氏忽而笑了。「這或許就是老天對他的報應吧，生的兒子都不成器，到頭來還是要把自己的江山傳給你。」

顧敬臣離開正院後回了自己的小院，他就坐在榻上，既沒有看書也沒有畫畫，只是靜靜喝著茶。

喬意晚正在處理府中的庶務，處理完之後，她終於得空關注他。

她走到顧敬臣身前，問道：「可是有煩心事？」

顧敬臣看向她，抬手圈住了她的腰。

喬意晚的腰很纖細，即便穿著冬日的厚衣裳，顧敬臣也能輕易圈住。

顧敬臣把臉埋在她腹間，用低沈的嗓音說道：「謝謝妳在母親面前為我解釋。」

聞言，喬意晚笑了，她抬手摸了摸顧敬臣的頭，道：「咱們是夫妻，侯爺這樣說就見外了。」

想到昨日母親把她叫過去問的話，她大概明白了什麼，沒再多問。

顧敬臣此刻心裡極為複雜，他什麼也沒說，兩個人就這般一坐一站，相互依偎在一起。

喬意晚瞥了一眼一旁的書桌，書桌上除了她的畫像，還有一沓更高的東西，那就是來自京城的信件，有寫給她的，也有寫給顧敬臣的，這些信件無一例外都是在說京城如今的形勢，但細細讀來卻發現，信中內容表面上是在說京城的形勢，深層涵義卻是勸他們二人回京，尤其是永昌侯的來信。

喬意晚並未給父親寫回信，只給母親寫了。

顧敬臣沒有看過這些信，只是他既然已決定要回京，那麼這些信還是有必要看的。

「現在要看看信嗎？」喬意晚問。

顧敬臣的目光看向了那一沓信件。

第四十三章

京城中，永昌侯瞧著皇上對四皇子的寵愛一日勝過一日，內心越發焦急。

他見夫人收到了女兒的回信，忍不住問道：「夫人，意晚可有跟妳說敬臣是如何打算的？」

陳氏瞥了一眼焦急的夫婿，淡淡道：「沒有。」

喬彥成聽了直嘆氣，女兒什麼都好，就是不關注朝中形勢這一點不太好。

「他們是不是不知道京城如今的形勢？」

陳氏沒回話。

喬彥成又道：「我聽說敬臣打了勝仗後，皇上是想好好賞賜他的，結果顏嬪不知跟皇上說了什麼，皇上不僅沒賞敬臣，甚至把四皇子帶在了身邊，允許他參與朝政，皇上這意思還不明顯嗎？」

陳氏依舊沒回話。

「顏嬪從前就專注對付敬臣，若是四皇子上了位，敬臣絕不會有好下場的，不說從前，就是現在，四皇子也建請皇上收回敬臣手中的兵權，皇上似乎也有些意動。」

或許是喬彥成的話過於離譜，陳氏終於抬眸看向他。

「敬臣是定北侯，皇位跟他有什麼關係？」

喬彥成滿腔的話堵在了胸口。

顧敬臣是定北侯不假，可這個身分並不是真的，只是表面上的，他是皇上的兒子，這一點天下皆知。

「夫人，妳明知他的身分的。」

陳氏淡淡道：「我只知他是我的女婿，至於他其他的身分，跟咱們也沒什麼關係。」

喬彥成又被懟了，他頓了頓，道：「是啊，可他是意晚的丈夫，是咱們的女婿，我這不是在擔心意晚嗎？」

陳氏直接戳破了他的心思。「侯爺究竟是在擔心意晚，還是關心侯府的榮華富貴？」

喬彥成語噎。

陳氏實在是煩了他最近絮絮叨叨的模樣，道：「皇上是個什麼樣的人，想必侯爺比我了解。」

喬彥成怔了一下。

陳氏道：「花心好色——」

喬彥成張了張嘴想反駁，只聽陳氏又道：「但勤政愛民。」

喬彥成鬆了一口氣。

陳氏說：「這些年皇上的偏愛只給了定北侯一個人，何曾給過旁人？他若真想立四皇子，定北侯的身分就不會被眾人知道，即便被人知曉了，皇上只需在朝堂上否認，便不會再有人提。可皇上不僅承認了，甚至承認了自己當年的錯誤，還提了先帝，這就等於直接昭告天下定北侯的身分，還是一個得到了先帝認證的乾乾淨淨的身分，沒有一絲污點。你說一個高高在上的皇帝為何要在朝臣面前認錯？」

喬彥成愣住了，夫人說得對，他差點忘了這些事，他最近腦子怎麼了，這麼重要的事情都能忘。

陳氏接著道：「至於皇上為何不賞定北侯，又為何重用四皇子，放出要收回兵權的消息，無非是在逼迫遠在漠北的人回京。」

喬彥成像是被人打通了任督二脈，渾身輕鬆，臉上的笑容也揚了起來。他躬身朝著陳氏施了一禮。「夫人明智，是為夫的犯糊塗了。」

還好夫人冷靜理智，及時提醒他，不然他還像隻熱鍋上的螞蟻到處亂竄，不知要鬧出多少笑話。

陳氏瞥了喬彥成一眼，說了一句。「侯爺不是犯糊塗，而是被滔天的利益蒙了心，生怕即將到手的權勢會化為烏有。」

喬彥成臉上的表情訕訕的，不得不承認，他的確是存著這樣的心思。

當初女兒嫁給定北侯的時候他本來已經死心了，可後來皇上承認了定北侯的身分，又表現出要把皇位傳給他的想法，他就又動了心思。

若是女婿成了皇上，女兒就是皇后，將來外孫會成為儲君，在文臣裡，再也沒人能跟永昌侯府抗衡，永昌侯府至少可以再繁榮三代。

陳氏道：「我乏了，侯爺自便。」

說罷，她起身朝著裡間走去。

喬彥成看著陳氏的背影，輕輕嘆了口氣，眼神黯淡下來。

關於收回顧敬臣手中的兵權一事，朝中幾乎日日都在討論，討論了大半個月後，皇上順勢下旨催顧敬臣回京。

顧敬臣以戰後事宜尚未處理好為由，推遲回京，朝中的一些臣子便以此來攻擊顧敬臣，認為他是故意的，不想交還兵權，又就此討論了數日。

不知是秦氏一語成讖，還是昭元帝受到了秦氏的詛咒，過了沒多久，天氣轉涼時，昭元帝忽然病了。

一開始秦氏並未當回事，認為他在裝病，故意要引兒子回京，結果過了一個月，昭元帝病情越發嚴重，二皇子、三皇子和四皇子一個個蠢蠢欲動，急著爭奪皇位，朝中烏煙瘴氣。

從京城來的信如雪花一般落入了延城的定北侯府。

永昌侯之前十日一封，這個月幾乎每日一封，旁人的倒也算了，陳太傅竟也給顧敬臣寫了一封信，信上只有兩個字：速歸。

顧敬臣想到前世昭元帝曾中過毒，雖今生已經先把下毒之人拿下，可他終究有些不放心。

喬意晚在看到外祖父的信件後就吩咐人開始收拾東西了，而秦氏也收到了娘家的來信，晚上再次失眠，當第二日太陽升起時，她想通了許多事。

不管晚上多晚睡，心裡有多少煩憂之事，顧敬臣第二日一早都會晨起去鍛鍊，而今日去校場時，他看到了秦氏。

顧敬臣道：「母親。」

秦氏環顧著校場，說道：「我記得你父親與我說過，這裡是他最喜歡來的地方。」

顧敬臣點頭道：「這裡的確修繕得不錯。」

秦氏道：「你父親在京城時常與我說起在邊關的事情，那時我特別好奇，想隨他一同前來。他知曉我嚮往這裡，特意為我預留了一塊地方，讓我來之後便於騎馬射箭。」說著，她指了指前方的一塊空地。「只可惜……」

後面的話她沒說完，顧敬臣明白了，一時也沒說話。

秦氏又道：「還好現在我終於看到了他所說的地方，這裡的確很好，雖然不像京城那般繁華，卻很自由，留在這裡，就彷彿你父親還在身邊一樣。」

想到父親，顧敬臣眼神中流露出哀傷。

秦氏收回目光，道：「我瞧著他養的那幾個兒子不光蠢笨，還心術不正，若是將天下交到這些人的手中，不僅是他的不幸，還會是百姓們的不幸。不管他是故意裝的，還是真的病了，你都該回去了。」

顧敬臣抿了抿唇。

秦氏看向兒子。「我就不跟你們一同回去了。」

顧敬臣眉頭皺了起來。「母親……」

秦氏說：「京城不是我的家，這裡才是，這裡有你父親的夢想，也似乎留有他的氣息，以後的日子我想陪著你父親。」

最後，她喃喃道了一句。「我想……為自己而活。」

顧敬臣想到了前世，前世喬意晚死後，他進了宮，所有人都知道他的身分，京城中的人都在談論當年的事情，談論母親、談論父親、談論皇上。

母親當是難過的，似乎自那以後，母親就再也沒出過侯府，直到他登基稱帝，母親始終沒有進宮，甚至不想見他，那時他並未真正理解過母親，今生母親若回返京城，定也會像前世一般把自己封閉起來，若如此，倒不如給母親自由。

顧敬臣道：「母親，咱們母子倆多年沒練過了，要不要兒子陪您過過招？」

秦氏明白兒子這是同意順從自己的心意了，她笑了。

「不了，我昨晚沒睡好，要回去睡了，你跟你媳婦兒說一聲，這幾日別來找我了，她日日來請安，我煩得很。」

顧敬臣知道母親心中定不像表面所流露出的這般平靜，他沒有戳破，也沒有過多關心，只道：「好，兒子一定跟她說。」

走了兩步後，秦氏又停下了腳步，轉身對兒子道：「對了，若是你外祖母或者舅舅來找你，你莫要理會，若他們犯了錯想向你求情，你也不必看我的面子，若他們敢厚顏無恥提到我，你當加倍處罰。」

顧敬臣道：「兒子明白了。」

當年的事承恩侯府選擇站在皇后那一邊，這些年來母親也漸漸疏遠了娘家。

顧敬臣晨練結束，回了小院，他回去時，看到下人們正在收拾東西。

他知道，即使自己什麼都沒說，她卻已經明白了現在的情況。

回到房裡，只見喬意晚正坐在梳妝檯前梳妝，顧敬臣一把從背後圈住了她。

喬意晚皺眉道：「你一身的汗味，快去洗洗。」

顧敬臣沒動，死死抱住她。「晚兒，三日後咱們回京。」

喬意晚頓了頓，道：「好。」

顧敬臣把下巴放在喬意晚的肩膀上蹭了蹭，神情有些憂愁，喬意晚知道他內心的鬱悶，沒再推開他，而是抬手摸了摸他的臉。

顧敬臣靠著她的手蹭了蹭，她柔聲道：「行李已經收拾得差不多了，我們隨時可以走，一會兒我再讓人去外面買些延城的特產給京城的親友帶回去。等會兒吃過飯，我再去尋母親，問她還要不要買些東西，邀她一起去外面逛逛，畢竟這一次走了，不知還有沒有機會再回來。」

顧敬臣的動作微頓。「不用了，剛剛我見過母親了，她昨夜沒睡好，方才回去休息了。」

喬意晚道：「嗯，那就明日吧。」

顧敬臣悶聲道：「母親不和我們一同回去。」

喬意晚神色微怔，但沒有多問，好一會兒才回了一個字。「好。」

她明白顧敬臣今日為何這般沈默又脆弱了，養父早逝，和生母又一直有誤會，如今好不容易和母親解開了心結，卻又要面臨分離。

顧敬臣低聲問道：「妳知母親為何要留下嗎？」

喬意晚想了想，回道：「大概能猜到。」

顧敬臣自嘲地說道：「看來我這個做兒子的還是不夠關心母親。」

他耗費了兩世的時光才理解母親的心思。

喬意晚搖了搖頭。「並非如此，我只是在想，若我是母親，我大概也會做同樣的選擇。」

聞言，顧敬臣抱緊了她。

「我會永遠守著妳的。」

他前世也做了同樣的選擇，留在京城，離她最近的地方。

三日後，顧敬臣和喬意晚離開了延城，離開前，他們夫妻倆一同去了正院。秦氏沒有見他們，夫妻倆在門前磕了三個頭，拜別了秦氏，朝著京城而去。

臘月初一，顧敬臣和喬意晚回到了京城。

他們去年離開時是在臘月，白雪皚皚，漫天風雪，回來依舊，看著闊別一年的京城，喬意晚心中生出諸多感慨。

或許是因為天氣太冷的緣故，她感覺今日京城格外冷清，街上好像沒什麼人，等進了城之後更發現城內空蕩蕩的，大白天的路上竟然沒有一個人，比城外還要冷清幾分，心中不由升起了幾分疑惑。

這是怎麼回事？今日難道是有什麼大事發生？

這時她瞥到了城門附近有一頂樸實的轎子，那是……外祖父的轎子。

喬意晚看向顧敬臣，這時，陳太傅從轎子裡出來了，緩步朝著他們走來。

顧敬臣連忙下馬，喬意晚也從馬車上下來。

兩人同聲喚道：「外祖父。」

陳太傅看看顧敬臣，又看向喬意晚，笑容溫和。

「意晚，你們終於回來了，一路辛苦。」

喬意晚朝著陳太傅福了福身道：「勞外祖父掛念，您和外祖母的身子可還安泰？舅舅、舅母可還好？表哥表妹又如何？」

陳太傅摸了摸發白的鬍鬚，笑著說道：「都好。」

喬意晚笑著道：「那便好。」

陳太傅的目光從外孫女身上移到了一側的外孫女婿身上。「侯爺，這一路到京城可還安穩？」

顧敬臣道：「一切都好，沒有任何波折。」

說來也是奇怪，之前他的身分沒公布，去邊關或回京城的路上多少會有些波折，遇到一些不長眼的人來找麻煩，這一次回京卻是出奇地順利。

梁國如今被他重創，無力反擊，所以沒有派刺客前來，但青龍國呢？幾位皇子為何沒有趁此機會下手，就連顏嬪都毫無動靜，這就怪了。

陳太傅話裡有話。「這都是皇上的一片愛子之心啊。」

因為在確定顧敬臣回京之後，所有的皇子都被皇上關了起來，為的就是確保顧敬臣能安然返京。

聞言，顧敬臣忽然明白了這一切，喬意晚也明白了。

這一路行來顧敬臣特別小心，更加緊張，他做事向來穩妥，一定是料到會有人來伏擊才會如此，沒想到路上很安穩，什麼事都沒發生。

原來是皇上提前做了預防措施，皇上為了讓顧敬臣順利回京繼承皇位，當真是煞費苦心，生怕他路上出現什麼意外。

顧敬臣眼神頓時變了，沈聲道：「沒想到太傅也參與其中。」

既然皇上還能在回京的路上布控，管住幾位皇子，那就說明他身體沒有大礙，京城在他的掌控之中，故而，傳到延城的消息都是假的。

陳太傅就在京城，又和皇上關係親近，所以他定是知曉所有的真相，在這樣的情況下，他還寫信催他回京，足見他也是站在皇上那邊來欺騙自己。

顧敬臣的稱呼變了，陳太傅臉色也變了，他朝著顧敬臣施了一禮。

雖心中對陳太傅有些失望，想到他是意晚的外祖父，顧敬臣還是側開了身。

陳太傅正色道：「老臣的確參與其中，不過，卻不是您以為的那樣。皇上欲立侯爺為儲之心天下皆知，去歲邊關動盪，皇上明知您是最適合領軍打仗的人選，可因為想立您為儲君，故而不想放您前去，置邊關百姓於不顧。此其一。

「後您不負眾望擊退了梁國，甚至史無前例的劃定分界線，直逼梁國平城，您的功績本該傳遍天下，大力褒獎，為有志青年樹立榜樣。可因為您不想回京，皇上為了逼迫您回京輕輕掀過，甚至縱容朝中大臣們彈劾您。我知此事您不在意，可天下的武將在意、想要像您一樣守衛國土建功立業的少年們在意，皇上此舉寒了天下武將的心。此其二。

「一計不成，皇上又生出其他計策，裝病、漠視皇子們內鬥，致使京城政局動亂，雖只是小範圍的動亂，動搖不了朝綱，可長此以往下去，不知會生出多少禍端。此其三。

「老臣催您回來既不是因為皇上的『病情』，也不是因為諸位皇子勢力見長，只是為了青龍國的安穩，您是最適合成為儲君之人，我相信您明白這一點，既如此，晚一日不如早一日，還請您為了天下百姓著想，和皇上一起開創清明盛世！」

說完，陳太傅再次朝著顧敬臣躬身行禮。

這一次顧敬臣沒再側開身，他朝著陳太傅還了一禮。「敬臣明白了。」

陳太傅直起身子，忽然笑了，說道：「對了，今日是臘月初一，欽天監算了算，是個好日子，皇上選今日為冊封大典。」隨後，他正色道：「太子、太子妃，請更衣接旨吧。」

喬意晚愣住了，這也太突然了，不僅是她，顧敬臣也沒料到會有這麼一招。

不遠處走來一群宮女和內監，他們手中拿著的正是太子和太子妃的衣裳。

喬意晚想，皇上這是生怕顧敬臣會反悔嗎？竟然準備得這般周全，還派外祖父來穩住顧敬臣，她下意識地看向顧敬臣。

顧敬臣正看著朝向這邊走來的內監，察覺到喬意晚的目光，他看向她，握住了她的手，給她一個安撫的眼神。

陳太傅看著顧敬臣和外孫女的小動作，微微點了點頭。

就這樣，喬意晚和顧敬臣剛到京城，還沒來得及回到定北侯府，就被迎入了宮中。

喬意晚只覺得一切像在作夢一樣，早上他們還在外地趕路，晚上他們就要睡在東宮了。這一個月她一直和顧敬臣在一起，沒怎麼見過外人，今日卻幾乎見了所有的人。外祖父母、祖母、父親母親、二叔二嬸、福王、康王、英華長公主、承恩侯、文國公……似乎除了諸位皇子和顏嬪，在京城的貴人們她都看到了。

這一切有些虛幻，讓人心神恍惚。

看著一身太子正服的顧敬臣，她那一顆漂浮不定的心才安穩下來。她有許多話想跟他說，但最終只關心地問了一句。「你還好嗎？」

顧敬臣微微一怔，笑了。

今日他見到最多的是笑臉，聽到最多的是恭喜，只有她是懂他的。

他抬手把喬意晚圈入懷中，緊緊抱住。「有妳在，一切都好。」

喬意晚道：「你放心，我一直都會陪在你身邊的。」

顧敬臣很喜歡聽她說這樣的話，身心漸漸放鬆下來。他放開喬意晚，道：「父……皇上是真的病了，有人給皇上下毒。」

「父皇」兩個字他此刻依舊說不出口。

喬意晚詫異道：「怎麼會？」

顧敬臣離京之前不是已經把一切都處理好了嗎？他既然有了前世的記憶，肯定知道皇上是怎麼死的，以他的性子，定會提前把皇上身邊有問題的人剷除，怎麼會讓旁人有機會對皇上下毒？

顧敬臣道：「是顏嬪。」

喬意晚雖有些震驚，但又覺得此事確實顏嬪脫不了干係。顏嬪一生致力於讓自己的兒子成為太子、繼承大統，如今顧敬臣卻被迎回京了，她沒了希望，會對皇帝下手報復也不奇怪。

顧敬臣又道：「在我決定回京時，顏嬪就收到消息了，她怕我回到京城後四皇子就徹底沒了機會，便伺機給皇上下毒，好在此事被冉妃發現了，太醫救治及時，於性命無礙，但終究還是傷了身體，須得好好養著。皇上怕動搖朝綱，暫時並未對外宣佈此事，外祖父也並不知情。」

喬意晚沈沈嘆了一口氣。

此事確實不該說出去，甚至此刻也不是說出去的時機，必須得等顧敬臣徹底在朝堂站穩腳才行。

顧敬臣看向她，道：「接下來我可能會很忙。」

喬意晚道：「嗯，你放心，東宮交給我就好。」

顧敬臣揉了揉她的頭。「照顧好妳自己。」

喬意晚笑著點頭。

第二日起，顧敬臣步入朝堂，正式以太子身分參與政事，並恢復原名「景辰」。

皇上漸漸下放權力給太子，支持顧敬臣的人自然對此喜聞樂見，可那些不支持他的人，尤其是彈劾過他的文臣皆極力反對。

然而，皇上的決定不受影響，不僅沒有聽他們的，反倒是下放給兒子的權力越來越大。

日復一日，每天顧敬臣都在前朝忙著，而喬意晚則在東宮忙著。

從延城回來後，喬意晚本以為會直接回到定北侯府，沒想到當日便被迎入了宮中，她的身分也從定北侯夫人變成了太子妃。

雖然在回京之前早已做好了心理準備，但也沒想到會這般快，打了他們一個措手不及。

太后還給她安排了幾位嬤嬤，幫助她熟悉太子妃的各項規矩禮儀，好在喬意晚聰慧又認真，她本身又熟知各種禮儀，很快就上手了，但真正忙完也是半個月後了。

只不過再過半個月就是除夕，喬意晚還是得繼續忙。

顧敬臣即便是在最忙的時候也沒忘了喬意晚，想到時不是抽時間去見見喬意晚，就是把內監叫過來詢問太子妃在做什麼，時常關注喬意晚那邊的情況。

太子對太子妃的情意，朝中眾臣無人不知無人不曉。

這日午時，顧敬臣正跟諸位大臣商議明年秋闈的事，御膳房那邊過來問何時用膳。

顧敬臣看了一眼時辰，順口問了一句。「太子妃那邊可有傳膳食？」

內監道：「尚未。」

顧敬臣皺了皺眉。「今日怎麼還沒傳？」

內監見太子不悅，連忙跪在地上，戰戰兢兢道：「聽……聽說太子妃被太后娘娘叫過去了，要和太后娘娘一起用膳。」

顧敬臣琢磨了一下，對內監道：「傳膳吧。」

隨後，他看向諸位大臣道：「請諸位大人用膳，休息一個時辰後再議。」

吩咐好事情，他去了太后宮中。

喬意晚正陪著太后用膳，就聽宮女來報，顧敬臣來了。

太后臉上的笑容加深。「快讓他進來。」

很快，顧敬臣走了進來，他的目光直直落在喬意晚身上，仔細觀察著她的神色，沒發現她有什麼不開心的樣子，這才放了心。

「見過太后娘娘。」

太后正笑著，聽到這話皺了皺眉。「阿辰，你該改稱呼了。」

大孫子被冊封為太子已經有半個月了，怎麼還不叫自己祖母？

顧敬臣沒說話，似乎這個稱呼對他有些難，一旁的嬤嬤連忙說道：「太后娘娘，太子殿下一直在前殿忙著，定是關心您今日才抽空過來的。」

太后娘娘也察覺自己有些操之過急了，畢竟這麼多年沒把這個孫子認回皇室，想必孫子還需要些時間適應，嬤嬤給她臺階，她立刻就下來了。

「嗯，他一直是個有孝心的好孩子。」

嬤嬤眼角瞥見宮女把午膳端了進來，笑著說道：「呀，都已經到了用膳的時候了，娘娘跟太子妃聊得很是投機，沒想到聊了那麼久，想必太子殿下還沒用午膳吧？」

太后道：「正好你媳婦兒也在這裡，咱們一同用膳吧。」

顧敬臣看向了喬意晚，太后也看向了站在自己身側的喬意晚。

見眾人看過來，喬意晚笑著說道：「孫媳正有此意。」

聽到喬意晚的稱呼，太后滿意地拍了拍她的手。

喬意晚和顧敬臣一同陪著太后用午膳，飯桌上，太后不停跟顧敬臣說話，顧敬臣話少，但每句都回答。

顧敬臣中午休息的時間很短，從前殿到太后宮中來回就要花掉半個時辰，此時諸位大臣還在前殿等著，吃過飯，顧敬臣便準備離開了，可他還沒能跟喬意晚單獨說上話。

太后看出來這一點，道：「我乏了，意晚，妳先回去吧，有什麼不懂的就問嬤嬤。」

喬意晚朝著太后福了福身。「是，孫媳告退。」

顧敬臣和喬意晚一前一後出了太后娘娘的宮殿，一出來，顧敬臣再也忍不住了，握住了她的手，問道：「太后娘娘可有為難妳？」

看著他擔憂的模樣，喬意晚笑了。「沒有，太后娘娘最是和善，怎麼可能會為難我？」

顧敬臣捏了捏她的手，喬意晚見他眉宇間有憂色，故意逗他開心。「而且，我這麼好，太后娘娘也不捨得為難我啊。」

聞言，顧敬臣笑了。

「妳若是遇到麻煩一定要跟我講。」

喬意晚笑道：「好。」

顧敬臣道：「我送妳回去。」

喬意晚搖頭。「不用，回東宮的路我認得。」

顧敬臣卻沒放手，而是說道：「幾個時辰不見，想妳了。」

喬意晚心裡一甜，沒再拒絕，兩個人正要離開，身後忽然傳來了細碎的腳步聲，喬意晚停下了腳步，顧敬臣也停下了。

喬意晚看向來人，眼睛一亮，她鬆開了顧敬臣的手為他介紹。「殿下，這是我跟你提過的意安，雲家的表妹。」

顧敬臣眼瞼微動，他怎麼可能不記得這個小姑娘？前世意晚去世後，他去了雲府一趟，這個小姑娘得知意晚的死和喬氏有關，竟用盡全身的力氣一刀捅死了喬氏。

她那恐懼又堅定的眼神他到現在還記得，他過去時，小姑娘正拿刀打算自盡，被啟航攔下了。

雲意安似乎有些害怕顧敬臣，緊張地朝著顧敬臣行禮。

喬意晚在一旁解釋道：「意安不會說話，她是在向你請安問好。」

顧敬臣道：「妳既然是意晚的妹妹，也就是我的妹妹，以後大家都是一家人，不必行這些虛禮，妳把我當成姊夫便是。」

聽到顧敬臣的話，雲意安沒那麼緊張了，她站直了身子，往喬意晚身邊靠了靠。

喬意晚微微有些詫異，顧敬臣一向非常冷，即便對親人也鮮少有這樣和善貼心的一面，但他似乎對意安態度十分親切，這是對喬婉琪都不曾有過的，她感覺顧敬臣有事瞞著她。

喬意晚心中雖如此想，但沒有問出口，她握住意安的手，她的手格外涼。

「我剛剛已經跟太后娘娘說了，以後妳若是想見我就跟管事的姑姑說一聲，直接去東宮尋我。」

雲意安眨了眨眼，眼裡流露出驚喜。

喬意晚摸了摸她的頭。「妳的手這麼涼，是不是一直在門口等我？快回去用午膳吧，若是妳想我，吃過飯就來找我。」

雲意安點了點頭，笑著離開了。

等雲意安離開後，顧敬臣再次握住了她的手，兩個人牽著手朝著東宮走去。

路上，喬意晚問道：「你認識意安？」

顧敬臣回道：「不認識。」

不認識為何是那般態度？「從前見過？」

「沒有，第一次見。」

喬意晚挑眉。若是他老老實實承認了，她可能還不會多問，他這一否認反倒更增加了她內心的疑惑，顧敬臣幾乎從不對她撒謊，除非這件事另有隱情，不能對她說。

她沒再多問，和他一道走回東宮，兩人還沒到東宮，這個消息就傳遍了整個皇宮，宮裡所有人都在討論著太子和太子妃之間的感情。

第四十四章

下午，雲意安來到了東宮。

她過來時喬意晚正在忙，她也沒去打擾，就在側殿安靜地做繡活。

喬意晚忙完時天色都快暗了，她揉了揉痠痛的脖子，紫葉上前提醒道：「太子妃，雲姑娘已經來了多時了。」

喬意晚一時沒反應過來。「雲姑娘，哪個雲姑娘？」

紫葉道：「是意安姑娘。」

喬意晚終於反應過來了。「怎麼不早來報？快讓她過來。」

紫葉又道：「是安姑娘不想打擾到您。」

意安就是太貼心了，她正說著話，意安拿著做好的帕子進來了。

喬意晚道：「來了怎麼不讓人跟我說一聲？」

雲意安抿了抿唇，把繡著兩隻鴛鴦的帕子遞給了喬意晚，喬意晚看著帕子上的圖案，笑了。

「妳這繡技倒是比從前有長進，可見最近一年沒少練習。」

雲意安用手比劃起來。「太后娘娘對我很好，她時常叫我過去說說話，從來不讓我幹粗活。她還為我準備了很多上好的針線和布，我沒事的時候就做繡活。」

喬意晚笑著說道：「也不要一直繡東西，注意眼睛，多出去轉轉。」

雲意安點點頭，喬意晚把帕子收了起來，她想到中午顧敬臣對意安的特殊態度，問了一句。「妳從前可認識太子殿下？」

雲意安搖了搖頭，用手比劃道：「知道姊姊嫁了人，我一直想見見姊夫，但我從來沒見過，今日是第一次見。」

喬意晚是看著意安長大的，意安有沒有說實話，她一眼就能看出來，既然意安不認識顧敬臣，那就是顧敬臣那邊的問題了，意安從前沒有離開過雲府，來了宮裡也從不亂跑，顧敬臣幾乎沒有機會認識她，那又是如何認識的？

她忽然想到了一點，會不會是前世呢？

說起來，前世她死了之後，意安的結局又是什麼？

「嗯，他雖然長得高大魁梧，時常冷著臉，但人很好，妳不必怕他。」

雲意安點了點頭。

不多時，顧敬臣身邊的內監來傳話，說他在前殿議事，不回來用晚膳了。

自從得知皇上的身體狀況，喬意晚就料到顧敬臣接下來會很忙了，見現在時辰不早了，顧敬臣又不回來，她便留下意安用飯，意安很開心。

她安安靜靜依偎在喬意晚身邊，吃飯時也沒發出什麼動靜，時不時看喬意晚一眼，能看得出來，喬意晚的到來對她來說是一件極為開心的事情。

吃過飯，雲意安依舊留在喬意晚身邊，等到顧敬臣回來，方覺時辰不早了，她起身便要離開。

喬意晚瞧著天色不早，道：「妳一個人回去我不放心，我讓人送妳回去。」

她正想吩咐內監，顧敬臣突然開口了。「讓啟航送妹妹回去吧，今日正好是他負責宮中巡邏。」

喬意晚看了顧敬臣一眼。「也好。」

啟航帶著一隊人護送雲意安前往太后娘娘殿中，雲意安看著身後的護衛們，嚇得瑟瑟發抖。

啟航看得出太子妃對這位雲姑娘的重視，瞧她似乎不太高興，生怕她在太子妃面前說他們太子的不是，便試圖開口跟她說點太子的好話。

「雲姑娘，我們太子殿下最看重太子妃，妳是太子妃的表妹，太子殿下也重視妳，妳看，殿下還特地安排一隊護衛護送妳回去。」

啟航嗓門本來就大，這一年隨顧敬臣在前線打仗，嗓門更比從前還大了些，這聲音聽在雲意安耳朵裡就像打雷一樣，嚇得她身子縮得更厲害了，頭都不敢抬。

啟航也不知道自己哪裡說錯了話，呵呵笑了兩聲，說道：「今晚的月亮真圓啊。」

說完，抬頭看向天上，結果今晚天上布滿了烏雲，沒見著月亮！

他只好尷尬地繼續朝前走。

與此同時，東宮中，喬意晚看著顧敬臣，越發懷疑顧敬臣對意安態度不同的原因和前世有關，莫不是意安前世嫁給了啟航？

啟航寒門出身，一直跟在顧敬臣身側，忠心耿耿，如今是六品帶刀護衛，唯一令人有些猶豫的地方就是長得黑黑壯壯的，身形看起來有雲意安兩個大。

「你可是想把意安說給啟航？」喬意晚忍不住問。

顧敬臣微怔，道：「不是，只是擔心意安。」

喬意晚道：「哦。」

顧敬臣怕她繼續問下去，轉移話題道：「天色不早了，安置吧。」

喬意晚貼心地沒再多問。「好。」

熄燈後，顧敬臣滾燙的身子貼了過來。這半個月二人一直在忙，顧敬臣又體諒喬意晚剛從延城回來，奔波勞累，後又逢喬意晚來了小日子，所以晚上老老實實的，二人許久沒有房事了，今晚他實在是有些忍不住了。

「身上可乾淨了？」顧敬臣在喬意晚耳邊問。

熱氣吹入了喬意晚的耳中，她耳朵瞬間滾燙，酥酥麻麻的，輕輕應了一聲。「嗯。」

聽到這個詞，顧敬臣立刻就不安分了。

而喬意晚住在這麼空曠的宮殿中很不習慣，尤其是當發出一些聲音時，竟然會有回聲，看出她的隱忍，他還不停在她耳邊撩撥，她又羞又氣。

顧敬臣卻是渾身舒暢，這一晚對他有著不同的意義，前世他一直一個人睡在宮中，今生終於不是孤身一人了，他也有人陪了。

昭元帝如今的身子著實算不上好，只是，為了青龍國的穩定，他隱瞞了這件事。

今日早朝上提及了明年秋闈一事，此事臣子們多半都有感觸，漸漸討論起來，先是寒門和世家之爭，隨後又提及了提高科考的門檻，足足半個時辰還未結束，昭元帝有些撐不住了。

眾臣們依舊在討論，文國公道：「老臣覺得科舉選拔人才就得選一些品貌端正的，貌醜、身患殘疾者當拒之門外。」

梁行思道：「微臣不贊同這個觀點。相貌乃是天生，不當以人的容貌作為評判一個人的標準，選賢任能，當看品行才幹。」

一些臣子們開始互相反駁。

梁行思皺眉道：「此言差矣——」

顧敬臣看了一眼坐在上位的昭元帝，見他眼睛閉上了，似是坐不住，揚聲打斷了梁行思的話。

「此事關乎民生社稷，不如散朝後再議，若是諸位大人有想法，可寫摺子呈遞上來。」

聽到兒子的聲音，昭元帝清醒了，他輕咳一聲，道：「嗯，就按太子說的辦吧，今日朝會到此。」

說著，他離開了大殿，眾臣也都緩緩出去了。

梁行思看著顧敬臣的背影若有所思，這時，陳伯鑒朝他走來，拍了拍他的肩膀。「梁大人。」

梁行思回過神來。「陳大人。」

二人同為狀元，不同的是陳伯鑒是前一屆的狀元，梁行思是後一屆的，如今二人同在翰林院任職，關係不錯。

二人一同朝著殿外走去，因兩人走得晚，又走得慢，漸漸地和旁人拉開了距離。

梁行思愁眉緊鎖，似是在為什麼事情困擾。陳伯鑒覷了一眼他的神色，問道：「梁兄在想什麼？」

梁行思苦笑道：「沒什麼。」

他總覺得太子殿下故意針對他，也許是自己的錯覺吧。

陳伯鑒從梁行思頻頻看向顧敬臣的行為中猜到了一些什麼，說道：「梁兄不必擔憂，我和太子殿下認識多年，了解他的性子。」

梁行思看向陳伯鑒。

陳伯鑒道：「太子殿下不是小心眼的人，他為人正直，光明磊落，絕不會因為從前的事打壓梁兄。」

梁行思沈默了，他明白陳伯鑒說的是他和喬意晚訂親一事。

陳伯鑒刻意自嘲道：「要是說起打壓，太子殿下定會先打壓我的，畢竟你和表妹幾乎沒見過面，我從前可沒少和表妹接觸過，你看我不是好端端的在翰林院嗎？所以不必擔心。」

「嗯。」

梁行思沒再說什麼，心想大概是自己想多了吧。

太后很關心皇上的身體，時不時會去看看他，和他說說後宮的事情。

今日見了皇上，太后先把顏嬪罵了一通。「……若不是她，你何至於日日躺在床上，殺了她都算輕的。」

昭元帝心中也滿滿的對顏嬪的恨意，但這些日子他罵累了，事已至此，他已經不想再多說什麼，見母后憤怒的模樣，他開口轉移話題。

「景辰的媳婦兒如何？」

聽兒子說起孫媳，太后立即換了一副面孔，臉上的憤怒轉為愉悅。

「意晚是個好姑娘，長得好看，和辰兒很是相配，知書達禮，特別孝順，日日都步行來我宮中請安，早晚各一次。我都說了不讓她來，她還堅持來，比當初的馮氏強多了，馮氏看著孝順，實則是表面功夫，眼神讓人不喜，意晚這姑娘眼神乾淨，我一看就喜歡。」

聽著太后的誇讚，昭元帝微微點頭。

他了解自己的母后，母后一生與人為善，甚少說旁人的不是，除非那人做得過分了，而旁人因為母后的身分，也不可能忤逆她。

母后這般誇讚太子妃，其實也不一定能證明太子妃真的如她口中一般的好。不過，這姑娘的性子他從前也的確考察過，是個好姑娘。

但是身為太子妃，光性子好可不夠。

想到這裡，昭元帝又問道：「東宮的事情她處理得如何？」

太后笑著說道：「處理得極好，上手很快，沒幾日就把東宮的事情打理好了，我身邊的嬤嬤們都誇她聰慧能幹，什麼事情都是一點就透，你這婚事賜得好啊！」

昭元帝道：「是景辰自己挑選的。」

太后道：「我孫子眼光真好。」

昭元帝琢磨了一下，道：「如今已是年底，除夕夜要置辦宴席。」

太后接口道：「是啊，我正愁著呢，從前有顏嬪去辦，不用我做什麼，今年應該是由慧妃和冉妃兩個人籌辦，她倆去年雖然經手過，但當時顏嬪已經弄得差不多了，兩人按照顏嬪的規章做就好了，可如今顏嬪沒了，她手下的人也都不能用了，慧妃和冉妃最近時常來問我，我多年沒籌辦過了，哪裡還懂？」

宮裡這些年一直沒有皇后，後宮由原是貴妃的顏嬪掌管，如今顏嬪已死，後宮事務就交給了慧妃和冉妃共理，皇太后是名義上的掌權者。

昭元帝道：「不如把此事交給景辰媳婦辦吧，這些事她早晚要會。」

太后愣了一下，很快臉上堆滿了笑容。

「這主意好！意晚那麼聰明，肯定一學就會，讓她辦我放心。」

兩個人就此說定了此事。

第二日一早，喬意晚去跟太后請安時，慧妃和冉妃也在，見她過來了，兩位皇妃同時起身。

「見過皇祖母。」

喬意晚朝著太后行禮，緊接著慧妃和冉妃對喬意晚行禮，喬意晚回了一禮。

等眾人行完禮，太后笑著朝喬意晚招了招手。「快過來。」

喬意晚緩步朝著太后走去，太后拍了拍身邊的位置，示意她坐下。

喬意晚坐下後，太后笑著說道：「如今宮裡要準備除夕宴，我年紀大了，精神不濟，我想著東宮也要準備過年的事宜，不如一起吧。妳和慧妃、冉妃商量商量，看看這過年的宴席該怎麼辦。」

喬意晚連忙起身推辭。「皇祖母，孫媳沒有經驗，此事還是兩位母妃更適合。」

她是太子妃，操辦皇上後宮之事，僭越了。

太后道：「沒事，慧妃和冉妃也沒多少經驗，而且我昨日跟皇上說過此事，皇上也同意了。」

竟然是皇上授意……喬意晚微微有些驚訝。

此事應是皇后的職責，如今沒有皇后，也應是高位的妃嬪來操辦。她身為太子妃，不該做此事，皇上明知不該她做還讓她做，那就說明皇上是有意為之，難道是皇上對她的考驗？

喬意晚略微思索片刻，沒再推辭了。「既然皇祖母和父皇信任我，那我便厚著臉應下了。」

太后笑著握住了她的手，說道：「這就對了。妳是辰兒的正妃，以後宮裡的事情還是要交給妳的。」

從太后宮中出來，慧妃對冉妃道：「冉妃妹妹，沒想到吧，走了一個顏嬪，又來了一個喬氏，這喬氏還是名正言順的儲妃，往後這宮裡怕是沒有咱們的位置了。」

冉妃知曉皇上的病情，也知過不了多久皇上就會傳位給太子，所以沒接她這話。

見冉妃這般淡定，慧妃冷笑一聲道：「我差點忘了，妹妹是和太子妃有些淵源的，跟我大不相同。」

最近她可沒少聽說關於這位太子妃的八卦，尤其是太子妃當年和冉妃的弟弟訂過親。

冉妃瞥了慧妃一眼，淡淡說道：「我勸姊姊莫要在外面說此事，免得惹禍上身。」

喬意晚如今已經嫁給了太子，成了太子妃，這門親事還是皇上賜婚，若是說了確實會讓皇上不喜，慧妃瞇了瞇眼，敢怒不敢言。

「妳如今是有靠山了，就是不知這喬氏是不是跟之前的馮氏一樣，是個面上甜、心裡黑的，到時候妳別沒靠上這座山不說，還被人當做了墊腳石。」

冉妃道：「我相信太子妃。」接著，她提醒了一句。「皇上的意思已經很明顯了，姊姊若是信我，就好好配合太子妃。」

不管皇上身體如何，從這些年皇上的態度來看，他最終還是會把皇位傳給顧敬臣，如今顧敬臣又手握大權，皇位早晚會落到他的手中。

此刻倒不如賣給太子妃一個好，還能得到一個安詳的晚年。

慧妃嗤笑一聲道：「輪到妳來教我了？」

該說的話已經說完，冉妃沒再多言，轉身快步離開。

慧妃看著冉妃離去，神情若有所思。

皇上正值壯年，至少還會在位十年，這後宮總要有個能主事的人，總不能讓太子妃管著皇上的後宮，論資歷，她應該排在第一位。

太子和太子妃剛回京就要奪走大權，未免太急了些，皇上未必就喜歡他們這副模樣，這次她定要給他們一些厲害瞧一瞧，好叫他們知曉如今宮裡的主子是誰。

喬意晚雖然沒跟顧敬臣說置辦除夕宴的事，但顧敬臣還是很快就知道了。

晚上回到東宮，見喬意晚拿著筆在紙上寫寫畫畫，他湊過去從身後圈住她，問道：「在做什麼？」

喬意晚放下了手中的筆。「在想如何辦除夕的宴席。」

最簡單的辦法就是照舊，去年慧妃和冉妃就是照舊，用了舊人，雖鬧了些笑話，但也順利完成了，如今顏嬪犯了大錯沒了，她的人很多都不能再用了。

流程都是固定的，關鍵是人選。她對宮裡的人不熟悉，不知道哪些人可用、哪些人不可用，手中能用的人實在是太少了，若是再給她幾個月，她或許還能挑選出合適的人選，如今距離宮宴只剩十日的時間，確實難辦。

顧敬臣看向她手中的名單，單從名單上他也看不出什麼，一個人是否可信並不是一朝一夕就能查清楚的，尤其是這麼多人，怎麼也得數月才能查清楚，而距離宴席就只剩下幾日的時間。

顧敬臣開口道：「把管事的換掉，另外安排可靠的人做主事的，下面的人全都聽從他們調遣。」

喬意晚道：「這些人雖然忠心，可未必能把事情做好。」

而且，之前顧敬臣處理孫知府的事情給了她啟發，她並不想把所有管事的都換掉，有些管事的可能不是忠心之人，或者從前犯過小錯，但未必以後還會犯，她想給他們一次機會。

顧敬臣揉了揉她的頭。「不用為這樣的事煩憂，妳剛到宮裡，已經做得很好了，皇上今日還向我誇了妳。」

喬意晚抬頭看向他，顧敬臣親了親她的額頭。

「我安排一隊大內侍衛跟著這些管事的，保證沒有任何人敢造次。」

看著他認真的神情，喬意晚知道他說的是真的，噗哧一聲笑了出來。

這些侍衛個個不苟言笑，宮裡人怕極了他們，若是他們帶著刀往那裡一站，確實沒人敢造次，但是那個場景定然非常詭異。

這是辦宴席，又不是抓捕犯人，思及此，她道：「哪裡就用得著那些侍衛了，又不是抓……」

說著，她頓了頓，腦海中突然蹦出一個想法。

顧敬臣見她突然不說話了，問道：「嗯？」

喬意晚抓著他的手，笑著說道：「我想到法子了。」

顧敬臣道：「嗯？說來聽聽。」

喬意晚說起了自己的想法。

「……怎麼樣，這個法子如何？」

顧敬臣抬手撫摸著她的臉，眼底滿是驕傲。「我家晚兒是最聰明的。」

第二日，喬意晚開始置辦宮中的宴席，冉妃把自己手中相關的權力全部交給她，並且在一旁協助她。

御膳房的油水多，僅這一年的時間慧妃就撈到了數萬兩，捨不得把這塊肥肉扔出來，故而把著御膳房，故意不交給喬意晚。

「太子妃剛入宮，想必還不太熟悉宮中的規矩，御膳房本宮掌管已有一年，做熟了的。」

聞言，喬意晚絲毫沒有生氣，也沒有要搶過來的意思，她笑著說道：「我尚年輕，有許多不足，多謝慧母妃體諒，除夕宴上的佳餚美酒就交給您準備了。」

慧妃看著她的笑容，一時之間不知她是真心想把這事交託給自己，還是在給她下什麼套。

「不……不必客氣，本宮身為皇上的妃子，這是我應該做的。」

喬意晚道：「您準備什麼菜品、需要什麼食材，可以報到費公公那裡，到最後一起上交給太后娘娘。」

慧妃微微蹙眉。「費公公？」

從前她管著御膳房，一應事情都是由自己作主，最後再報給太后。太后基本不管事，報給她也不聽不看，所以廚房的事情還是由自己處理。

喬意晚看向身後的一位內監，費公公躬身上前，朝著慧妃行禮道：「奴才姓費。」

慧妃打量了一眼這個身形瘦弱、眼裡泛著精光的太監，眼底流露出一絲輕蔑。

「太子妃，妳這是從哪裡找出來的奴才，竟然還想讓他管著主子們的御膳房，妳就不怕出了亂子？」

喬意晚細細解釋道：「慧母妃誤會了，我並非讓費公公管理御膳房，而是讓其去監管。剛剛慧母妃說了，您親自管理，我沒有任何意見。」

慧妃聽懂了她的意思，頓時不悅，提高了聲量。「妳的意思是讓這個奴才監督本宮？妳不信任本宮？我管理御膳房一年有餘，太后從來沒說過什麼，皇上也沒說過，我也沒弄出任何亂子，怎麼到了妳這裡就要懷疑本宮了？妳難不成是覺得太后和皇上判斷有誤？也不看看自己的身分！」

儘管慧妃語氣很衝，說話也不客氣，喬意晚卻絲毫沒有氣惱，她語氣平靜地說道：「為保證政治清明、司法有序，皇上在前朝設立了監察司監察百官。此舉整治了官場不正之風，正了朝綱，可見監察司設立有效。今，吾蒙太后和皇上器重，委以除夕宴重任，欲仿效皇上，在後宮暫設監察房監察各處，以保後宮安寧。」

慧妃心中的怒意本已達到了頂峰，她已經想好要如何去皇上那裡告喬意晚一狀，沒想到喬意晚把皇上抬了出來。「哼，太子妃好大的官威。」

喬意晚笑了笑沒說話，慧妃一拳打在棉花上，甩了甩袖子離開了。

喬意晚笑道：「費公公，有勞了。」

費公公道：「太子妃折煞奴才了。」

慧妃恨得牙癢癢，更令人生氣的是那跟過來的奴才壓根兒不把她放在眼裡，大有你不讓我看就是你有問題的架勢。

慧妃心虛，不敢鬧大，又不敢讓他看帳冊，雙方僵持不下，僵持了三日，慧妃不僅沒能從御膳房中撈到好處，自己從前動的手腳也讓人查了出來。

喬意晚看著費公公找到的證據，當著慧妃的面燒了，以前的事權當作不知曉，慧妃癱坐在地上，一陣後怕，至於御膳房，馬上就交到了喬意晚手中。

喬意晚既沒有將此事匯報給太后，也沒有跟皇上說，但顧敬臣一直在關注她，有幾名監管的內監還是他的人，所以他很快就得知了此事。

他沒想到喬意晚不僅沒跟太后說，甚至還把證據燒掉了。

晚上回來後，他向喬意晚問道：「慧妃之前百般阻撓，妳為何不將此事報給太后知道？」

喬意晚道：「我覺得皇上未必不知道此事。」

根據她對皇上的了解，皇上是一個有能力有手腕的帝王，後宮的事情未必能逃過他的眼睛，他之前沒動慧妃，只能說是他不想管，或者睜一隻眼、閉一隻眼。

顧敬臣微微挑眉，這倒是跟他想到一處去了，但即便不說，也該留下證據。

「證據都燒了，妳不怕慧妃到處說此事，倒打一耙？」

比如，說喬意晚欺負她，從她手中奪權。

喬意晚搖頭道：「不怕。既然皇上已經知道，不管她如何告狀，也沒什麼影響。她畢竟是父皇的妃子，我們若是有了衝突，有失皇家顏面，此事洩漏出去不是什麼光彩的事，對我也沒什麼好處，同樣有損皇家顏面，燒掉了對大家都好。」

聽著喬意晚的話，顧敬臣抬手揉了揉她的頭。

她總是那麼懂事，那麼顧全大局。

皇上很快就得知了此事，點了點頭，沒說什麼，不過，私下卻跟太后誇起了喬意晚。

「喬家的女兒的確不錯，賢良淑德，秀外慧中，顧全大局。」

這話不知怎麼傳了出去，一時之間，永昌侯府偏支的姑娘也被媒人踏破了門檻。

很快，除夕宴的日子到了。

當日早上，幾乎顧敬臣一動，喬意晚立刻就醒了。

聽到身邊的動靜，顧敬臣道：「怎麼醒這般早？再睡一會兒吧。」

喬意晚甕聲甕氣地說道：「天色不早了，今日事情多，我得早起去看看。」

顧敬臣抬手把她攬在了懷中，道：「昨日不是都弄好了嗎？不必親力親為。」

喬意晚把頭靠在顧敬臣懷中，享受今日最後的安寧。「這麼重要的事情，不去看著我不放心。」

顧敬臣了解她的性子，聞言便沒再勸說，他抬手揉了揉她的頭髮，道：「若是需要幫忙就讓人去跟我說，有我在，不會有亂子的。」

這話說得讓喬意晚很安心，她嘴唇露出一抹笑，從他懷中抬起頭來，親了親他的唇，應了一聲。「好。」

瞧著喬意晚臉上的笑意，顧敬臣心裡癢癢的，最近喬意晚忙，他也在忙，兩個人已經好幾日沒有親熱了，此刻雖然不能做那件事，但也不是不能做點什麼。

喬意晚的唇剛剛離開顧敬臣的唇，顧敬臣又再次貼了過來，這個吻比剛剛的更加熱烈，幾乎讓人喘不過氣來。

一個長長的吻後，看著喬意晚嬌豔的唇、如水洗一般的眼睛，顧敬臣覺得自己更像是飲鴆止渴。

「真想把妳藏起來。」

喬意晚臉色紅了紅，推了推他，柔聲道：「該起了。」

顧敬臣趴在她身上緩了緩，道：「嗯。」

這是顧敬臣被冊封為太子後的第一個新年，此次除夕宴辦得非常盛大，京城中的皇親國戚都來了，朝中五品以上的官員攜女眷參加。

往年大家都去顏貴妃那裡拜訪，如今皇上的後宮中沒有一個主事的人，喬意晚又只是太子妃，雖是儲妃，但畢竟名不正言不順，所以今年女眷都去了太后的宮裡請安，太后宮裡難得熱鬧了起來。

不過，一般人也不夠格和太后請安，最後留下的都是宗室，幾個人聊著聊著，話題就落到了喬意晚的身上。

喬意晚雖然才做太子妃一個月，但她能力強、為人穩重，事情處理得極好，後宮甚至比顏貴妃在時還要有序，有這樣一位儲妃，是皇室的幸運。

眾人莫不誇讚喬意晚，太后本就喜歡喬意晚，也跟大家說著喬意晚這一個月來對她的照顧。

福王妃笑著說道：「以後等太子妃生了孩子，咱們這宮裡就真的熱鬧起來了，也安穩下來了。」

提到孩子，太后也有話說，她嘆了下氣，道：「哎，可不是嘛，就差個孩子了。」

福王妃忙道：「不過您也別急，太子和太子妃還年輕，又剛成親沒幾年，孩子很快就會有的。」

淑寧公主笑著說道：「可不是嘛，到時候生上十個八個的，吵得您煩。」

太后看向眾人，指著淑寧公主笑呵呵地說道：「這丫頭說話還這麼直。」

淑寧公主道：「我這不是說到您心坎上了嗎？難道母后不想嗎？」

太后笑著說道：「想，想，怎麼不想呢？」

英華長公主道：「太子和太子妃二人樣貌出眾，以後生的孩子不知道會有多好看，咱們就等著瞧吧。」

太后想到孫子和孫媳的樣貌，笑著點了點頭。

跟太后請完安，時辰到了，大家便紛紛前往入席。

第四十五章

永昌侯先去見了自己的女婿，也就是如今的太子，隨後才跟著宮人去了席上。

今日他走路都有風，宮人一直垂頭往前走，永昌侯看著第五、六個席位，頓了頓，往常在這樣的場合中，永昌侯府一般排在一側第五、六個席位，今年位置變了？

走到第三個席位，宮人恭敬地道：「請侯爺入座。」

看著面前的位置，永昌侯心中一喜，但面上還是一派淡定。

位置代表著皇上對其重視程度，越往前越得聖寵，永昌侯府可是排在了文國公府的前面了。

「公公確定是這裡嗎？」

內監往前數了數，確認了一下，再次說道：「確定。」

永昌侯道：「嗯，煩勞公公了。」

內監道：「侯爺折煞奴才了。」

隨後，恭敬退下。

喬彥成在眾人豔羨的目光中坐下了，他看著前面坐著的英華長公主一家，熱情地打著招呼，不僅如此，也跟一些前來的同僚說著話，看起來十分自在。

跟永昌侯的如魚得水不同，陳氏一直緊張著。

她知道今日的宴席是女兒籌辦的，也知之前慧妃弄了些事出來，她生怕今日宴席會發生什麼意外。今日女兒太忙，她也沒能見到女兒，她著實擔憂女兒。

終於，隨著內監的話音落下，皇上扶著太后來到了席上，太子和太子妃緊隨其後。

「見過皇太后，見過皇上。」

「見過太子，見過太子妃。」

永昌侯看著站在太子身側的女兒，一臉與有榮焉的模樣，甚是驕傲。陳氏卻只看到了女兒的疲憊，很是心疼女兒。

落坐後，昭元帝先開口說了幾句，總結舊年，展望新年，隨後，歌舞表演開始。

喬意晚一直端坐在顧敬臣身側，一旁福王妃與她說話，她便恭敬地回應。

顧敬臣幾乎沒和喬意晚說話，但動作卻沒有停，時不時給喬意晚挾菜，倒一些熱茶。

見顧敬臣還要往她盤子裡挾菜，喬意晚阻止道：「太多了，吃不完了。」

顧敬臣動作未停，又挾了一筷子。「妳太瘦了，最近辛苦了。」

聞言，喬意晚也為顧敬臣挾了一塊肉，禮尚往來。「你最近也辛苦了，多吃點。」

顧敬臣看著碗中的肉，心裡一片柔軟。「好。」

說著，他把喬意晚為他挾的肉吃進了嘴裡。

他們兩個人私下吃飯時也會這樣，倒是不覺得有什麼奇怪的，但旁人可不一定如此認為。

眾人雖然眼睛盯著歌舞，但視線也一直看著坐在上位的人，顧敬臣的一舉一動都被收入了眼底。

顧敬臣雖然樣貌英俊，平日裡卻不苟言笑，他身形又比旁人壯些，冷著臉時確實讓人恐懼。如今他頂著那一張冷峻的臉做這樣溫柔的舉動時，真的有很強的違和感。

更令人驚訝的是太子妃對此似乎習以為常，想來是因為太子平常就如此，所以太子妃才會如此平靜。

這二人還真是如傳聞中一樣恩愛，陳氏見狀，忐忑不安的心稍微得到了一絲慰藉。

自從顧敬臣決定回京，陳氏的心就沒能平靜下來，男人心易變，身為侯爺時，顧敬臣或許一心愛慕女兒，但他成為太子後就未必還能如此，可如今見顧敬臣待女兒比以往更呵護備至，倒是令人安心。

當然，顧敬臣也可能是裝出來的，但願意裝，總比連裝都不裝的好。

這時，永昌侯順著夫人的目光看到了前面，只看到女婿為女兒挾了一筷子青菜，女兒笑著看向女婿，一副溫情脈脈的情形。

永昌侯默默點了點頭，轉頭又看向夫人，正想說些什麼，卻瞧見了夫人眼中複雜的神色。

他琢磨了一下，看了看面前的膳食，拿起勺子舀了一勺什錦蝦仁放入陳氏的碗中，陳氏收回目光，看向碗中的菜。

永昌侯道：「我記得夫人愛吃這道菜。」

陳氏眼神微怔，應了一聲。「嗯。」

她拿起勺子，把菜吃入口中。

永昌侯笑了，隨後看向面前的膳食，突然微微嘆氣。「太子妃有心了，這一桌子菜竟都是夫人愛吃的。」

陳氏瞥了一眼旁邊別人面前的膳食，還真的與自己前面擺著的不太相同。不過，旁人府上的菜色雖有一半是相同的，但每一家各自有幾道菜還是有所不同，估摸著那幾道菜應是按照個人口味安排的。

南邊來的官員，清淡的食物為主，北邊的官員滷菜多，武官重口味的菜多，女兒當真是周到。

他們這一桌的菜色是最用心的，和旁的府上都不同，全是按照她的口味來安排的。

陳氏心中滿滿的感動，她轉頭看向永昌侯道：「侯爺莫要介意，意晚之前常常和我一同吃飯，故而知曉我的口味，她甚少與侯爺一同用飯，不知您愛吃什麼，所以沒按照侯爺的口味準備，下次我跟她說一聲。」

永昌侯笑著說道：「為夫怎會計較這些，夫人愛吃的，我都愛吃。」

陳氏瞥了一眼永昌侯，沒再多言。

太子能力卓絕，處事公正，雖手腕強硬，又大力扶植武將，但就憑著他一舉壓制住梁國，大揚國威，朝堂中的文官多半也是支持他的，再加上陳太傅和永昌侯為首的文官都站在他那一邊，對其不滿的人也成不了氣候。

太子妃溫婉大方，舉止有禮，從容有度，今日的膳食和以往制式化的冷食不同，不僅符合每個人的口味，還用小爐子熱著，又或是用熱水溫著，在這個寒冷的冬日讓人感受到了極大的溫暖。

席間，不少人誇讚太子、誇讚太子妃，皇上滿意，百官滿意，其樂融融。

一旁的月珠縣主瞧著高高在上的喬意晚，手中的帕子都快要捏爛了。

她不知為何事情會發展到如今這樣的局面，明明第一次見喬意晚時她還只是一個五品京官的女兒，在家中不受寵，險些嫁給一個窮書生，她壓根兒就沒把這種低微身分的人看在眼裡。

可後來她一躍成為了永昌侯的嫡長女，身分一下子就變了，再後來，她嫁給了手握大權的定北侯。到如今，定北侯的身分在一夕之間變成了太子殿下，即將繼承大統，喬意晚也成了她遙不可及的存在。

兩個人之間的身分像是對調了一般，如今被踩在腳底下的人變成了自己，往後喬意晚若是真成了皇后，這京城哪裡還有她的立足之處？

她真的很難接受，偏偏耳畔傳來的全都是對喬意晚的讚美之聲，令她很不悅，這時，她眼角瞥到了對面的一個男子，冉玠。

此刻冉玠正盯著前面看，眼睛眨都不眨一下。

名聲、權力、男人，喬意晚可說是擁有了一切，到底憑什麼？憑什麼她能得到她想要的一切？

廉郡王妃看到了女兒的視線，抬手拍了拍她的手，鄭重道：「月珠，妳放棄冉玠吧。天底下好兒郎多的是，何必只盯著他一人？我瞧著他除了長得好看些，也沒別的本事，男人不能只看臉。」

月珠縣主咬了咬唇，道：「可這些人都喜歡她。」

說著，她垂下眸，一臉落寞。

這個「她」指的是誰，廉郡王妃心知肚明，她轉頭看向了坐在上座的喬意晚，此刻太子正為她挾了一塊糕點，兩個人正有說有笑。

這時，英華長公主笑著說道：「太子和太子妃可真恩愛，羨煞我們這些老人了。」

所有人的目光都看向了顧敬臣和喬意晚。

顧敬臣手上的動作頓了頓，臉上的笑頓時收斂了，不過，他還是把手中的糕點穩穩放在喬意晚的碗中。

淑寧公主接了一句。「景辰看著面冷，也是個會疼人的。」

福王妃笑呵呵地說道：「景辰媳婦兒性子好、長得好，連我都忍不住想疼她。」

太后也笑著說道：「景辰媳婦兒是個孝順的。」

面對長輩的打趣，顧敬臣面色始終平靜，喬意晚倒是有些不好意思。

這些人還真是牆頭草，瞬間就倒向了喬意晚，想到坐在一旁一臉落寞的女兒，廉郡王妃看向太后，她記得剛剛在太后宮中時，太后曾隱晦提起過孩子的事。

廉郡王妃開口說道：「從宮外就聽說太子妃挺能幹的，把宮裡上下打點得井然有序，還是個孝順的，可惜宮裡還是太冷清了些，要是再能有幾個孩子就好了。」

這話一出，場面瞬間冷了下來，誰都知道太子和太子妃成親一年多了還沒有孩子，而太后也急於想抱重孫。

喬意晚抿了抿唇，這也是她一直在想的問題。她並不是很急著要個孩子，而是前世嫁給顧敬臣後沒多久她就懷了孩子，而今生不知為何卻久久沒動靜。

她有些擔心是因為自己和顧敬臣重活了一世，所以不能有孩子。

桌子底下，顧敬臣伸手握住了她的手。

喬意晚看向坐在一側的顧敬臣，內心瞬間平靜下來。

顧敬臣對喬意晚笑了下，隨後看向了廉郡王妃。「勞郡王妃關心，孤不喜歡熱鬧，東宮如今有孤和太子妃二人足矣。」

說完，他瞥了一眼坐在一側的月珠縣主。

「孤若沒記錯的話縣主年歲也不小了，郡王妃若是有精力，不如多關注關注縣主的婚事。若是郡王妃沒時間，那孤就代勞了，邊境還有許多將士孤身守著我青龍國的邊界。」

這話一出，氣氛凝結成冰。

昭元帝瞥了一眼兒子，心中有幾句話，但他忍住了沒說出來。

廉郡王妃和月珠縣主的臉色瞬間就變了，廉郡王也覺得頗沒有面子。

他怎麼說都是皇上的堂弟，是太子的長輩，女兒又是縣主，身分尊貴，怎能嫁到邊關苦寒之地？

這太子殿下的位置還沒坐熱，就想拿他們這些宗室下手了？

廉郡王一臉倨傲，提醒道：「太子殿下，月珠是縣主，姓周！」

顧敬臣回道：「嗯，郡王說得對，是孤考慮不周了，月珠縣主畢竟是皇室之女，身分貴重。」

廉郡王心裡舒坦多了，但接著，就聽顧敬臣來了一句。「皇室之女亦有皇室之女的責任，昨日梁帝來信欲為二皇子求娶一位皇室女，既如此，那就讓月珠縣主去吧。」

廉郡王臉色瞬間煞白。

顧敬臣殺了梁國的三皇子浩都，梁國恨死他們青龍國了，如今是被顧敬臣打怕了，無力還手，這才求和。若是女兒嫁過去，安能有好日子過？尤其是那位二皇子性情暴虐，聽說他前一位正妃就是被他打死的。

青龍國和梁國兩國交戰多年，雙方矛盾日益加深，始終互相防備著，若女兒嫁過去成了皇子妃，他在京城怕是日子也會跟著不好過，難免被處處監視。

廉郡王看向了昭元帝，恰好昭元帝也看了過來，目光落在月珠縣主身上。

月珠縣主對上昭元帝的視線，這一刻，她腦子變得一片空白，想到梁國人的凶殘，她滿心的抗拒。

廉郡王是真的怕了，連忙起身，撲通一聲跪在了殿中，廉郡王妃和月珠縣主也跟著跪在他的身後。

廉郡王道：「求皇上開恩！月珠只是個縣主，她不能嫁過去，我就這一個女兒，不捨得讓她遠嫁！」

昭元帝瞥了一眼跪在殿中的廉郡王，又轉頭看向坐在身側的兒子。

昨日梁帝來信，欲為兒子娶一位公主，內閣中有一半多人支持，認為此舉可以顯示國威，還能利用出嫁的公主監視梁國的動靜。

但這個想法當場就被兒子拒絕了，兒子堅決反對利用皇室女和親來達到政治目的。

昭元帝的目光又滑到了一旁的兒媳身上，微微嘆氣。

兒子什麼都好，能文能武，治國平天下的能力都在他之上，唯一一個缺點就是太寵愛太子妃了，不願讓太子妃受一丁點委屈。

昭元帝沈聲道：「梁國的事一律由太子做決定。」

廉郡王的眼神瞬間黯淡下來，目光落到了太子身上。

顧敬臣看向喬意晚，喬意晚捏了捏他的手，朝著他搖了搖頭。她是不喜歡月珠縣主，但也不願讓她變成犧牲品，嫁到梁國去。

顧敬臣神色緩和了些。「孤如今不贊同用女子來求和平，以後也不贊同。一個國家的穩定當由兒郎們共同守護，而不該依賴家中的姊妹。」

聽出顧敬臣話裡的意思，廉郡王頓時鬆了一口氣，他心裡已經想到了好幾個人選，打算過了年就把女兒嫁出去，以免再出什麼意外。

顧敬臣頓了頓，又補了一句。「不過，若是有人自願，孤也不是不可以考慮一下。」

「自願」二字咬得格外重，這是在威脅了。

月珠縣主知道自己逃過了這一劫，癱在了地上。

她心中對喬意晚的不滿已經完全沒有了，這一刻她終於明白，二人之間有著巨大的鴻溝，喬意晚再也不是她能任意欺負的人了。

這個小插曲很快就過去了，歌舞表演繼續。

顧敬臣見喬意晚吃飯的速度慢了下來，看著她碗中還有剩菜，伸手把她的碗端了過來。

喬意晚的筷子瞬間落空，疑惑地看向顧敬臣。

顧敬臣拿起筷子吃起她碗中的菜，隨口道：「菜涼了，吃了肚子不舒服。」

喬意晚道：「那你吃了也會不舒服。」

顧敬臣知道她關心他，心裡暖暖的。「為夫肚子好，不怕。」

喬意晚抿唇笑了起來。

坐在末尾的梁行思看著喬意晚的笑，心中有說不出來的難過，又有一絲欣慰。這麼好的姑娘，即便沒能嫁給他，他也希望她過得好。

太后年紀大了，坐不了太久，皇上身子也不好，約莫過了半個時辰左右，太后起身，皇上也順勢站了起來，藉著送太后的理由也準備離開。

顧敬臣起身相送，太后乘著鳳輦離開了，門口處只剩下皇上和太子。

離開前，昭元帝想了想，把剛剛沒說出來的話私下說了出來。

「朕知道你和太子妃情深意篤，不過，如今你身分不同以往，可以考慮一下納妃，皇室子嗣綿延才是興旺之兆，太子妃是個懂事大度的，相信她能理解。」

顧敬臣沈默片刻，看向殿中正偷偷摸宮女手的二皇子，以及喝得臉色紅通通的三皇子，說了一句。「子孫多了，就真的能令皇室興旺嗎？」

昭元帝順著兒子的目光看了過去，頓時氣不打一處來。

這兩個不成器的東西！

顧敬臣察覺到昭元帝的憤怒，道：「顏嬪給您下的毒還未全部清除乾淨，還望您保重身體，莫要動怒。」

先是兩個兒子不成器，然後又提到了他寵信多年的惡毒妃子，昭元帝已經不知道該氣什麼了，他忽然覺得自己這一輩子活得很失敗。

顧敬臣看向端坐在上位，正對著身後的意安笑的喬意晚，語氣變得柔和。「意晚不是先皇后，也不是顏嬪，我和意晚生的孩子也不會如兩位弟弟一般。」

昭元帝閉了閉眼，嘆了口氣。「隨你吧。」

說完，昭元帝便離開了。

顧敬臣回到殿中，殿中的歌舞還在繼續，約莫過了一個時辰左右才結束。

雲意安剛剛沒跟太后一起離開，一直跟在喬意晚的身後，當宴席結束，喬意晚要回宮時，她這才跟著要離開。

此刻時辰不早了，喬意晚不放心她一個人回去，顧敬臣瞥了一眼啟航。

啟航立刻道：「太子妃放心，屬下親自護送雲姑娘回宮。」

喬意晚看向啟航，又看向雲意安，見雲意安臉色有異，她有些遲疑。

這時，顧敬臣說道：「嗯，去吧，送意安回慈壽宮後再去各處巡視一番，確保宮內安穩。」

啟航應道：「是，殿下。」

此刻喬意晚倒不好再說什麼了。

這是啟航第二次送雲意安回去，雲意安心中對他的懼意不減反增。

一路上啟航時不時說兩句話，雲意安一直垂頭往前走，想回應又不知該如何回應。

等到了太后的慈壽宮門口，啟航停下了腳步，雲意安猶豫了一會兒，抬手比劃了幾下。

啟航不懂手語，沒看懂，但他猜雲意安是在感謝他，他笑著說道：「雲姑娘不必客氣，這是太子殿下的命令，您若是想感謝的話就謝太子殿下，順便在太子妃面前好好為殿下美言幾句。」

雲意安點了點頭，又繼續比劃，啟航看了許久，終於明白她或許還有別的意思，他試探地問了一句。「雲姑娘想跟我說別的事？」

雲意安猛地點頭。

啟航道：「何事？」

雲意安抬手繼續比劃，啟航依舊沒看懂，雲意安有些著急，她胡亂比劃著，指了指門口，又指了指裡面，然後指了指自己，又指了指裡面。

啟航大概懂了。「雲姑娘想去裡面拿東西，讓我在這裡等著？」

雲意安臉上的焦急不見了，取而代之的是一抹笑容。

漆黑的夜，天上時不時飄下幾片雪花，啟航看著面前小姑娘的笑容，突然覺得有些溫暖。

「好，我等著雲姑娘。」

得到回應，雲意安提起裙襬，匆忙朝著裡面走去，她像是生怕他會離開，走幾步就回頭看上兩眼。

啟航說道：「妳且去，我既答應妳，便會在這兒等妳，不會亂走。」

雲意安點點頭，放心地朝著裡面去了。

一旁的侍衛低聲道：「大人，雲姑娘是不是對您有意思？」

啟航愣了一下，正色道：「胡說什麼！莫要污了人家姑娘的名聲，這位可是太子妃的表妹，若閒話傳出去，小心你的腦袋。」

那名侍衛嚇得連忙跪在地上。「是屬下失言，屬下絕不敢亂說，還望大人莫要告訴太子殿下。」

太子殿下有多麼重視太子妃，大家有目共睹，月珠縣主曾經得罪過太子妃，太子殿下差點把她送去梁國和親，月珠縣主是皇親貴冑都是如此待遇，更何況是他們這種低等的侍衛。

啟航道：「起來吧，以後莫要在背後議論雲姑娘。」

侍衛應道：「是。」

不多時，雲意安從殿中出來了，她手中似乎拿著一個荷包，等到了跟前，她把手中的荷包塞進啟航的手中，這一舉動頓時令大家怔住了。

剛剛啟航還信誓旦旦地說雲意安對自己沒意思，此刻他也有些遲疑了。

雲意安跟啟航比劃著。「煩勞大人把這個荷包交給太子妃。」

啟航是什麼都沒看懂，只是呆呆地問道：「給我的？」

雲意安搖了搖頭，她是想託啟航把禮物帶給長姊，雖然也算是給他的，只不過是託他轉交給別人，想了想，她又點了點頭，用手比劃著，解釋道：「請交給長姊。」

這一刻啟航看雲意安的眼神變了。

這姑娘看起來柔柔弱弱的，性子也很膽小，怎會做出這種出格的舉動？難道是……太過愛慕他了？可他對雲姑娘沒有這個意思。

她這麼膽小，姑娘家又愛面子，他此刻若是當眾把荷包退還給她，會不會不太好？他有些糾結。

雲意安覺得自己想表達的意思很簡單，他應當是明白了，最後笑著比劃道：「謝謝！」

看著雲意安的笑容，啟航握緊了手中的荷包。

罷了，先不還了，等改日有時間再私下跟她說清楚吧，免得傷了小姑娘的心。

「雲姑娘的心意我明白了。天色不早了，外面冷，妳快些回去吧。」

雲意安笑著點頭，轉身回了殿中。

身後的侍衛們互相看了看，眼神不禁流露出八卦的意味，啟航盯著手中的帕子看了片刻，放入了懷中，轉身瞧著侍衛們，立即正色道：「誰都不許說出去，否則軍法處置！」

「是！」

今晚是除夕夜，啟航值夜，聽著宮內宮外的鞭炮聲，他想到了幼年在家鄉時和爹娘一起慶賀除夕的情形，而如今爹娘早已逝去，只有他孤身一人了。

他抬手摸了摸胸口，恰好摸到了剛剛雲意安給他的荷包，想到小姑娘如小白兔一般膽怯的眼神，他失笑，打開荷包看了一眼，沒想到裡面竟然是一方帕子，上面繡了幾顆石榴。

這是……多子多福的意思？

啟航震驚極了，她不僅喜歡他，還想跟他生兒育女！

這小姑娘竟然膽大到送他這樣的帕子，可見對他愛慕之深……她平日裡看起來很是懼怕他，沒想到心中竟對他有這麼多的想法，可真是熱情得令人招架不住。

這一刻，啟航的心跳快了幾分，他年紀不小了，確實該考慮考慮成親的問題了，這幾年太子殿下也問過他這個問題，說是若他願意，要讓太子妃為他說一門好的親事。

如今四海安定，殿下也掃除了障礙，成親，倒也不是不行。

不過這位雲姑娘太膽小柔弱了，不適合他，他還是得找個機會好好跟雲姑娘把話說清楚了。

回到東宮，喬意晚終於放鬆下來，在宮女的服侍下卸掉了身上的頭飾，又去沐浴一番，待躺到床上時已經過了子時。

她想到剛剛的事情，問顧敬臣。「你為何總是讓啟航送意安回去？」

顧敬臣頓了頓，問道：「妳不覺得他們二人很相配嗎？」

喬意晚聞言，還真沒覺得。

啟航很早就從軍，一直跟在顧敬臣身邊，打仗多年，身上一股殺伐之氣，和顧敬臣身上的氣息很像。

從前意安幾乎沒出過府，如今雖來了宮中，但因為前有冉妃，後有太后，眼下又有她的照顧，性子依舊單純，和啟航兩人八竿子打不著。

見她沈默，顧敬臣道：「那不然下次換個人送吧。」

喬意晚看向顧敬臣，他沒有說不讓護衛送，而是說換個人送，他向來不管這些瑣事，如今卻對意安的安危這般上心，或許是前世意安做了什麼幫助了他？

「不必，就他吧。」

顧敬臣有前世的記憶，說不定前世意安和啟航之間發生過什麼事情，啟航人品不錯，又有功夫在身，能護得住意安，意安若是能嫁給他倒是件好事，顧敬臣是個可靠的人，他的安排定然沒錯。

不過，如今就她來看，意安似乎有些懼怕啟航，得想個辦法撮合一下這二人。

喬意晚正想著呢，忽然有一股帶著酒氣的熱浪靠近了她，有一隻手也開始不老實。

喬意晚身子一顫，連忙握住了顧敬臣的手。「太……太晚了，明日一早還要拜年。」

顧敬臣湊在喬意晚身邊，沈沈嘆氣。

喬意晚想到今日各位長輩的話，又想到了前世她那個無緣一見的孩子，鬆口道：「要不然明日？」

顧敬臣瞬間抬眸看向她，眼睛亮亮的，快速答應了。「好，那就明日。」

看著顧敬臣的眼神，喬意晚微微有些不自在，她在想，自己是不是太好說話了？不過，第二日顧敬臣也沒能如願，直到幾日後，二人終於沒那麼忙了，他才終於有機會和她親熱。

喬意晚雖想撮合意安和啟航，但因為過年，最近實在是太忙了，這幾日一直被顧敬臣鬧，精力又有些不濟，便把此事擱置在一旁。

等過了正月，一切事情都步入正軌，她終於想起這件事，連忙吩咐紫葉去打聽一下啟航在宮中值夜的日子。

紫葉還正想著不知要問誰才好，結果晚上就在宮門口遇到了揚風。

揚風看到紫葉，眼睛一亮。他們好久不見了，之前在延城還好，自從侯爺和夫人進了宮，他們就甚少遇到，有時即便是見了面也說不上兩句話就匆匆去忙了。

紫葉向揚風走去，朝著他福了福身。「揚風大人。」

揚風回了一禮，隨後問道：「妳這是要去哪裡？可需人幫忙？」甚是客氣。

紫葉看著他，直說了。「不用，我想去尋您。」

揚風挑了挑眉。「何事？」

紫葉四下看了看，問道：「您可知啟航大人在宮裡值夜的日子？」

揚風臉上的笑頓時消失了。「妳問這個做什麼？」

見揚風態度不善，紫葉也裝不下去了。「你愛說就說，不說我去問旁人。」這般說話的態度彷彿又回到了大家在延城的時候。

揚風笑著說道：「妳脾氣怎麼還是這麼大？我又沒說不告訴妳。」

紫葉道：「那就請大人說吧。」

揚風說道：「跟妳說也不是不行，只不過妳得先告訴我為何要問啟航的事。」

紫葉沈默了。

揚風見紫葉不說，敗下陣來。

「好吧好吧，我說我說，妳莫要問旁人了。」

揚風把啟航值夜的日子告訴了紫葉，紫葉道了一聲謝，轉身回了東宮。

看著她的背影，揚風嘆了口氣，他覺得來到宮裡之後，大家都漸漸疏離了，不似從前那般親近。

第四十六章

喬意晚打聽到了啟航值夜的日子，特意選在他值夜的日子把意安請到東宮來陪她，一直陪到顧敬臣回來。

喬意晚瞧著天色不早了，順勢說道：「天黑了，路上有積雪不好走，我安排人送妳回去。」

顧敬臣立馬就明白了她的意思，對啟航道：「你送送雲姑娘。」

啟航微微有些遲疑，但還是應了下來。「是。」

往常二人去太后宮中的路上，啟航還會找話尬聊，但自從上次送荷包事件，啟航對雲意安的態度就跟從前不太一樣了。

一路上他都在猶豫該如何跟雲意安說清楚自己的想法，表明自己對其無意，而雲意安則是一直垂眸往前走，因為天黑路滑，她常年繡帕子，視力也沒那麼好，不小心踩到了冰上，腳下一滑，頓時就要摔倒在地。

啟航什麼都沒想，下意識就拉住了雲意安的手，摟住她的腰把她帶到一旁，使她免於摔倒。

她的手也太嫩了些，腰也太細了，這小姑娘就像易碎的琉璃，輕輕一捏就要碎掉。

因為上次託啟航送過帕子，雲意安心裡沒那麼怕他了，可也並非完全不怕，瞧著近在咫尺的他，縱然他剛剛救了她，她還是快速離開了，往後退了兩步。

雲意安回過神來，整理了一下衣裳，對啟航比劃了幾下。「謝謝。」她的小臉紅撲撲的，臉上的神色既認真又帶著幾分羞怯。

啟航看懂了，輕咳一聲道：「不必，舉手之勞，意安姑娘小心腳下，莫要一直低頭走路。」

雲意安的臉更紅了，咬了咬唇，點點頭，再往前走時，先習慣性低頭，隨後像是想起了他的囑咐，抬起頭來。

也太乖了吧！啟航心裡忽然像是被羽毛拂過一樣，癢癢的。

一直把雲意安送到太后宮中，啟航都沒找到機會表明心意，看著雲意安遠去的背影，他看了看自己空蕩蕩的手，上面似乎還殘留著剛剛的觸感和香氣，心中似乎有些不一樣了。

漸漸地，但凡啟航巡邏時都不自覺會往太后宮殿附近去轉轉，偶爾他會遇到從裡面出來的雲意安，雲意安朝著啟航福了福身，啟航還禮。

「意安姑娘是準備去東宮尋太子妃嗎？」

雲意安點頭。

啟航道：「一起吧。」

雲意安猶豫了一下才答應。

喬意晚見啟航和雲意安一同前來，眼睛在二人身上來回看了看。

「一會兒還要煩勞啟護衛護送意安回去。」

啟航連忙道：「太子妃客氣了，這是屬下的職責。」

啟航離開後，雲意安皺了皺眉。

喬意晚看到了雲意安的神色，問了她一個問題。「安安，妳覺得啟航如何？」

雲意安微微一怔，然後用手比劃了一下。「是個好人。」隨後又比劃了幾下。「就是看起來太凶了。」

喬意晚失笑，揉了揉她的頭髮問道：「妳以後想找個什麼樣的夫婿？」

雲意安臉色漲得通紅，一個字也比不出來。

喬意晚道：「啟航那樣的如何？」

雲意安瞪大了雙眼，不住搖頭。

看來雲意安暫時對啟航無意，喬意晚沒再多說。

晚上，啟航護送雲意安回去時，雲意安躲得遠遠的，跟他保持著距離。

等快到太后宮中時，啟航叫住了她。「意安姑娘，我有話想跟妳說。」

雲意安停下了腳步。

其他侍衛都離得遠遠的，此刻宮門口只有他們二人，啟航張了張口，猶豫了一會兒，厚著臉皮說出想說的話。「我……那個，我同意了。」

雲意安滿臉詫異。

啟航見狀，不知該如何解釋，臉也變得黑紅黑紅的，他想了想，從懷裡拿出荷包。

「前些日子妳不是送了我一方帕子表達愛意嗎？我同意了，以後這就是咱倆的定情信物。」

雲意安瞬間滿臉驚恐，啟航漸漸察覺出不對勁的地方，這神情，不像是歡喜的模樣啊。

雲意安很快回過神來，從他手中搶回荷包，紅著臉快速解釋，越比劃越亂，甚至張口啊啊啊說了起來。

啟航皺了皺眉，看了好久，終於明白了她的意思。

「這不是給我的？」

雲意安點點頭，比劃著說是給太子妃的，見啟航不理解，她指了指東宮的方向，又指了指手中的書，她手中的書是喬意晚剛剛給她的，啟航也知道。

啟航一下子明白過來了。「這帕子是妳為太子妃繡的，希望她多子多孫？託我呈遞給她？」

雲意安點了點頭，終於不似剛剛那般著急了。

所以一切都是自己自作多情？啟航張了張口，一時之間不知該說什麼好，最後，他說了一句。「抱歉，是我誤會了，打擾了。」

說完，轉身狼狽離去。

雲意安站在宮門口盯著啟航的背影看了許久，眉間緊鎖，想了許久似乎沒想明白，搖搖頭，進去了。

不僅雲意安為喬意晚繡了多子多福的帕子，陳氏也準備了不少東西。

這日，陳氏進宮了。

和女兒是否有了身孕相比，陳氏更關心女兒如今過得如何，她一來沒說懷孕的事情，而是問起女兒的身體。

雖然女兒說一切都好，可瞧著女兒略顯疲憊的神色，陳氏還是有些不放心。

「妳最近是不是沒休息好，臉色怎麼這般難看？」

喬意晚想到顧敬臣昨晚又鬧了她，神色微微有些不自然。

陳氏皺眉，握住了女兒的手，輕聲問道：「可是有人欺負妳？」

喬意晚搖頭道：「沒……沒有。」

陳氏琢磨了許久，正欲再問，忽然想到了一種可能。「他晚上又鬧妳了？」

喬意晚紅著臉沒說話。

陳氏心疼地看著女兒，微微嘆氣，女婿有時候過於纏著女兒也不完全是件好事。

「我從前怎麼跟妳說的？該拒絕的時候就要拒絕，妳身子弱，未必能受得住。」

喬意晚咬了咬唇，她最近確實沒有拒絕顧敬臣，有些時候甚至非常主動，目的就是為了孩子。

陳氏一下子就猜到了女兒的想法，問道：「是為了有孕？」

喬意晚沈默地點了點頭。

陳氏琢磨了一下，問道：「太醫可為妳檢查過身子？」

喬意晚點頭。

陳氏道：「怎麼說的？」

喬意晚道：「說我身子有些弱，其他倒沒什麼。」

陳氏點了點頭，這時，她從一旁的包裹裡拿出一些東西，有枕巾、帕子、床單、被罩，上面無一例外，全都繡著石榴。

「我本不欲拿來，只是妳祖母強烈要求，便帶進來了，用上也行，圖些心理安慰。不過，孩子是父母的緣分，有時候太過於執著反而不容易有，既然你二人身子沒問題，妳也看開些。」

喬意晚抿唇應下了。

晚上，顧敬臣回來時看到了新床單，以為是喬意晚親手繡的，把她摟了過來，頭埋在她的頸間，輕聲問道：「這是嫌為夫不夠努力？」

喬意晚莫說臉色，脖子都變成了粉色。

「是母親今日帶來的，說是祖母特意讓人做的。」

顧敬臣頓了頓，道：「祖母有心了，總不好辜負了她老人家的一片心意。」

想到母親的話，喬意晚道：「我今晚累……」

話音未落，唇就被顧敬臣堵上了。

孩子什麼的他倒是無所謂，但和妻子親熱是不能少的。

「聽說有個姿勢能有助於懷孕，不如我們試試？」

喬意晚身子微微一顫，心中有些意動，閉著眼忍著羞意應了。

自那日顧敬臣換了新姿勢，接下來幾日，他想法越來越多，被折騰了幾日後，喬意晚實在是有些受不住，終於開口拒絕了。

「我今日乏了，要不歇幾日？」

顧敬臣身子微微一僵，臉上流露出意猶未盡的神色。

不過，瞧著喬意晚哀求的眼神，他終究還是沒有繼續，低頭狠狠親了一下喬意晚，側身躺下後，抬手把喬意晚圈在了懷中。

「妳若不願意，直接跟我說便是，不必委屈了自己。」

喬意晚趴在顧敬臣懷中，低聲喃喃道：「也不是不願意，就是覺得有些累。」

話裡不乏羞意。

顧敬臣看向喬意晚，眼裡的神色似笑非笑。

喬意晚更加害羞，抬手捶了捶顧敬臣。

顧敬臣不敢再笑，握住了她的手。

「好好好，我不笑了。」

喬意晚頭埋在顧敬臣胸口，也不說話，顧敬臣細細把玩著她如蔥般的手，片刻後，說道：「孩子一事妳不必太過著急，有固然好，沒有……」

說到這裡，他頓了頓。

前世，晚兒之所以會被人害死，究其原因是她有了身孕。

因晚兒有了身孕，皇上便越發想要立他為儲，顏嬪得知此事告知太子，太子受其攛掇，買通了侯府的一個婆子，在喬意晚養胎的藥裡下了毒。與此同時，喬氏也擔心晚兒有了孩子之後，他會把爵位傳給晚兒的孩子，給喬意晚下了落子的毒。

顧敬臣收緊了胳膊，把喬意晚緊緊圈在懷中。「沒有也挺好的，到時候培養五弟或者六弟，又或者收養一個孩子。」

他可以沒有孩子，但不能沒有她。

聽到這一番話，喬意晚的眼睛瞬間變得濕潤。

他既然經歷了前世，肯定知曉她曾有過身孕，此刻這般說，定是怕她懷孕時發生意外，再如前世一般死去。

「可我還是想生個孩子，屬於咱們兩個人的孩子。」

顧敬臣親了親她的額頭。「好。」

既然晚兒想生，那就生。

喬意晚還想說些什麼，但一時之間腦海中一片空白，什麼都想不起來了，一陣睏意襲來，閉上眼進入了夢鄉。

顧敬臣正和喬意晚說著話，見懷裡的人沒了動靜，低頭看了一眼，沒想到她竟然睡著了。

他失笑地搖了搖頭，抬手把她臉頰上的一縷碎髮別在了耳後，仔細看看，這才發現她看起來很疲憊，頓時心疼不已。他微微嘆了下氣，仔細想來，最近一些時日她受累了，於他而言，她才是最重要的，孩子什麼的沒那麼重要。

他低頭親了親她的唇，閉眼睡了。

喬意晚歇了幾日後，身體雖仍舊有些疲憊，但比之前好多了，想到至今沒有緣分的孩子，她想著晚上顧敬臣要是想同房，她可以配合。

結果令她意外的是，接下來一段時間，顧敬臣毫無動作。

顧敬臣越來越忙了，回來的時間也越來越晚，但不管多晚，每日還是會回東宮，還是會抱著喬意晚入睡。

有時他回來得太晚，喬意晚撐不住，早早睡了，第二日一早醒來，顧敬臣又已經離開了。

一開始喬意晚以為顧敬臣太忙了才會如此，後來發現他有時早些回來也不會碰她。

這天晚上，顧敬臣抱著喬意晚溫存了許久，喬意晚本以為他會繼續下去，結果他突然停了下來，翻身躺在了一側。

喬意晚有些不舒服，並沒有那麼想繼續，可她不明白他停下來的原因，黑暗中，她思索許久，還是問了。「為何？」

聽到她的話，顧敬臣長嘆一聲，側過身去，輕輕揉了揉她的頭。「妳太瘦了，還是先補一補吧。」

聞言，喬意晚心裡甜滋滋的，主動親了親他，這一舉動對於對喬意晚毫無定力的顧敬臣而言是一種甜蜜的折磨。

自從手帕的誤會解開之後，啟航值班時不會再有意無意路過太后宮外了，甚至儘量避開，他和雲意安許久沒再見過面。

這日，雲意安拿著繡好的東西要去找喬意晚，剛從太后宮中出來，不小心在拐角處撞到了一個腳步飛快的人，一聲怒斥響起。

「妳是哪個宮裡的宮女，本王怎麼沒見過妳？」

雲意安看著面前的平王，也就是二皇子，連忙行禮。

平王不悅地皺眉。「連行禮都不會嗎？哼，這宮裡的宮女一個個都像那位太子一樣，不把本王放在眼裡！」

剛過年，太子就把他在戶部的職位給拔了，剛剛他求見父皇，竟然沒見到父皇，而父皇讓人傳話給他，說一切都全權交由太子處理。

他轉頭去找顧敬臣說理，結果顧敬臣理都沒理他，直接把他攆了出去，此刻他正憋了一肚子火。

雲意安連忙用手比劃了一下，意思是自己不會說話，但沒有絲毫的不敬之心。

平王發現雲意安不會說話，嗤笑一聲道：「竟然是個啞巴，宮裡何時收妳這種殘廢了？真是可惜了這一張好皮囊。」

說著，手就伸出要碰雲意安的臉，雲意安大驚失色，連忙往後退。

平王本想著捏一捏她的臉，欺負一下她就完了，沒想到自己的手一下子落空，他的怒火激增，微微瞇了瞇眼，眼底滿是不悅。

「妳竟然敢拒絕本王！啞巴的滋味本王還沒嘗過呢，正好，本王府中空殿多得是，本王這就把妳帶回府。」

雲意安嚇得眼淚流了出來，跪在地上求饒。

看著雲意安的模樣，平王笑了，他俯下了身子，陰惻惻地說道：「妳不會說話，求饒也沒人能聽到，妳就死了這條心吧！」

危急時刻，雲意安指了指東宮的方向，又指了指自己。

見狀，平王心頭的火氣更盛。「妳這是告訴我妳是太子的人，抬出太子來壓我？」

雲意安拚命搖頭，平王冷笑一聲。

「誰不知道顧敬臣那廝一心只喜歡太子妃，妳算個什麼東西？我就不信他會為了一個啞巴跟本王作對！來人，帶走！」

說著，平王站起身來，嘴角露出一抹陰笑。

這啞巴是顧敬臣宮裡的宮女更好，他今日非得給顧敬臣好看不可！

兩名內監猶豫了一下，但見平王臉色不好看，只好上前去拉雲意安。

雲意安拚命掙扎，可惜她力氣小，又不會說話，一點聲音也發不出來，一切只是徒勞無功。

平王正欲朝前走去，前面來了一隊巡邏的護衛。

「王爺，是太子殿下身邊的啟航。」

平王瞧著領頭的人，低聲罵了一句。「顧敬臣的狗可真多，晦氣！」

內監看了看拚命掙扎的雲意安，詢問道：「這個怎麼辦？」

平王猶豫了一下，還沒等他做出決定，身側似乎來了一陣風，下一瞬押著雲意安的兩名內監就被啟航踢飛了。

啟航立時脫下披風披在雲意安身上，雲意安也被他護在了身後。

雲意安看著擋在自己面前的人，第一次覺得這個高大的身影不再那麼令人畏懼，不僅不讓人畏懼，甚至令人覺得安心。

平王頓時就怒了。「你不過是顧敬臣身邊的一條狗，竟然敢違抗本王？」

啟航冷著臉道：「宮中的宮女和女官都是登記造冊的，只有皇上和太后娘娘有權力處置。這位女官是太后身邊的人，也不知她哪裡衝撞了王爺，王爺竟然要私自綁走她，王爺還是好好想想如何跟太后娘娘解釋吧！」

平王的臉色立馬就變了，竟是皇祖母宮裡的人？他還以為是東宮的人，搶顧敬臣宮裡的人和搶皇祖母宮裡的人是兩碼事，若她真是皇祖母宮裡的，父皇也不會饒了他的。

啟航緊緊握著雲意安的手腕離開，路過平王身邊時，又低聲說了一句。「哦，對了，忘記告訴王爺了，這位可不是什麼宮女，她是太子妃的表妹，是太子妃從小護在身後的妹妹。」

說完，他沒再看平王，領著雲意安離開。

雲意安一直在默默垂淚，見啟航要帶她去東宮，她連忙停下腳步，啟航不解地看向雲意安。

雲意安哭著搖了搖頭，啟航皺眉道：「妳不想讓太子妃知道？」

雲意安點頭。長姊不易，她不想給長姊惹麻煩。

啟航氣得緩不過來，他沒說話，可他也不知道自己究竟在氣什麼，他究竟是在氣平王的膽大妄為，抑或是在氣自己最近因為心裡那點不舒服沒去守著她？今日若不是他臨時起意去慈壽宮附近巡視，怕是就來不及救她了。

雲意安扯了扯他的衣袖，一滴淚砸在了他的手上，啟航手微微一抖。

雲意安無聲說了兩個字。「求你。」

啟航頓了頓，道：「太子和太子妃已經不是從前的他們了，妳要相信太子妃，她能護住妳。妳想過沒有，若有一日太子妃從別處知道了此事，心中會如何想？」

雲意安怔了怔，慢慢鬆開了啟航的衣袖。

啟航再次握住了雲意安的手，牽著她去了東宮。

正好顧敬臣也在，喬意晚得知此事，臉色變得難看至極。

顧敬臣也沈著一張臉，他看向喬意晚，握住了她的手安撫道：「不用擔心，這件事我來解決。」

喬意晚同意道：「好。」

隨後，喬意晚看向雲意安，又看向啟航道：「今日多謝啟護衛。」

啟航收回看向雲意安的目光，道：「這是屬下的職責，您喚屬下名字就好。」

喬意晚道：「好。」

顧敬臣去處理這件事了，啟航也戀戀不捨地離開。

眾人一走，雲意安瞧著喬意晚關切的眼神，再也忍不住撲到她懷中哭了起來，她不會說話，發不出聲音，哭得更讓人心疼。

雲意安在東宮待了一整日，直到晚上才離去，照例是由啟航護送的。

等到了太后宮門口，雲意安看向啟航，比劃了幾下。「謝謝。」

啟航瞧著雲意安憔悴的樣子，想要抬手摸摸她的頭，但是忍住了。

「妳別怕，太子殿下已經想到了解決辦法，平王再也不會來宮裡欺負妳了。」

雲意安眼眶再次濕潤，啟航沒忍住，抬手揉了揉她的頭。

雲意安先是一怔，很快抬眸看向了啟航，眼裡較以往多了幾分信任，這一刻，有些東西在心底生根發芽。

雲意安走後，喬意晚嘆了下氣。

她把意安安排到宮裡是想幫她謀個前程、保護她，沒想到今日竟然出了這樣的事，若她真的被平王帶走了，她這輩子都無法心安。

顧敬臣道：「這不是妳的錯，以後再也不會發生類似的事情。」

喬意晚此刻心情算不上好，即便顧敬臣安撫了她，她仍舊覺得心慌。她努力擠出一絲笑，道：「嗯，我信你。」

說完，她從座位上站了起來，正準備去梳妝，眼前一黑，忽然倒下了。

這一刻，顧敬臣感覺自己的魂都沒了，看著閉眼躺在自己懷中的人，他手抖得厲害，心也跟著顫了起來，前世今生無數的畫面在腦海中掠過。

「晚……晚兒……」

顧敬臣的聲音顫抖，幾乎發不出聲來，他伸出手放到她鼻下，在感覺到喬意晚鼻間呼出溫熱的氣息時，他的心終於平復了些，意識也漸漸回歸。

顧敬臣馬上揚聲朝著外面喚道：「太醫，快去找太醫！」

喬意晚只聽得到顧敬臣淒厲的喊聲，後面就什麼都不知道了，等她醒過來時已經是半夜了。

睜開眼，看著床帳，她有些搞不清楚自己身在何處，這時，耳邊響起了一個驚喜的聲音。

「晚兒，妳終於醒了！」

喬意晚回過神來，看向了聲音的來源，一時之間有些摸不清現在是什麼情況，她啞聲問道：「我這是怎麼了？」

剛說完，整個人就被顧敬臣抱入了懷中。

察覺到顧敬臣的不安，喬意晚抬手撫摸著他的背，慢慢地，她想起了今日發生了何事。

「我……我究竟怎麼了？」難不成她得了什麼不治之症？

顧敬臣頭埋在喬意晚脖頸間許久，終於緩了過來。

沒有人知道在喬意晚倒下去的那一刻他有多麼崩潰，彷彿上輩子喬意晚離開時的場景重演了一遍，此時他忽然有一種失而復得的驚喜。

喬意晚覺得脖子有些涼意，他……哭了？

難不成她真得了不治之症？

喬意晚的心緊緊揪了起來，說起來，她最近總覺得身體不太舒適，又說不出哪裡不好，她一直覺得是太過勞累了，如今想來恐怕不是這個原因。

「我生了什麼病？你說吧，我想知道。」

顧敬臣失笑，他吸了吸鼻子抬起頭，緊緊握住她的手。「想什麼呢？妳身體康健，怎麼可能會生病。」

喬意晚蹙眉，既然不是生病，他為何會是這般反應，整夜守著她不睡覺？

顧敬臣悶聲道：「晚兒，妳腹中可能有了孩子，一個多月了。」

喬意晚的眼神從害怕變為了驚喜。

她有了……身孕？

「當真？」

顧敬臣親了親她的手，回道：「嗯，不足兩個月，太醫不能十成保證，但應該錯不了。」

喬意晚臉上漸漸露出笑容，她的手不自覺放在了自己的腹部。

她終於……有孩子了，有了她和顧敬臣的孩子。

前世她不愛顧敬臣，在得知有了孩子之後，她也曾欣喜過，欣喜於自己要做母親了。然而，那份欣喜和當下的完全不同，這種和所愛之人共同孕育一個孩子的喜悅無法用言語來形容。

太醫一直守在外間，顧敬臣把他喚了進來。

太醫又一次細細為喬意晚診脈，問了問她最近身體的狀況。

喬意晚道：「胡太醫，我為何會突然暈倒，可是肚子裡的孩子……」

胡太醫道：「與腹中胎兒無關，您今日是因為心中有了怒火，再加上最近過於勞累才會如此，靜養兩月就好了。」

喬意晚頓時鬆了一口氣。「多謝太醫。」

胡太醫看看喬意晚，又看看顧敬臣，猶猶豫豫地說道：「不過，有句話我還是想提醒一下太子殿下和太子妃。」

顧敬臣和喬意晚同時看向胡太醫。

迎著顧敬臣審視的目光，胡太醫心一橫，垂眸說道：「太子妃生來體弱，即便養了幾年，身子不似一般夫人那般強壯，故而，孕期除了不要太過勞累，也最好……不要同房。」

胡太醫不記得自己是如何從東宮走出來的，出了東宮他仍舊感覺太子的目光在盯著他，彷彿要把他活剮了。

東宮正殿內，想到剛剛太醫的囑咐，喬意晚紅著臉側身躺在裡側，不敢看人。

顧敬臣亦有些尷尬，他輕咳一聲，轉移話題。「渴了嗎，要不要喝水？」

喬意晚道：「不要。」

顧敬臣只好道：「嗯，那就安置吧。」

喬意晚沒搭理他，顧敬臣逕自上了床。

過了許久，喬意晚都沒有搭理他，顧敬臣側身過去貼在她身後，將她圈入了懷中。

喬意晚抿了抿唇，問道：「胡太醫會不會告訴旁人？」

他們前些日子房事確實多了許多，算起來，那時候已經有孩子了。

顧敬臣道：「他不敢。」

喬意晚覺得他說得有理，不過——

「就算他說出去了，你也別為難他，胡太醫年歲大了，一直在宮裡為各位主子治病。」

顧敬臣應道：「好。」

第四十七章

勤政殿——

齊公公道：「回皇上的話，太子妃已經醒過來了，胡太醫說她一切都好，只需靜養兩個月就好了。」

昭元帝道：「嗯。」

隨後，長嘆一聲。

太子妃有了身孕，皇室也算是有了香火延續，不管是男孩還是女孩，總歸是個能生的，如此這般，他也就放心了。

「太子打算如何處置老二？」

齊公公覷了一眼皇上的神色，說道：「太子殿下打算明日讓人把平王殿下這些年所犯的錯在朝堂上說出來，並令其補足所欠的款項。」

昭元帝聽後沈默許久，才道：「罷了，讓景辰放手去做吧，朕快要撐不住了，這是朕最後能幫他的。」

平王膽子並不大，之所以在宮裡敢發作，那是因為剛被顧敬臣修理過，心情不好，又覺得雲意安是個不重要的宮女才敢如此。聽了啟航的話，他忐忑了半日，沒想到無事發生，宮裡沒有任何的訓誡，他慢慢放心了。

結果第二日一早剛一上朝，顧敬臣直接讓人把他這些年在戶部的所作所為揭露出來，包括他貪污的款項、侵占的良田、欺壓的百姓等等，揭露的人不是旁人，正是當初在皇上面前告發平王的戶部員外郎郭子聲。

一樁樁、一件件，他說得清清楚楚，足足說了兩刻鐘。

如今太子得勢，眼見著就要登基，二皇子、三皇子這些不成器的皇子並不重要，眾人自然站在了太子這邊，一同討伐二皇子。

平王跪在地上不停喊冤，昭元帝抬了抬手，沈聲道：「朕已經容忍你許久了，私下也提醒過你，沒想到你不僅沒有悔過之意，甚至更加放蕩不堪，如此品行，如何能封為親王？」

最終，二皇子不僅沒了戶部的職務，還從親王貶到了郡王，責令其三個月內把貪污的款項補足。

三皇子見狀，對於顧敬臣把自己踢出兵部的行為一聲沒敢吭，縮在自己王府中，稱病沒有出門。

二皇子和三皇子才能平庸，在戶部和兵部惹了不少麻煩，兩部的官員都知曉此事，只是因二人是皇子身分，沒人敢說什麼，即便有人看不慣去遞了摺子，也會不了了之，更有甚者，告發他們二人的官員會受到二人的報復。

前太子也是知曉此事的，他即便把這兩位弟弟視為敵人，也不曾拿他們二人在戶部和兵部幹的事情來攻擊。

一則是因為他認為這些錯不足以扳倒這兩個弟弟，二則若他揪著這些事不放，還容易惹得皇上不快，被扣上一頂不愛護手足的帽子。

如今顧敬臣卻幹了此事，他被冊封不足三月，便把二皇子和三皇子從戶部和兵部踢了出去，這一舉動雖然是肅清了朝綱，可也逾越了，畢竟，這兩位可是皇子，地位不一般，顧敬臣難免有清除障礙的嫌疑。

那些對顧敬臣不滿的朝臣瘋狂地攻擊他，私下也一直求見皇上，然而，皇上一直沒有見他們，漸漸地，眾人察覺到不對勁的地方。

最近早朝的時間似乎越來越短了，皇上看起來精神也不太好，莫不是被太子控制了？有這種疑惑的人不在少數，永昌侯早就察覺到了這一點，他甚至試探過顧敬臣，然而，顧敬臣什麼都沒跟他說。

今日早朝後，瞧見皇上再次睡著，他終於坐不住了。

回了府中，永昌侯去了正院。

「夫人，如今快到三月了，妳已有兩個月沒見過意晚了，不如去宮裡瞧一瞧？」

陳氏自然想見女兒，只是，她不想帶著目的去。她瞥了一眼永昌侯，又看向了懷中可愛的孫兒，沒應。

喬彥成看向屋內服侍的人，嬤嬤和婢女會意，抱著小少爺出去了。

待屋內的人退下，陳氏端起面前的茶杯，開口問道：「侯爺又想讓我做什麼？」

被猜中心事，喬彥成有些尷尬，輕咳一聲，他想了想，說道：「皇上最近似乎病了。」

陳氏道：「嗯，宮裡太醫無數，用不著你我操心。」態度很冷淡。

喬彥成道：「最近幾日早朝只有一刻鐘的時間，有些大臣摺子還沒遞上去，皇上就宣佈散朝了，其餘事全都交給太子。」

陳氏輕抿一口茶，把茶盞放下。「這不是侯爺一直期待的事情嗎？您不應該歡喜嗎？」

喬彥成臉上的神色訕訕的。他確實期待皇上放權，把朝堂的事都交給女婿，最好明日就傳位才好，這樣他的身分自是可以水漲船高。

「確是讓人歡喜的事，只是此事有幾分怪異。」

怪異？陳氏望向喬彥成。

喬彥成說：「皇上最近瞧著不太對勁，精神不濟，我瞧著他連一刻鐘都撐不住，他不僅把朝中的權力下放給太子，還罰了二皇子、三皇子，皇上雖一直都寵信太子，但如今這般還是有些太急、太過了，就像是……嗯……」他頓了頓，找了個詞道：「急於交代……嗯……一樣。」後事這兩個字他沒說出來。

「朝中不少人對此議論紛紛，大家私下也沒少討論此事，都隱隱覺得與太子有關。」

陳氏聰慧機敏，一下子就明白了永昌侯的意思。

「侯爺的意思是，大家都覺得皇上被太子控制了？」

喬彥成點頭道：「正是如此，所以我想讓夫人去宮裡探探消息。」

陳氏道：「侯爺定是問過太子了，太子怎麼說？」

喬彥成無奈道：「確實問過了，太子什麼都沒說。」

他不僅問過了，還問了兩次。

第一次他有些緊張害怕，生怕女婿要做什麼大逆不道的事情，還勸他穩住，這天下早晚會是他的。女婿沒正面回應他，岔開了話題。

第二次就是在平王被皇上降爵後，皇上似乎給大家傳遞了一個明確的信號，他思索了幾日，又去找了女婿。這一次他暗示女婿，若女婿真想上位，他可以從旁協助，結果女婿還是沒明確告知他，只讓他按部就班即可。

陳氏沈思片刻，道：「好，我明日往宮裡遞一張帖子，問問意晚何時能見一面。」

喬彥成道：「多謝夫人。」

陳氏說：「侯爺客氣了，許久沒見意晚，我也想她了。」

聞言，喬彥成嘆息道：「確實好久沒見了，除夕宴上也只遠遠見了一面，人都沒看太清。」他也想那個乖巧懂事的女兒了。

沒等陳氏給宮裡遞帖子，第二日一早，太后下了懿旨宣陳氏進宮。

去宮裡的路上，陳氏一直在思考太后把她宣進宮的意圖，是不是和女兒有關？若是和女兒有關，會是什麼事？

等到了宮裡，瞧見宮女領著她去的方向不是太后的宮殿而是東宮，她頓時鬆了一口氣。想來今日是藉了太后的名義把她宣進宮的，也不知此舉究竟是誰安排的，又為何安排？

陳氏到了東宮，看到躺在床上的女兒，頓時心中一駭。

她向來重規矩，從不會做逾矩的事，可此刻卻把那些規矩拋在腦後。

「意晚，妳這是怎麼了？怎麼會病得那麼重？」

女兒很懂事，除非病得特別厲害，否則不會臥床不起。

喬意晚看著陳氏蒼白的臉色，連忙握住她的手，臉色有些不自在，張了張口想解釋什麼，然而話到嘴邊又變了，她直接把原因告訴了陳氏。「母親，我有了身孕。」

陳氏微微一怔，很快反應過來。

「妳受苦了。」

喬意晚眼眶微微一酸，除了顧敬臣，這幾日身邊人都在恭喜她有了身孕，只有母親擔心她的身體。

「我沒事，只是太醫說這一胎還不算穩，讓我休養兩個月，我沒想到太子把您也請來了。」

陳氏仔細看了看女兒的神色，確實看不出明顯的病態，只是眼下有些疲憊。「殿下做得對。」

母女倆還沒說幾句話，外面響起了聲音，顧敬臣回來了。
沒等陳氏行禮，顧敬臣先朝著她行禮。「小婿見過岳母。」
陳氏連忙側開身。「殿下折煞臣婦了。」隨後，她朝著顧敬臣行禮道：「見過太子殿下。」
顧敬臣趕緊扶起。「岳母無須如此，晚兒剛剛有孕，我和她經驗不足，希望母親能多多指點。」
陳氏謙虛地說道：「宮裡有許多經驗豐富的嬤嬤，臣婦比不上她們。」
顧敬臣搖頭道：「但您卻是我和晚兒最信任的人，還望岳母多多費心。」
說著，他再次朝著陳氏行禮。
即便冷靜理智如陳氏，在聽到顧敬臣這一番話後，心裡仍舊有了波瀾，意晚是自己的女兒，她當然想好好看顧女兒。
「那我就不推辭了。」
顧敬臣道：「多謝岳母。」
顧敬臣是聽說陳氏來了宮裡，特意過來打個招呼的，此刻朝中重臣還在前殿議事，他也該回去了。
離開之前，他來到了床邊。
喬意晚瞧著顧敬臣的神色，看了眼一旁的母親，忍住羞意催促道：「你且去忙吧，有母親照顧我呢。」

顧敬臣撩開衣襬坐在一旁的椅子上，握住了她的手，旁若無人地問道：「早上吃了什麼，吃了多少，吐了沒有？」

母親就在旁邊站著，喬意晚覺得尷尬極了，抽了抽手。

陳氏瞧著女婿對女兒愛護的模樣，心中很是熨貼。

喬意晚見自己的手抽不回來，沒再用力。

「吃了翡翠包，吃了兩個，沒吐，你快些去前殿議事吧。」

顧敬臣看著喬意晚微紅的臉很想親她一下，可惜岳母就在一旁盯著，他不好做什麼。

「好。早飯吃太少了，一會兒再吃些東西，別餓著了。」

喬意晚道：「好。」

顧敬臣終於依依不捨地站起身來，走到門口回頭看了喬意晚一眼，這才離開了。

陳氏說道：「殿下是個好夫婿。」

喬意晚笑道：「嗯，他對我挺好的。」

陳氏瞧著女兒白皙柔嫩的小臉，突然問道：「自從懷孕後，這半個月他沒再鬧妳吧？」

喬意晚臉色頓時漲紅。「沒，太醫特地交代過的。」

陳氏一下子就抓住了問題的關鍵，說道：「也就是說不知道懷孕的時候他鬧妳了？」

喬意晚沒想到母親竟然這般敏感，紅著臉沒說話。

陳氏嘆了下氣，有時候女兒長得太好看也不完全是好事。

「妳身子弱，在孩子生下來之前可不能再和殿下同房了。」

喬意晚聲音細弱地道：「嗯，女兒知道。」

陳氏揉了揉她的頭。「沒事的，多養養就養回來了。」

喬意晚抬頭看向陳氏，抿了抿唇，笑著應了一聲。「嗯。」

知道女兒有了身孕，陳氏滿腹心思都放在此事上面，她把喬意晚身邊的幾個得力的心腹都叫了過來，一一交代她們注意事項，從飲食到衣物，再到宮殿內的陳設，全都說得清清楚楚。

喬意晚剛有了身孕，內心有諸多的不確定，心一直懸著，此刻聽著母親的安排，一顆心像是有了著落，漸漸安穩下來。

午膳時，顧敬臣特意囑咐御膳房為陳氏多安排了兩道菜。

等到太陽快要落山時，陳氏要出宮了，永昌侯託她問的事情她還沒問。

倒不是說她忘了，而是女兒如今有了身孕，她不想女兒太過操心，若是女兒知曉了外面關於女婿的流言，怕是心裡要為此煩憂。

喬意晚瞧出母親的不對勁，體貼地問道：「母親可是有事？」

陳氏頓了頓。「沒什麼事，只是不放心妳，想再囑咐妳幾句。」

喬意晚道：「母親請說，女兒聽著。」

陳氏沒提心中的事，只是細細交代女兒應該注意什麼。

待陳氏說完，喬意晚點頭應下。

瞧著天色不早，陳氏要走了，這時，喬意晚抬了抬手，吩咐服侍的人都退了出去。

很快的，殿內只剩下喬意晚和陳氏二人。

喬意晚低聲道：「母親，皇上中毒了。」

饒是穩重淡定如陳氏，聽到這個消息還是愣住了，片刻後，她問道：「中……中毒？為何會中毒？」

喬意晚道：「是顏嬪給皇上下的毒。」

陳氏震驚極了。

喬意晚細細說道：「是在我們回京前中的毒，顏嬪知曉四皇子即位無望，給皇上下了毒，試圖讓四皇子登基。皇上雖然早有防備，還是中了毒，如今性命是保住了，身體的根基卻垮了。當時敬臣尚未回京，皇上怕天下大亂，沒敢對外說此事。後來因為敬臣剛剛成為太子，還沒能掌控局面，怕天下不穩，所以皇上一直在硬撐著。如今皇上的病情越發嚴重了。好在敬臣已經漸漸掌控了朝堂，下月初一皇上就要離京去養病了。」

陳氏點點頭，瞥了一眼女兒的肚子，道：「或許還因為妳有了身孕，所以皇上才放心離開。」

聞言，喬意晚微微一怔，旋即點頭。

「母親說得對，皇上的確是在女兒有了身孕之後確定了離開的日子。」

陳氏叮嚀道：「那妳好好養胎，外面的事都不如妳的身體重要。太子殿下有勇有謀，手腕強硬，定能掌控局面，妳外祖父、妳父親都是妳的後盾。」

喬意晚抿了抿唇，眼神中流露出感動之色。

「嗯。」

晚上，永昌侯得知了事情的真相，臉上的神情變幻莫測，先是愣怔，然後是狂喜，最後趨於平靜。

這天下很快就是自己女婿的了，皇上這一走，不管他是否退位，等他回來時，這天下只會認女婿這一個君王，而自己也將成為國丈……

「夫人，最近約束好府中的人，沒事不要輕易出門，在外也要低調行事，莫要太過張揚。」

陳氏道：「嗯，我明白。」

多年來的夙願成真了，永昌侯內心反倒是平靜極了。

「夫人可還記得當年那個道士？」

不光是永昌侯想起了那個道士，陳氏今日回來的途中也想到了。

她點點頭，道：「記得。」

喬彥成感慨道：「事情中間幾經波折，沒想到最終他的話還是成真了。」
陳氏道：「是啊，如今想來，那道士確有幾分仙風道骨。」
喬彥成道：「也不知是哪個道觀中的，要是能找到他就好了。」
陳氏收回思緒，看向喬彥成。「那道士既然能看到人的命數，定不是一般人，侯爺還是莫要白費力氣了，如今侯府的地位已經達到侯爺的目標了。」
喬彥成點點頭。「也對，如今的情況確實已是最好的，也無須再找當年那位道士了。」

隨著昭元帝的狀態越來越差，而顧敬臣手中的權力越攬越多，外面的傳言越演越烈，有些原本支持顧敬臣的老臣也開始質疑他。
廉郡王看著眼前的情形，心中有個想法開始蠢蠢欲動。
他先去見了皇上，結果求見了幾次都沒能見著，後來他索性讓自己的王妃去見太后。太后向來不理事，莫說是前朝的事情，她連後宮事務都不管，不管郡王妃問什麼都打馬虎眼，只要郡王妃安心，皇上沒事，太子也很好，朝堂亂不了。
她越是這般，郡王妃就越是懷疑，廉郡王更是懷疑。
從前他的確和顧敬臣有些交情，然而自從顧敬臣娶妻之後，屢次和他們郡王府作對，他們的交情就蕩然無存了，上次除夕宴上還貶低自家女兒，如今他不過是太子就敢這般怠慢自己，若是成了皇上，還不知會如何。

之前顧敬臣打了勝仗，在青龍國的支持者甚多，朝中大半朝臣都支持他，百姓們更是無條件支持，即便不支持他的人也不敢吱聲，生怕惹得皇上不悅、又被百姓厭棄，但如今朝中有些老頑固看不慣顧敬臣的越權行為，已隱隱開始提出質疑。

這是一個能打倒顧敬臣的好時機，猶豫了幾日後，廉郡王終於下定了決心，要把顧敬臣拉下馬。

廉郡王去找了二皇子，也就是如今的平郡王。

平郡王府中歌舞昇平，自從上次被皇上處罰了，平郡王就沒了鬥志，意志消沈，整日沈溺於酒色之中。聽到廉郡王的話，他像是聽到了什麼天大的笑話一般，哈哈大笑起來。

「就憑你也想把他拉下來？」二皇子語氣滿是嘲諷。

廉郡王道：「可不只我，朝中亦有不少大臣有這種想法。」

二皇子嗤笑一聲道：「不可能，朝中那些大臣都是牆頭草，見風駛舵，從前支持周景禕，如今周景禕下去了，又支持顧敬臣。」

廉郡王又道：「怎麼不可能？若是那些人認為太子殿下用藥物挾持了皇上呢？」

二皇子剛想再說幾句嘲諷的話，頓時怔住了。用藥物挾持父皇？

他看向廉郡王。「你說父皇病了，是因為顧敬臣下了藥？」

廉郡王回道：「此事倒也不敢完全肯定，但皇上的身體確實非常糟。」

二皇子皺了皺眉，廉郡王瞧著二皇子有些意動，繼續道：「我記得上次殿下您去見皇上時，皇上沒見您？」

二皇子臉色陰沈下來。「嗯，父皇說身體不好，不見人。」

廉郡王點頭道：「我昨日去求見皇上，也是得到這樣的回答，不僅是我，朝中許多老臣去見皇上都被拒之門外。」

二皇子轉頭看向廉郡王，廉郡王繼續說道：「這一個月來皇上沒私下見過任何人，上早朝的時間也越來越短，若說這裡面沒什麼事，誰也不信。」

二皇子瞇了瞇眼，若有所思。

廉郡王知道事情妥了，心裡安定下來。

從平郡王府離開後，廉郡王去了瑞王府，也就是三皇子的府邸。

但三皇子沒讓他進門。

三皇子的確蠢，只是他跟二皇子不同，在兵部混了這麼多年，他別的沒看懂，顧敬臣的實力卻是看得清清楚楚，莫說父皇如今未必被顧敬臣挾持了，就算真的被顧敬臣挾持了，他站出來也沒有任何意義。

顧敬臣兵權在手，誰都打不過他，父皇也不是他的對手，他只能祈禱父皇自求多福了。

整個朝堂盡在顧敬臣的手中掌握著，那邊廉郡王剛剛有些動作，顧敬臣這邊就收到消息了。

揚風說道：「殿下，咱們該怎麼做？」

顧敬臣看向東宮的方向。此刻已近亥時，晚兒應該睡下了，如今她有了身孕，最是不能勞累，也不能被氣著。

廉郡王是宗室，過些時日太后和皇上就要離京休養身子，屆時宗室來宮裡就得拜見晚兒。

廉郡王妃和月珠縣主母女倆一向喜歡找碴，常惹晚兒不高興。平郡王之前還把晚兒氣暈了，以後晚兒若是在京城看到他難免心情不好，不如提前把麻煩解決了，省得以後這些人時不時惹晚兒不高興。

顧敬臣道：「什麼都別做。」

一旁的啟航忍不住說了一句。「難道要任由平郡王他們聯合起來？」

平郡王貴為皇子，即便是行事再惹人厭，他們拿他也沒辦法。

顧敬臣沈聲道：「有何不可？」

聽到這個答案，啟航怔了下，揚風細細思索著主子的話，很快，二人似乎明白了什麼，互看了一眼。

「是。」

廉郡王迅速把所有對顧敬臣不滿的大臣串聯起來，隨後寫了一封摺子，遞給了平郡王。

三日後，早朝上，平郡王把摺子遞了上去。

昭元帝最近病情越發嚴重，朝堂上發生的事情他基本上都無心處理了，也不知朝中竟然有人開始反對太子。

瞧著摺子上的內容，他猛烈咳嗽起來，咳著咳著竟吐了血，這下子整個朝堂都亂了。好在顧敬臣掌管朝堂三個月，已站穩了腳跟，頗有威望，眾大臣們很快平穩下來。

太醫匆匆趕到，在為昭元帝把過脈之後，昭元帝終於緩和下來。

「這些日子大家心中可能有些疑惑，今日朕便把一切告訴大家，朕的確病了。」

朝臣的目光全都看向了顧敬臣。

昭元帝道：「不過，這事與太子無關，是顏嬪，是顏嬪給朕下的毒。」

皇上終於說出了實情，朝堂一片譁然。

片刻後，昭元帝說道：「當初太子尚在延城，朕有意召其回京，欲立其為儲君，此事被顏嬪知曉，她便給朕下了毒，幸而朕記得太子的囑託，對其留心，中毒不深，這才撿回一條命。太子是因為朕病了，撐不住了，這才趕回京。」

顏嬪早已被皇上處死，顏家也被革職查辦，四皇子貶為庶民，一代寵妃就這般落下帷幕。

昭元帝又道：「這三個月朕一直在硬撐，如今委實撐不住了，須得盡快治療休養，好在太子沒有辜負朕的期望，德才兼備，天資聰穎，有治國之才，把天下交到他手中朕也能放心，明日朕和太后便會啟程離京去養病，以後朝中大小事務都交由太子處理。」

那些差點在摺子上署名的官員頓時嚇出一身冷汗，慶幸自己這一次選對了邊站。而那些被人忽悠著簽了名字的，嚇得快要昏過去了。
昭元帝指了指掉落在地上的摺子，齊公公連忙撿了起來，恭敬地遞給昭元帝。
昭元帝看也未看，道：「燒了吧。」
說起來如今朝中有這麼多反對兒子的聲浪，也是因為他沒把事情說清楚，這些反對的官員有些是真的反對兒子，而有些或許是怕他受到了威脅，想要維持正統。
齊公公微微一愣，瞥了一眼顧敬臣。
顧敬臣看向內監說道：「去拿火摺子。」
瞧著摺子在齊公公手中化成了灰，簽了名字的官員終於鬆了一口氣。
皇上既然當著太子的面燒了，那就說明他不想讓太子知曉上面都有誰。皇上身體不行了，將來太子會成為青龍國的國君，只要太子不知道自己簽過字就好。
這時，昭元帝又道：「太子妃如今有了身孕，已有三個月。」
朝中大臣聽到這個消息都很高興，太子有了子嗣，能保青龍國未來的安定。
聽著眾人的議論，昭元帝看向站在殿中的兒子以及縮在人群中的廉郡王，輕飄飄說了一句。「欽天監算過，平郡王和廉郡王八字和這個孩子相沖，不宜離得太近，西城有塊封地，平郡王今日便前往封地吧！南州地大寬廣，廉郡王操勞數十年，該去享福了。」
……八字？孩子還沒生下來，哪裡來的八字？
西城和南州，一個在青龍國最西邊、一個在最南邊，全都是偏遠荒涼的地方，這跟流放有什麼區別？

平郡王和廉郡王臉色頓時變得蒼白，他們剛想辯駁幾句，昭元帝抬了抬手，制止他們說話。

「朕乏了，就這樣吧，諸卿若有事便奏與太子吧。」

喬意晚是在當天晚上才知曉此事，她剛剛有身孕，最近都沒時間關注朝堂上的事情。到了該睡覺的時辰，她躺在床上翻來覆去睡不著覺。

臨近子時，顧敬臣回來了。

如往常一樣，他輕手輕腳地上了床，正欲抬手把喬意晚攬入懷中，結果發現她睜開了眼。

「嗯？怎麼還沒睡？」

喬意晚道：「沒睡著。」

顧敬臣問道：「今日遇到煩心事了？」

喬意晚看著顧敬臣，沒說話。

顧敬臣細細思索今日她都做了什麼，據他所知，她今日沒見任何人，一直在東宮待著，上午看了一會兒書，下午練了練字，一整天都沒做什麼特別的事，難道是書中的故事令人傷懷？

「今日看了什麼書？可願與我講講？」

喬意晚抿了抿唇，把心事說了出來。「朝堂上反對你的人很多嗎？」

顧敬臣似乎明白她失眠的原因了，他道：「的確有，尤其是最近，但是不多，今日也已經全部解決了。」

喬意晚道：「你怎麼都不跟我說？」

顧敬臣握著她的手放在唇邊親了親。「因為不重要。」

喬意晚想，朝堂上的事怎會不重要呢？他怕是不想讓自己擔憂才不說的。

「你若有什麼煩心事，也可以跟我講講，我雖做不了什麼，但也想知曉你的喜怒哀樂。」

聞言，顧敬臣看向喬意晚。「妳就是我的喜怒哀樂，妳若高興我便高興，妳若不開心我也不開心，妳若……」妳若不在了，我便也不想活了。

顧敬臣頓了頓，又道：「妳若想知道朝堂上的事，以後我每日講給妳聽。」

在他停頓的那幾息中，喬意晚不知為何突然覺得眼睛酸澀，眼淚流了出來。

看著她的眼淚，顧敬臣心猛地一緊，抬手為她抹去臉上的淚。

「所以，晚兒是存心讓我難過嗎？」

喬意晚吸了吸鼻子，道：「總之你以後有事要告訴我。」

顧敬臣點頭道：「好。」

第二日一早，昭元帝帶著太后、冉妃、六皇子和其他宮妃離京去行宮養病了，至此，整個朝堂徹底交到了顧敬臣的手中，青龍國變天了。

第四十八章

一晃眼，昭元帝離開京城已有三年了。

在這一年的末尾，昭元帝回到了京城。

經過三年的休養，昭元帝的臉色比離開之前好了不少，不過，人也比從前老了不少，頭髮白了一半，也再沒有了從前的意氣風發。

早朝時，昭元帝再次坐到了龍椅上，看著匍匐在殿中的臣子、金碧輝煌的大殿，他心中感慨萬分。

他一直是一個有野心的人，自從被立為太子，他便下定決心未來要好好治理青龍國，幹出一番成就。這些年來，他日夜不輟，甚是勤勉，也終於把青龍國治理得更加繁榮，只是沒想到最終自己還是被身邊人害了。

如今他身子不行了，力不從心，那些抱負不可能再實現了，只能寄望於後人。

下面的臣子用餘光打量著坐在上位的昭元帝，皇上這是要回來繼續做皇帝嗎？若他做皇帝，太子怎麼辦？

想著這些事情，眾人又把目光落在了年輕的太子身上。

一個老態龍鍾、精神萎靡不振，一個年紀輕輕、正值壯年，哪個更適合治理國家，不言而喻，何況這幾年太子的作為大家有目共睹，他們也更希望太子能繼續治理國家。
可皇上畢竟沒有傳位於太子，若他想繼續做皇上，他們也沒有理由反對。
在眾人忐忑不安中，昭元帝說出了自己的決定。
「朕已決定退位，正式把帝位傳給太子，典禮定在臘月二十六。」
眾人一聽這話，頓時鬆了一口氣。
這三年來青龍國一直由顧敬臣以太子之名監國，雖然不是皇上，卻更勝皇上，青龍國在其治理下政通人和，各項措施都平穩發展著。如今昭元帝把帝位傳給他，也只是更名正言順罷了，朝堂上眾臣們沒有任何異議。
宣佈完這事，昭元帝便離開了大殿，他尚未走遠便聽到殿內的臣子開始上奏政務，彷彿他的出現是再平常不過的事情，彷彿他退位是眾人意料之中的發展，沒有激起一絲波瀾。
昭元帝也說不出內心是什麼樣的心情，他希望眾人臣服於兒子，青龍國能穩定，可當這樣的局面真的出現，他心中又有些不適，希望眾人能挽留他。
退位這件事他思索了三年才終於下定決心，這幾個月來甚至常常輾轉反側，夜不能寐。做了幾十年皇帝，突然要退位，這是多麼艱難的決定，他思索許久，最終還是為了青龍國的未來著想，主動提出退位。
沒想到這麼偉大的決定竟無人能懂，大家還視若平常？
齊公公覷了一眼昭元帝的神色，小心翼翼地提醒道：「皇上，您剛剛不是說要去看看太后？還去嗎？」

昭元帝長嘆一聲，罷了，話都說出去了，也不可能再收回，眾人挽留抑或無視，又有什麼不同？

他收回思緒，道：「走吧。」

不多時，昭元帝乘坐龍輦來到了慈壽宮。

尚未進入，他便聽到裡面傳來了歡聲笑語，這其中有母后的聲音，還有一個非常稚嫩的聲音。

難道是……祐哥兒？

昭元帝的步伐加快了一些，很快，他進入了殿中，只見一個奶娃娃正坐在母后身側。那娃娃兩、三歲左右的模樣，坐姿端正，板著一張臉，跟景辰小時候長得一模一樣。

「見過皇上。」

「母后。」

雙方互相行禮後，昭元帝來到太后身側，問道：「這是祐哥兒？」

太后笑著說道：「可不是嘛，你瞧瞧，長得多好看啊，跟景辰小時候太像了。」

昭元帝看著身側的奶娃娃，心裡一片柔軟。

祐哥兒站起身來，再次朝著昭元帝行禮道：「孫兒見過皇祖父。」

這一聲皇祖父，令昭元帝心中所有的煩惱都煙消雲散了。

「好好好。」昭元帝大笑起來。「來，讓皇祖父抱一抱。」

祐哥兒來到了昭元帝身邊，兩歲多一點的他小小的一團，沒多少重量，昭元帝輕鬆把他抱起來，摸摸孫兒的頭，又摸摸孫兒的臉，怎麼看都覺得看不夠。

「比景辰長得好看。」

太后點頭。「嗯，有幾分太子妃的樣子。」

昭元帝問道：「這是太子妃送來的？」

太后道：「可不是嘛，太子妃一大早就來請安，順便把祐哥兒帶來了。她剛剛去處理後宮事務，就把孩子留在這裡了。」

昭元帝點點頭。「嗯，她一向知禮又孝順，孩子也教得不錯。」

他沒說的是，孫兒可比兒子小時候知道禮數，這一點像極了太子妃。

昭元帝細細問道：「可讀過書？」

祐哥兒道：「回皇祖父的話，孫兒每日早上讀一個時辰的書。」

昭元帝又道：「字可認識？」

祐哥兒答道：「有些認識，有些不認識。」

昭元帝瞥到了一旁的《三字經》，拿了過來，問道：「這上面的字可認全了？」

祐哥兒點頭。「嗯。」

昭元帝打開書，隨意指了幾個字問他，祐哥兒全都認識，昭元帝滿意地點了點頭。

「嗯，你母妃對你很上心，教了你不少。」

祐哥兒卻突然說道：「回皇祖父，這些字並非全是母妃教的。」

昭元帝詫異道：「哦？你父親也有時間教你？」

每日朝事那般繁忙，景辰難道還有多餘的時間來教兒子？

祐哥兒道：「父親很忙，偶爾會教孫兒，但孫兒平日裡是跟著五皇叔讀書。」

昭元帝甚是驚訝，孫子若不說，他都快忘了自己還有這麼一個兒子。

老五生下來就沈默寡言，話說得也晚，長大了也不愛說話，日日就窩在宮裡的藏書閣裡讀書，甚少與人交流。離京之前他問過老五要不要跟他一起走，兒子沒答，他便把他留下了。

昭元帝問道：「誰讓你跟著他讀書的？」

祐哥兒回道：「母妃。」

昭元帝沈默了許久，說道：「你母妃是個好人。」

連他都快忘了自己的兒子，難為太子妃還能想起，並且主動拉近與兒子的距離。

老五非常沈默，和誰都不親近，等景辰即位，他多半就是個無權的閒散王爺，旁人也未必會想起他來。如今他跟孫兒關係親近些，將來也能被人高看幾眼，即便自己退了位，他也依舊能安穩地做個閒散王爺。

太后也感慨道：「意晚一直是個懂事的，有這樣一位太子妃，將來定能再興盛三代。」

賢妻旺三代，昭元帝看著聰慧懂事的孫兒，頗為贊同這個觀點。

嚴格意義上來說，祐哥兒並非昭元帝的第一個孫兒，他的第一個孫兒是雲婉瑩生的那一個，那個孩子如今隨著周景禕被圈禁中。

昭元帝也曾打探過兒子和孫子的情況，只知道兒子如今鬱鬱寡歡，孫子也不是特別機靈。他向來喜歡聰慧的人，又笨又蠢的人他一向不放在眼裡，對孫子更是如此，況且，對廢太子的長子過分關注的話，若令其生出什麼多餘的想法也不是好事。

所以，對昭元帝來說，聰慧的祐哥兒就是他的第一個孫兒，自從看到祐哥兒，他就沒再出去，一直在太后的宮中跟祐哥兒說話，不時考校祐哥兒功課，越接觸就越喜歡這個孫兒。

後來，五皇子過來了。

看著依舊沈默的五兒子，昭元帝道：「你學問倒是不錯，以後好好教祐哥兒，別把他教壞了。」

五皇子應道：「是。」

說了一個字之後，他繼續沈默。

昭元帝盯著兒子看了片刻，也不知要說什麼好，最終又交代了幾句。「太子妃信任你，你當知道感激，以後太子登基，你別學其他幾位兄長老是惹事，好好聽太子的話，聽太子妃的話。」

五皇子道：「兒子記住了。」

父子倆平日裡很少交流，又三年沒見了，更是沒話說，接下來，昭元帝也沒再搭理五皇子，五皇子看了一眼跟在父皇身側的姪子，見他沒有要離開的意思，他轉身離開去了藏書閣。

不一會兒，冉妃帶著兒子過來了。

昭元帝看向面前的小兒子，對孫兒道：「這是你六皇叔，你們年紀差不多，以後可以在一處玩。」

旭兒從小就一直陪在自己身邊，自然不是其他兒子可比的，他希望太子能多照顧六皇子。

祐哥兒行禮道：「姪兒見過六皇叔。」

六皇子抬手捏了捏祐哥兒的臉，說道：「你長得真好看，比畫裡的娃娃還好看。」

昭元帝無聲嘆氣，他還是別指望兒子能多點心眼了。

祐哥兒道：「皇叔長得也好看。」

六皇子道：「我母妃長得好看。」

祐哥兒也道：「我母妃長得也好看。」

六皇子今年六歲了，生來也不是特別聰明的孩子，又跟著皇上在別苑住了三年，幾乎沒什麼朋友，也沒什麼見識，此刻滿腦子都是誰更好看。

「我還沒見過你母妃，不知道是你母妃好看還是我母妃好看？」

太后笑呵呵地說道：「你見過的，就是太子妃。」

六皇子滿腦子疑惑。他見過太子妃嗎？「太子妃是誰？」

祐哥兒皺了皺眉，道：「是我母妃。」

六皇子看向祐哥兒，祐哥兒重複了一遍。「我母妃最好看。」

六皇子不太贊同，明明是自己母妃最好看。

祐哥兒補了一句。「我父親說了，母妃是天底下最好看的女人。」

眾人無語，實在無法把這句話和高冷的太子殿下聯繫到一起去。

太子在京總攬朝政三年，朝臣們早已奉其為君王，皇上退位一事並未掀起軒然大波，一切都有條不紊地進行著。

因為傳位一事，這段時日顧敬臣和喬意晚都很忙，祐哥兒就一直跟在昭元帝身側，他跟六皇子越來越熟了，五皇子偶爾也會陪著他們，不過，他向來不主動跟任何人說話，問三句答一句，答完就坐在一旁看書。

冉妃看著兒子和小皇孫玩得好，心裡稍稍輕鬆了一些，私下交代兒子要好好跟祐哥兒相處，他是長輩，萬事都要讓著姪兒。

很快，冊封大典到了。顧敬臣登基，年號明定，世稱明定帝。

冊封大典上，祐哥兒看著穿著皇后禮服的母親，說道：「六皇叔，您看，我母后多好看啊！」

六皇子順著祐哥兒的目光看了過去，瞧見喬意晚的模樣，驚嘆道：「哇，皇嫂這身衣裳好好看！」

祐哥兒覺得不能偏心，他瞥了一眼一旁的父親，說了一句。「我父皇也好看。」

這次六皇子沒接話，他小小的眉頭擰了起來。

見六皇子沒答，祐哥兒疑惑地看向六皇子。

六皇子很糾結，母妃最近一直囑咐他，要他跟姪兒好好相處，要讓著姪兒，可他實在不想說違心的話。

憋了半天，他還是直話直說了。「你母后的確比我母妃好看，但你父皇沒有我舅舅好看。」

祐哥兒疑惑道：「你舅舅是何人？」

六皇子一臉驕傲道：「他可是京城第一美男子！」

祐哥兒眉頭再次皺了起來。父皇說過母后最好看，但母后沒說過父皇最好看，難道六皇叔的舅舅真的比父皇還好看？

聽到孫子提到冉玠，想到此人與孫媳的關係，一旁的太后連忙岔開了話題。

祐哥兒這幾日都跟在皇上身邊，直到晚上，顧敬臣和喬意晚忙完了才把他接回鳳儀殿。

當顧敬臣抱著祐哥兒回來，祐哥兒已睏得猛點頭打盹兒，等到了鳳儀殿，顧敬臣瞧著兒子還沒睡熟，沒敢把他放下，依舊一邊抱著，一邊輕輕拍打，小聲跟喬意晚說著事情。
顧敬臣道：「父皇和皇祖母過了正月就要離開。」
喬意晚問道：「還要走嗎？我瞧著父皇的病情似乎比從前好多了，為何不留在京城養病？」
顧敬臣說：「京城太過乾燥，不適合養病。」
喬意晚點了點頭，沒再說什麼。
顧敬臣轉移話題道：「對了，今日父皇跟我提起一件事，冉太妃希望六弟留在京城讀書。」
六皇子今年六歲了，看起來依舊天真可愛，不似京城長大的孩子心眼多。
喬意晚道：「遙城氣候雖然宜人，但不如京城的大儒多，留在京城確實更好些。」
顧敬臣贊同道：「嗯。冉太妃依舊隨父皇去遙城，所以六弟得由妳多看顧了。」
喬意晚笑道：「沒事，都是小事。」
六皇子雖不是天資聰穎之人，但品性不錯，老實憨厚。
顧敬臣抬手握了握喬意晚的手，眼神溫柔。
祐哥兒聽到六皇子和冉妃的名字，立刻精神起來，從顧敬臣懷中抬起頭來。
喬意晚正和顧敬臣對視，察覺到兒子的目光，垂眸看向兒子，柔聲問道：「是不是吵醒你了？」

祐哥兒搖了搖頭。「沒有。」

喬意晚摸了摸兒子的頭。「我們不說話了，你繼續睡，可好？」

祐哥兒平日裡是很聽話，基本上爹娘說什麼他就做什麼，然而此刻他心裡有事。

他憋了一會兒，問了一句。「母后，六皇叔的舅舅長得真的很好看嗎？」

六皇子的舅舅？喬意晚一時沒反應過來。

「比父皇還好看嗎？」祐哥兒又補了一句。

此刻喬意晚已經想到了六皇子的舅舅是何人。

冉玠？

意識到兒子問的人是誰，她怔住了，快速瞥了顧敬臣一眼，只見顧敬臣臉上的笑意沒了，眼神也變得有些危險。

她張了張口，正欲說什麼，只聽得兒子又道：「六皇叔說他舅舅是京城第一美男子，那應該比父皇好看。」

看著顧敬臣嘴角的那一抹笑，喬意晚心微微一緊。

顧敬臣看向懷中的兒子，正色道：「男子要那麼好看的臉做甚？好男兒當讀書習武，多學些本領，將來治國平四方。」

祐哥兒小小的腦袋仔細想了想，認真地點頭。

父皇說得對，他不該糾結於這種無聊的事情上。

顧敬臣說道：「別想這麼多沒用的問題，走，父皇抱你去睡覺。」
祐哥兒道：「好。」
看著顧敬臣離去的背影，喬意晚有些頭痛。
不多時，顧敬臣回來了。
喬意晚假裝無事發生，笑著迎上前問道：「兒子睡著了？」
顧敬臣應了一聲。「嗯。」
喬意晚道：「時辰不早了，咱們也安置吧。」
顧敬臣瞥了她一眼。「好。」
見顧敬臣沒再提剛剛的話題，喬意晚鬆了一口氣，以為此事過去了，結果剛熄了燈，顧敬臣就貼了過來，什麼話都不說，吻如驟雨一般落了下來。
情到濃時，顧敬臣趴在喬意晚耳邊問了一句。「我和他誰更好看？」
喬意晚無言。
他剛剛不是還教育兒子說男子的長相不重要嗎？此刻為何又突然這般介意？
男人的嘴當真是不能信的。
見她不答，顧敬臣眯了眯眼。「嗯？」
喬意晚心一顫。「你……你……你更好看。」
顧敬臣道：「哦。」

聲音是冷淡的，身體卻是熱情無比的。

喬意晚這一晚被折磨得不輕，睡著前，她在腦中思索，她都答了他好看，他怎麼還不滿意？

接下來幾日顧敬臣像是變了一個人似的，沒了笑臉，即便是私下和喬意晚在一處也不露笑臉。不過，他在外面倒是給足了喬意晚面子，只是一回到鳳儀殿就不搭理喬意晚。

也不是不搭理，但凡喬意晚問他問題，他都會回答，卻不主動說話。

若說他想冷戰，偏偏他還日日來鳳儀殿，和喬意晚寸步不離，連沐浴都要一起，且夜夜都要溫存一番。

若說他不想冷戰，可他不主動說話，這不悅的情緒也太明顯了。

此事除了在殿內服侍的人，其他人都不知道，就這樣過了三、五日，喬意晚終於受不了了，晚上拒絕了顧敬臣，轉身朝著裡側睡去。

第二日起，喬意晚直接不搭理顧敬臣了。

顧敬臣這幾日本就不理喬意晚，如今喬意晚也不理顧敬臣了，唯一一個說話的祐哥兒還被昭元帝帶走了，鳳儀殿內安安靜靜的，落一根針都能聽得清清楚楚，這下子難受的人變成了顧敬臣。

莫說一晚上了，他半個時辰沒聽到她的聲音都難受得不行，他放下看了幾日一頁都沒翻的書，瞥了一眼坐在對面安靜看書的喬意晚。

他就這般盯著她看，一句話也沒說。

一刻鐘後，喬意晚終於看向了顧敬臣。

顧敬臣立刻就笑了，問道：「故事好看嗎？」

見顧敬臣主動跟自己說話，喬意晚立刻就下了臺階。「挺好看的。」

她琢磨了一下，約莫是明白顧敬臣為何不高興，此事的起因是自己的舊帳。

她從前或許不理解，如今是真的能理解，換位思考，若顧敬臣曾有個未婚妻，二人訂過親，後來還有過聯繫，她心中定也會不舒服。

感情一事，有時往往沒有理智可言，過去的事情固然已經過去，不該糾結在意，可心裡卻難免在意。

她只是不喜歡顧敬臣不理她，所以這兩日故意不搭理他。

顧敬臣道：「比我還好看？」

喬意晚無語。

又來。

她頭一次發現顧敬臣這般重視自己的容貌。

顧敬臣想到二人之前鬧矛盾的點，發現自己說錯話了，他輕咳一聲，正欲解釋，只聽喬意晚開口了。

喬意晚認真道：「沒你好看。」

顧敬臣瞬間心情就好了。

喬意晚又補了一句。「你是天底下最好看的男子。」

雖顧敬臣前世今生長了同一張臉，可不知為何，她覺得今生的顧敬臣更好看，讓人移不開眼，如今單單只是看著就讓人心跳加速。

看著喬意晚認真的神情，顧敬臣心裡的那點不舒服早就煙消雲散，臉上的笑意止都止不住。

他知道，她說的都是真的。

見顧敬臣笑得得意，喬意晚也忍不住笑了起來。

顧敬臣抬手握住了她的手，一切盡在不言中。

喬意晚調侃道：「你怎地這般自戀，當真覺得自己是天底下最好看的男子了？」

顧敬臣盯著她的眼睛，指腹摩挲著她的手，認真的說道：「吾妻之美我者，私我也。」

我的妻子認為我美，是偏愛我。

顧敬臣的潛臺詞是，他不覺得自己是天底下最好看的男子，他只是欣喜於喬意晚覺得他最好看，這是喬意晚對他的偏愛。

聞言，喬意晚臉上的笑容漸漸加深。

看著她臉上燦爛的笑容，顧敬臣心癢難耐，捏了捏她的手，沈聲道：「安置吧。」

喬意晚笑道：「好。」

今年是喬意晚成為皇后的第一個新年，因為太皇太后和太上皇都回京了，這一次的除夕宴格外熱鬧。

自從回京後，連續三年的除夕宴都是她辦的，但這一次還是不同，畢竟身分不一樣了，各項東西的規格也不同。

當宴席結束，昭元帝和兒子站在一處，看著不遠處幼子和祐哥兒在一處玩耍，五皇子在一旁看顧他們倆，他臉上的笑容多了幾分。

「景辰，一個孩子太少了，你跟太子妃該多生幾個才是。」

顧敬臣說道：「對於皇家而言，孩子多了未必是好事，皇位畢竟只有一個，多了易生事端。」

這話就是在意指昭元帝了，先是太子，後又有二皇子、三皇子、四皇子爭皇位。

昭元帝嘴角的笑意減少了幾分，他頓了頓，說道：「兒子多了才能擇優繼位，若只有一個，又蠢又笨，豈不是害了青龍國子民？我大周的基業也將毀在他的手中。」

顧敬臣道：「父皇是覺得祐哥兒不夠優秀嗎？」

昭元帝語噎。

他何時說過這樣的話！兒子這是故意的。

昭元帝接下來的話也有些不客氣。「祐哥兒自然是好的，他天資聰穎，比你當年還要強上幾分。」

顧敬臣淡淡道：「嗯，既如此，由他繼承皇位剛剛好。」

昭元帝被兒子繞了回來，不悅地瞥了他一眼。

「多子多福，不怕一萬就怕萬一，多生幾個總是好的。」

顧敬臣回道：「請父皇放心，不會有萬一。」

昭元帝當年在位時就管不了兒子，如今退了位就更管不了兒子了，不管他如何說，顧敬臣都咬死了只要這一個孩子，不想再多生。

昭元帝道：「朕瞧著你未必是覺得孩子多了不好，而是擔心皇后的身體吧？既然皇后不能生，那就——」

話還未說完就被顧敬臣打斷了。「父皇，皇后身子極好，祐哥兒就被她養得聰慧懂事。」

昭元帝抿了抿唇，盯著兒子看了許久，越看越氣，索性不說了。

顧敬臣沈聲道：「兒子已經決定要立祐哥兒為太子，欽天監和禮部選定了日子，就定在正月二十六。」

昭元帝不管了。「隨你。」

不僅顧敬臣這邊面臨被催生的問題，今日喬意晚也面臨了這個問題，且比顧敬臣這邊更勝一籌。

太后道：「一個太少了，妳跟景辰都長得那麼好看，該多生幾個。」

福王妃道：「可不是嘛，祐哥兒長得可真好看啊，比畫上的娃娃都精緻，皇后多生幾個吧，將來京城的貴女們保管都搶著嫁入皇家。」

喬意晚神色赧然，臉上一直帶著笑，應著各位長輩。

今晚喬老太太也來了宴席，如今她的身分跟從前不同了，孫女成了皇后，這幾年來皇上對皇后的重視有目共睹，但凡對皇后不敬的，全都被皇上處理了，喬老太太成了人人巴結的對象，席間沒有人敢過來找碴，她這一頓宴席吃得很是舒爽。

永昌侯府的人要離開時，喬意晚親自相送。

喬老太太心裡美滋滋的，但嘴上還是恭敬地說道：「您如今是皇后了，不必再親自送，咱們都是一家人，即便您不送，我們心裡也是明白的。」

喬意晚道：「祖母說這樣的話就是在折煞孫女了，不管孫女身分如何，永遠都是永昌侯府的姑娘，您永遠是我的祖母。」

這番話說到了老太太的心坎上，喬老太太笑得合不攏嘴。

臨走時，她不忘交代喬意晚幾句。「一個孩子畢竟不穩，祐哥兒快三歲了，妳跟皇上也該再生幾個了，多生幾個，將來不管有什麼萬一，也能保住自己、保住孩子。」

陳氏有些擔憂地看向女兒。

喬意晚明白祖母說這番話都是為她好，她笑著說道：「好，多謝祖母關心，不過，祖母也無須太過擔心。」

說著她湊近了喬老太太，低聲說了一句。「這個月底皇上打算立祐哥兒為太子。」

祖母和父親在意的事情是一致的，雖然想催生，但目的還是希望自己的后位穩固。她自己雖然不在意這些事情，但若能讓祖母開心開心也是一件好事。

喬老太太眼露驚喜，果真不再提催生一事，笑著上了馬車。

陳氏落在了最後，她低聲對女兒道：「孩子都是父母的緣分，不必強求，妳的身體才是第一位的。」

喬意晚甚是感動，母親永遠都是把她放在第一位的，不管是家族榮譽還是其他，在母親心中都得靠後。

「女兒明白。」

「妳明白就好。」

陳氏握了握女兒的手，隨著侯府的人離開了。

聽了一整晚生孩子的事，晚上躺在床上，喬意晚跟顧敬臣說起了此事。

「祐哥兒快三歲了，你說咱們要不要再生一個？」

顧敬臣道：「一個就夠了，多了太吵。」

喬意晚抿了抿唇，問道：「你可是因為我的身體？」

聽到這話，顧敬臣摟著喬意晚的手微微一緊，他腦海中再次浮現出她產子那日的情形，紅霞滿天，幾乎染紅了京城的半邊天，所有人都在為這一奇景驚嘆著，期待著她腹中孩子的到來，只有他，心都快停止跳動了。

那滿天的紅霞就像是前世喬意晚死前床上流的血，刺痛了他的眼睛，對應著產房裡面傳來的痛苦叫聲，像是一聲聲催命符。

他在外面站了一個時辰，終於再也控制不住地推開眾人，進了產房。

他跪在喬意晚床前，緊緊握住她的手，陪著喬意晚把孩子生下來。

當太醫宣告喬意晚身體沒事時，他那一顆懸著的心才終於落到平地。

顧敬臣摟緊了喬意晚，沈聲道：「總之妳不能再生了。」

喬意晚猜到他應是想到她生產那日的情形了，根據太醫和穩婆的說辭，她雖身子弱，但生產那日並沒有什麼難產的問題，還算順利，只是顧敬臣不知想到了什麼，嚇得不輕。

「那咱們不刻意生，若是有了就生下來，沒有也不強求，可好？」喬意晚和他商量。

顧敬臣道：「旁人的話妳不必放在心上，只要自己開心順意就好。」

喬意晚其實並不在意旁人的話，只是，她還挺喜歡孩子的，皇宮那麼大，只有他們一家三口，太冷清了。

「這一個月來六弟日日和祐哥兒一起玩，我瞧著祐哥兒比從前開朗了許多，話也多了，他一個人還是太孤單了。」

顧敬臣說道：「等冊封典禮結束，就送他去讀書，屆時從宗室和侯府裡為他挑選幾名伴讀，那樣就不孤單了。」

喬意晚無語。

兒子才多大就要去讀書。

「太早了吧，不是說好過了三周歲生日再送他去讀書嗎？」

顧敬臣道：「還是早些去吧，我當年也是這個年紀去讀書的。」

早點學東西，早點步入朝堂參與政事，這樣他就能早些卸下擔子了。

皇子啟蒙的年紀喬意晚並不知曉，顧敬臣是個疼愛孩子的，他說的話準錯不了，此事還是聽他的吧。

喬意晚點頭道：「好，都聽你的。」

瞧著喬意晚乖巧的模樣，顧敬臣又開始不安分了。

喬意晚正和顧敬臣說著兒子讀書的事，然後發現顧敬臣又有了小動作。

剛剛是誰說不想要孩子的？

喬意晚道：「不是說不想要孩子嗎？」

顧敬臣親了親她的唇。「嗯，是不想要孩子，但沒說不做這件事。」

喬意晚故意說道：「那你怎麼能保證沒有孩子呢？你對自己也太沒自信了吧。」

顧敬臣眼眸微瞇。「為夫的對自己還是很有信心的。」

喬意晚道：「既有信心，又如何能保證沒有身孕呢？」

確實是這個道理，顧敬臣動作微頓。

喬意晚瞧出他的糾結，抬手圈住了他的脖子，主動獻上一個吻，顧敬臣哪裡還有什麼定力，很快反客為主。

夜還很長，新的一年來了。

第四十九章

太子冊封典禮結束後，太皇太后和皇太后再次離開京城。

顧敬臣說到做到，選了幾位大儒教兒子讀書，這其中便有陳太傅。

陳太傅是自請來教重外孫讀書的，他年歲已高，兩年前便應告老還鄉，無奈當時太子剛剛接手朝堂，青龍國政局不穩，他便繼續留在朝堂上。如今顧敬臣已經徹底掌控朝政，也已繼位，四海昇平，河清海晏，沒什麼需要他操心的了。況且，若他不退，兒子也難以更進一步。

於是他遞了摺子告老還鄉，結果皇上沒同意。

如今兒孫都在京城，他回鄉也冷清，在眾人的勸說下，他終究還是留下來了。

小太子是外孫女所生，他見過多次，是個聰慧的孩子，若是能好好栽培他，倒也是一件好事。故而，得知皇上要為太子選先生，他主動請纓。

顧敬臣一向尊敬陳太傅，很快就定下他來。

陳太傅如今不再上朝，身上還保留太傅頭銜，不過如今是個虛銜，只教太子讀書，不再過問朝中之事。

除了先生，顧敬臣還為兒子選了幾位伴讀，一位是永昌侯世子喬西寧的兒子，一位是福王的孫子，加之六皇子也一同上課，四人一同上下學，倒也不算孤單。

太皇太后和太上皇離開了，原來後宮中的妃子只要願意的都一道隨行，其餘不願遠行的也都住進了宮外的別苑。二皇子、三皇子早已分府，四皇子早早被皇上踢出京城，宮裡就只剩下未及冠的五皇子、六皇子，還有兩位未出嫁的公主。

如今祐哥兒又去御書房讀書，不只鳳儀殿空了下來，整座皇宮都空了。

喬意晚雖是一國之后，卻意外輕鬆了下來，平時忙慣了，初時她還有些不習慣，而後慢慢地開始做自己的事，偶爾種種花、看看書，或和雲意安一起繡花。

這日，喬意晚正在屋裡看書，啟航於門外求見，喬意晚以為顧敬臣那邊有事，便讓他進來了。

啟航來到屋內，二話不說跪了下來。

喬意晚很是詫異，只聽得啟航說道：「求皇后娘娘把意安姑娘嫁給微臣。」

意安和啟航的事喬意晚早就知道了，她就等著他們二人來找她說了，好在啟航是個有擔當的，親自來找她。

喬意晚正欲回答，就在這時，珠簾閃動，外間出現了一個人。

啟航剛剛說得斬釘截鐵，此刻看到來人，瞬間結巴起來，黝黑的臉上也微微泛起了紅暈。

「妳……妳……妳不是去青龍山看……看妳兄長了嗎？」

雲意安抿了抿唇，紅著臉沒說話。

喬意晚道：「可是忘帶東西了？」

雲意安瞥了一眼啟航，依舊沒說話。

喬意晚頓時明白了，想來意安是知曉啟航要來找她求親，所以過來了。

「正好妳剛剛也聽到了，長姊問妳一句話，妳可願嫁給啟航？」

聽到這句話，啟航的心怦怦跳了起來，緊張得心臟都快躍出了胸膛，眼睛直勾勾盯著雲意安，期待著她的回答。

雲意安見啟航望了過來，臉紅通通的，手指絞著衣裳，微微點頭。

點頭的幅度雖然很小，也足以讓啟航看清楚，他的臉上頓時露出一個大大的笑容，笑得像個傻子。

喬意晚看看妹妹，又看看啟航，笑著點了點頭。

啟航是個可靠的人，妹妹若是嫁給他，未來的日子應該不會吃苦。

晚上，喬意晚把此事告訴了顧敬臣。

她早就察覺到顧敬臣想要撮合意安和啟航，如今二人終於要修成正果，不知顧敬臣心中如何想？

說完之後，喬意晚就盯著顧敬臣看，聞言，顧敬臣神色果然有些許變化，他挑了挑眉，道：「挺好的。」

前世啟航把意圖自盡的意安救了下來，今生二人作為夫妻，也算是前世今生的緣分。
喬意晚繼續問道：「好在哪裡？」
顧敬臣琢磨了一下，說道：「二人性格互補，很相配。」
喬意晚道：「這個確實。沒有別的了嗎？」
別的？顧敬臣不想喬意晚知曉前世的事情，至於其他相配之處，他暫時沒想到。
他瞥了她一眼，道：「皇后同意的婚事定是好的。」
喬意晚知曉他這是不想多說，笑了笑，沒再問，總之他覺得這門婚事好就成。

第二日一早，喬意晚給雲文海寫了一封信，告知他此事，但還沒等雲文海回信，她便開始為雲意安準備嫁妝了。
約莫過了一個月左右，雲文海那邊來了回信。
喬意晚打開信，看到父親的稱呼愣了一下。她如今雖是皇后，但在給雲文海寫信時依舊稱對方為父親，而雲文海的回信卻是很恭敬，她一時沒轉換過來。
雲文海在信中先是大大感謝了喬意晚，又說雲意安的婚事全權交由喬意晚作主，除了信之外，信封裡還有一張三百兩的銀票，信中寫道——
……家貧，長子剛有了兒子，一家上下用錢的地方多，只有這些銀子，用做女兒的嫁妝。身為人父，深感愧疚……

喬意晚把銀票給了意安，說道：「因喬氏的所作所為，家中沒多少閒錢，這些應是父親盡力拿出來的，不過妳放心，嫁妝的事情長姊會為妳準備。」

雲意安抬起手來比劃了幾下。「我不用嫁妝，長姊不必為我準備。」

喬意晚笑著說道：「傻孩子，女人怎麼能沒有嫁妝呢？妳安心備嫁便是，一切都有我。」

雲意安猶豫了一下，點了點頭。

算好了日子，雲意安很快就出嫁了。

這時，朝堂上有了新的任命，陳太傅的兒子，也就是戶部侍郎陳培之升為戶部尚書，與此同時，翰林院修撰陳伯鑒自請去地方上歷練。

這兩個消息對於陳家而言是一好一壞。

翰林院一向是士子努力的目標，若是被點入翰林院，那便意味著此生仕途坦蕩，就算沒有入內閣，也會成為朝中重臣。

陳伯鑒身為狀元，被昭元帝欽點入翰林院為修撰，此時他做出這樣的決定，無疑是自毀前程的行為，等到幾年後再回來，朝中不知會變成什麼樣子。

然而，這卻是他深思熟慮的結果。

永昌侯府如日中天，父親又是戶部尚書，他便不好再待在翰林院了，免得眾人私下非議皇后。

得知陳伯鑒遞了摺子要外放，喬意晚沈默了許久。

不管前世今生，表哥一直都是這樣的人，永遠都會先一步顧慮到旁人的感受。

前世因燕山聚會是他提出，後來燕山傷亡嚴重，他一輩子都沒能原諒自己，鬱鬱寡歡，陷入自己親手織的一張網裡，一蹶不振。

如今瞧著舅舅身居要職，又自請離京避聖寵。

他前世是為了死去的人，今生卻是為了她……

顧敬臣看著喬意晚的神色，貼心地說道：「妳若不想他離京，我便駁回他的摺子。」

喬意晚回過神來。「不必，就按表哥的意思來吧。表哥做事有自己的想法，他既已決定的事情，旁人是難以改變的。」

顧敬臣端起茶來抿了一口。「嗯。」

喬意晚頓了頓，問道：「他離京那日，我能去送送他嗎？」

顧敬臣的手頓了頓。「好。」說完，後面又加了一句。「我若不忙便陪妳去。」

喬意晚眼裡流露出感激之意，如今顧敬臣的身分不同，他不再是定北侯，而是皇上，作為一國的君王，他去送臣子的話，足以看出他對這位臣子的重視，此舉也是在向天下人說明，陳伯鑒不是被皇上厭棄了，相反，他極得聖寵，這對表哥而言是好事。

「我替表哥謝謝你。」喬意晚看向顧敬臣的眼神情意綿綿。

聽到她的感激，顧敬臣略微有些心虛。

他知道陳伯鑒一直鍾情於她，而喬意晚對她這位表哥的感情也不一般，從前她有困難時最信任的人就是陳伯鑒，他倒不怕這二人會有什麼聯繫，只是一想到二人見面，他心裡就不舒服。

他不會阻攔她去見陳伯鑒，但他可以陪她一起去，沒想到她誤會了他的意思，既然誤會了，那就讓她這樣想吧。

「咳，妳我是夫妻，這般客氣做什麼。」

喬意晚以為顧敬臣不習慣她說這樣的話，她親了親顧敬臣的臉頰，道：「你對我真好。」

對於她的主動，顧敬臣心裡一片酥軟，喉結微滾，眸色也深了幾分。

「妳是我的夫人，我不對妳好，還能對誰好？」

喬意晚心情愉悅，眼睛彎成了月牙。

見顧敬臣又湊近了些，察覺到他的意圖，她雙手摟住了顧敬臣的脖子，主動去親了親他的唇，這倒把顧敬臣親得一愣。

喬意晚向來是害羞的，鮮少主動，尤其是在這種事情上，今日她卻屢次主動，倒是別有一番滋味。

喬意晚見顧敬臣沒動，又學著他的樣子，用貝齒輕輕咬了咬他的唇。顧敬臣只覺腦袋轟的一聲炸開了，所有的理智都拋在腦後，他瞇了瞇眼，將她緊緊摟在懷中，貼在自己的身上。

殿內沒了聲音，漸漸又響起了東西落地的聲音，外頭的宮女正欲進去，被黃嬤嬤攔住了。

「等會兒。」

過了片刻，又有東西落地的聲音，但屋內一直沒叫人，黃嬤嬤約莫是明白了什麼，讓殿外服侍的人都退得遠遠的。

殿內，榻上地上一片狼藉，殿外月亮似乎也在害羞，躲到了雲層裡面。

過了幾日，陳伯鑒啟程離京。

喬意晚和顧敬臣換了常服，登上了城樓，二人在城樓上站了約莫一刻鐘左右，陳伯鑒的身影終於出現在了城門口。

喬意晚眼睛一亮，喃喃道：「是外祖父家的馬車。」

顧敬臣握住了她的手。「別急，揚風就在下面，他會把陳大人請上來。」

「嗯。」

喬意晚看向顧敬臣，隨後又看向下面。

揚風正欲抬手攔住馬車，這時，陳伯鑒似有所覺，忽然掀開了車簾往後面望去。

他打小就在京城長大，這還是第一次離開京城，此次離開，沒有三、五年是不可能回來了，離開前，他想再看一眼從小長大的地方。

透過城門，他深深地看了一眼城內。

城內似乎有他幼時在四方街上奔跑的身影，有祖父牽著他的手走過的每一條街巷，有他在朱門灰瓦的府邸中吟詩作賦的情形，亦有他在被隔開的小房間裡奮筆疾書的自信模樣……還有，他見了一眼就再也忘不掉的人。

若年少時遇到的人太過驚豔，往後漫漫長河再難看到其他人。

陳伯鑒的眼神瞬間黯淡下來，突然他似有所覺，抬頭看了一眼不遠處的城樓，恰好與喬意晚的目光交織在一起。

陳伯鑒心頭一跳，眼眶頓時有些濕潤，他張了張口，跟車夫說道：「前面靠邊停一停。」

下了馬車，陳伯鑒再次抬頭看向城樓，這時他發現了顧敬臣的身影，頓時，神色變得鄭重，更快步朝著城樓走去。

城樓下守著幾名內監，啟航跟顧敬臣稟告。「皇上，陳大人來了。」

顧敬臣道：「請他上來。」

陳伯鑒的身影很快出現在城樓上，他快步朝著帝后走來，躬身行禮道：「微臣見過皇上，見過皇后娘娘。」

顧敬臣抬手道：「平身。」

陳伯鑒微微躬身，沒有抬頭。

這幾年，在各大宴席上他曾見過喬意晚無數次，然而，私下卻一次都沒有見過。仔細算來，二人已經有四、五年沒好好說過話了。

二人的身分早已不同，此刻即便喬意晚就與自己隔著數尺的距離，他仍舊不敢抬頭去看。

君臣有別，他多看一眼，就有可能會給她帶來無窮無盡的麻煩。

「表哥，好久不見。」喬意晚清脆的聲音響了起來。

聽著這一聲久違的稱呼，陳伯鑒眼眶再次濕潤，他終於抬頭看向了喬意晚。

「好久不見……娘娘。」

顧敬臣捏了捏喬意晚的手，抬手揉了揉她的頭，甚是親暱。他柔聲道：「妳與陳大人許久沒見，想必有許多話要說，我在旁邊等妳。」

陳伯鑒看著這一幕，心似乎被人捅了一下，結痂的傷口裂開，但想像中的疼痛卻沒有襲來，反倒是五臟六腑都被疏通了一般。

不管顧敬臣是定北侯還是太子，抑或皇上，不管喬意晚是從五品京官之女，還是侯府嫡女，他待她始終如一，似乎遠遠看著她幸福，他就放心了。

喬意晚道：「好。」

顧敬臣抬步往旁邊走，不過，他也沒走很遠就停了下來，目光遙望城外，一眼都沒往喬意晚和陳伯鑒這邊看。

喬意晚先開了口。「表哥何必選這樣一條路。」

心裡想通了一些事，陳伯鑒忽然心情舒朗，他笑著說：「讀萬卷書不如行萬里路。我從小在京城長大，早就想去看看書中所寫外面廣闊的天地了。」

喬意晚抿了抿唇，看向陳伯鑒。「表哥，很多事情與你無關，你也不必考慮太多人，只需考慮你自己便好，為自己而活。」

陳伯鑒神色微怔，他做事確實會優先考慮到旁人的處境，沒想到此刻會被喬意晚提了出來，祖父也曾對他說過同樣的話。

陳伯鑒知道喬意晚的意思，笑著安撫道：「娘娘不必把事情攬在自己身上，祖父在朝時，父親的職位一直升不上去，如今父親身居要職，我在京城也不會有太大的發展，離了京城，說不定能有更廣闊的空間大展身手。」

喬意晚抿了抿唇，沒說話。

陳伯鑒眼神看向了遠處，這次卻不是城內，而是城外。

「我不想做一隻豢養在籠子裡的金絲雀，不知民間疾苦，只會紙上談兵，書中所寫的天地、祖父口中的各地民情，我也想去體察一番。」

聞言，喬意晚看向了陳伯鑒的眼睛，此刻在他的眼中，她看到了嚮往，她沒再勸說。

「好。表哥想去外面那就去外面走走，若是累了倦了，那便回來。」

陳伯鑒收回目光，看向她。「好。」
說完此事，陳伯鑒看向了不遠處的顧敬臣。
「皇上是一個好夫婿，天底下如他這般癡情的男子不多見。」
提及顧敬臣，喬意晚臉色變得溫柔。
「嗯，他一直都待我極好。」
不遠處，顧敬臣嘴角露出一絲笑意，雖然眼睛沒往他們那邊看，可他的耳朵一直聽著。他從小習武，耳聰目明，再加上在順風口，聽得更是清楚。
陳伯鑒看看顧敬臣，又看看喬意晚，笑著說道：「時辰不早了，我該走了。」
喬意晚道：「嗯。」
二人朝著顧敬臣走去，陳伯鑒道：「我記得娘娘愛看遊記，微臣到了地方再為您尋幾本。」
喬意晚眼睛一亮。「好啊，不過，表哥也可以自己寫，以表哥的文采，定比旁人寫得好。」
陳伯鑒思索片刻，道：「是個好主意，回頭等微臣安頓下來再試試。」
喬意晚笑道：「期待表哥的佳作。」
二人邊說著話，來到了顧敬臣身邊。
顧敬臣牽起了喬意晚的手，問道：「都說完了？」

喬意晚點頭道：「嗯，說完了。」

顧敬臣看向陳伯鑒，陳伯鑒朝著帝后深深鞠了一躬。

「微臣拜別皇上、娘娘，今日一別不知何時再見，望貴人們福壽安康。」

喬意晚和顧敬臣二人站在城樓上，目送陳伯鑒離開。

顧敬臣見喬意晚神色不佳，隨後便帶著她回宮了。

後半晌，顧敬臣身邊的李公公送來了一沓書。

喬意晚有些詫異，問道：「這是什麼？」

李公公恭敬地回道：「回娘娘的話，這是宮裡藏書樓裡所有的遊記和地方志。」

喬意晚更是詫異。「我沒讓人去拿，公公是不是送錯地方了？」

李公公笑著回道：「這是皇上的意思，皇上差人把宮裡的藏書樓都翻了一遍，吩咐人把這些書給您送了過來。」

喬意晚剛要說什麼，忽然想起了早上跟表哥說過的話。

她還當他真的謹守君子之禮沒聽到他們說話呢，結果還不是偷聽了。

「多謝公公。」

晚上，顧敬臣回寢殿時，喬意晚正拿著一本地方志在看著。

顧敬臣坐在一旁的榻上，瞥了一眼她手中的書，問道：「好看嗎？」

喬意晚眼睛從書上挪開，看向了顧敬臣。「挺好看的。」

顧敬臣笑了，瞧著一旁的四個大箱子，想來裡頭的書足夠晚兒看上三年五載的了，至於陳伯鑒的遊記，也就沒那麼令人期待了。

他此刻是高興的，但等過了一個時辰，他發現喬意晚一心撲在書上沒空搭理他時，便笑不出來了。

「時辰不早了，安置吧。」

喬意晚淡然道：「嗯，看完這一頁。」

顧敬臣端起手中的茶又飲了一杯。

等喬意晚看完書，已經是一刻鐘之後了，她抬眸看向顧敬臣，只見顧敬臣正面無表情地盯著她。

見她看向自己，他沈聲問道：「書就那麼好看？」

喬意晚眨了眨眼。「不是你讓我看的嗎？」

顧敬臣被噎了一下，薄唇抿成一條線。

喬意晚又故意說道：「那我明日不看了？」

顧敬臣又端起茶杯飲了一口茶，道：「還是繼續看吧，打發打發時間也是好的。」

瞧著他憋屈、又一心為她著想的模樣，喬意晚噗哧一聲笑了出來，顧敬臣不禁抬眸看向她。

喬意晚笑著說道：「我怎麼從前都沒發現你這麼愛吃醋啊。」

說這句話時，她滿臉笑容，眼睛亮亮的，眼中像是盛滿了星星。

顧敬臣瞇了瞇眼。「妳故意的。」

瞧著顧敬臣眼中流露出的訊息，喬意晚覺得自己有點過火了，忙道：「咳，時辰不早了，安置吧。」

話音剛落，她就被人打橫抱了起來，下意識地驚呼一聲。

顧敬臣道：「皇后不是想給祐哥兒生個弟弟妹妹嗎？不如今晚吧。」

喬意晚羞紅了臉。

男人真是善變，今日一個想法，明日一個想法。

顧敬臣雖然嘴上說著要再生個孩子，但當喬意晚的月事推遲時，他臉上還是流露出一絲緊張，直到喬意晚的月事來了，他才終於鬆了一口氣。

與其相反，喬意晚有些失望，不過，她很快也看開了，若是孩子來了，那就生下來，不來就算了，順其自然吧。

如今祐哥兒去讀書了，她閒下來的時候就繡繡花、看看書，倒是跟在邊關的時候差不多了，宮外若是有人想見她，程序非常複雜，一般人也不會來打擾她，所以她沒有覺得住在京城很壓抑，反而覺得日子輕鬆愜意。

這日，陳氏進宮了，她是半個時辰前遞帖子的，帖子一入鳳儀宮，人立刻就被請進宮了。

眾臣婦也就只有陳氏有這個殊榮，旁人若是想進宮，怎麼都要提前幾日遞帖子，還得看她想不想見、有沒有時間見。

喬意晚道：「母親今日怎麼忽然進宮了，可是有事？」

喬意晚和陳氏母女二人感情雖好，但二人都不是性子黏糊的那種，約莫一個月見上一回，這個月已經見過一次了，她擔心是永昌侯府有事，母親不好意思直說，故而主動詢問。

陳氏猶豫了一下，還是決定說實話。

「今日是皇上命我來的。」

皇上？喬意晚臉上浮現出詫異的神色。

陳氏問道：「妳是不是想再生個孩子？」

聞言，喬意晚明白了顧敬臣的意思，點了點頭。

陳氏說道：「皇上知妳還想要個孩子，最近又沒能懷上，怕妳心情鬱悶，讓我來勸勸妳。」

喬意晚抿了抿唇，沒說話。

「意晚，皇上待妳真的很好，他並非不想要孩子，只是他更擔心妳的身體。」想到女兒生產那日皇上的反應，陳氏臉上流露出欣慰的神情。

喬意晚低聲道：「女兒都明白的。」

她想要孩子，相信顧敬臣也想要，只是自己的身子不爭氣。

陳氏話鋒一轉道：「不過，我倒是覺得皇上對待這個問題上有些過於小心謹慎了。」

喬意晚抬眸看向母親，她記得母親之前也不贊同她再生。

陳氏道：「之前我的確跟皇上想法一樣，不想妳因生孩子傷了身子，不過這幾個月我觀妳的臉色比從前好多了，可見這幾年在宮中養好了不少，太子殿下如今已滿三歲，妳趁年輕再生一個也不是不行。」

得到贊同，喬意晚笑了，點了點頭。「嗯。」

陳氏看著女兒的笑，說道：「況且，宮牆太高，內院深深，一個孩子太孤單了，若有個小公主陪在身邊，日子還能多些趣味。」

自從女兒被認回來，她才覺得生個貼心的女兒是一件多麼幸福的事情，女兒始終會站在她這邊，從前她那些不被理解的行為和想法也突然有人明白了，這讓她覺得日子順心了不少，也不再那麼孤單，畢竟夫婿汲營於名利，兩人聊不來。

喬意晚道：「兒子和女兒都好，我是覺得祐哥兒一個人太孤單了。」

陳氏點頭道：「嗯，再生一位皇子也好，妳祖母和父親日日盼著妳再生一個小皇子。」

至於老太太和永昌侯為何盼著她再生個小皇子，陳氏不用說，喬意晚也明白。

母女二人說著說著，話題便引到了祐哥兒身上。

陳氏笑著說道：「妳外祖父如今逢人便誇太子殿下聰慧，過目不忘，是世間難得一見的天才。」

喬意晚失笑道：「也不至於，他就是比普通人記性好些，外祖父過譽了。」

陳氏道：「倒也未必，妳不知妳外祖父的性子，他鮮少會誇讚人，如今這般是頭一次。他一生教了不少學生，個個都很出色，優秀的學子見多了，還能這般誇讚祐哥兒，可見他是真的優秀，太子聰慧對青龍國也是一件喜事，利於穩定。」

母親都這般說了，喬意晚也不好再說謙虛的話，她道：「聰不聰明倒沒什麼，我只希望他能平平安安長大。」

陳氏說道：「皇上對太子格外重視，後宮中也沒有別的女人，他定能平安長大。」

喬意晚道：「嗯。」

祐哥兒知曉外祖母來了，上完課就從御書房回來了，他來時，陳氏正準備離開，一瞧見外孫，素來穩重的陳氏神情也不淡定了，笑得燦爛。

「太子殿下。」

祐哥兒朝著陳氏行禮。「見過外祖母。」

陳氏笑道：「殿下折煞臣婦了。」

祐哥兒什麼都沒說，跑過來一把抱住了陳氏。「外祖母，我想您了。」

這話一出，陳氏的心都快融化了，緊緊把祐哥兒抱在了懷中。

因祐哥兒忽然回來，陳氏又在鳳儀殿中待了半個時辰才離開。

回府後，永昌侯得知陳氏見到了祐哥兒，問個不停。

「我也有數月沒有見著太子殿下了，也不知殿下長高了沒有、胖了沒有？」

永昌侯語氣中滿是遺憾，陳氏道：「等下次宮宴時就能見著了。」

說完外孫，永昌侯想起了今日夫人是被皇上召進宮的，問道：「對了，皇上宣夫人進宮有何事？」

陳氏道：「皇上讓我勸勸意晚。」

喬彥成道：「嗯？勸什麼？」

陳氏說道：「意晚想要孩子，皇上擔心意晚的身體，不想要孩子。」

竟是此事。喬彥成一時不知該如何評論，他琢磨了一會兒，問道：「那夫人如何說的？」

陳氏回道：「我答應了皇上。」

喬彥成張了張口，又閉上了，微微嘆氣。

他是想讓女兒再生幾個，一個不夠，最好再生上兩、三個，這樣地位才能穩固。只是，皇上的考慮也不無道理，女兒的身體也很重要。

陳氏又道：「不過，我沒有勸意晚，我瞧著她的身體已經養好了，孩子是父母的緣分，若是有了，生下來也不是不行。」

喬彥成頓時鬆了一口氣，笑著說道：「還是夫人明理。」

喬彥成心裡在想什麼，陳氏門兒清，她沒理會喬彥成。

御書房的課對祐哥兒來說十分簡單，他每天都很快就做完功課，一下課就來鳳儀殿陪著喬意晚。

最近他愛上了聽故事，尤其是喬意晚看的那些地方志，有一次喬意晚給他講了點不同地方的奇風異俗，之後他便感興趣了，每日做完功課都要纏著喬意晚給他講一個新的。

喬意晚把兒子抱入了懷中，一邊講故事，一邊教兒子認字，顧敬臣晚上回來時看到的就是這樣溫馨的情形。

他坐在一旁看摺子，喬意晚和兒子坐在旁邊講故事。

這樣的情形一日兩日還好，但十天半個月過去了，兒子每晚都要纏著喬意晚為他講故事，一講就是很晚，顧敬臣有些不耐了。

往日兒子都很乖巧聽話，晚上在正殿待一會兒便會回自己房間，他白日裡本就政務繁忙，沒什麼時間跟喬意晚獨處，如今這點獨處的時間都要被兒子占據了。

這日，顧敬臣終於忍不住了，等喬意晚給兒子講完一個故事，顧敬臣開口了。「太傅佈置的功課你可有完成？」

聽到父親的話，祐哥兒從母親懷中鑽出來，在父親身前站得直直的，恭敬地答道：「回父皇的話，兒子已經做完了。」

顧敬臣道：「為父考校一下，看看你最近學得如何。」

祐哥兒應道：「是。」

顧敬臣從內監手中拿過來兒子最近讀的書，問起問題來。不管他問什麼問題，兒子都能對答如流，字認識、意思也明白，還能舉一反三，顧敬臣很欣慰，然而，他的目的尚未達到。

他琢磨了一下，問道：「『為政以德，譬如北辰，居其所而眾星共之』，你可知何意？」

祐哥兒恭敬地說出這句話的意思。

「統治者如果用道德來治理他的國家，這位統治者就會像北極星一樣，所有的星辰都會環繞在他的身邊。」

顧敬臣沒像剛剛一樣停止，而是又問了一句。「在治理國家時，具體該如何做呢？」

祐哥兒畢竟才三歲，尚未接觸國家政務，他能熟練背誦原文、理解這句話的意思，卻不知該如何實施。

顧敬臣在考校兒子功課時，喬意晚一直在旁邊默默聽著，一句話也沒說，但在這個問題出來後，她看向了顧敬臣。

她怎麼覺得顧敬臣今日似乎有意為難兒子？

顧敬臣自然察覺到了她的目光，但他忍住了，沒看向喬意晚，他看著兒子，沈聲問道：「你想不想知道問題的答案？」

祐哥兒求知若渴，連忙點頭，認真道：「想。」

顧敬臣正色道：「既然你想知道，那從明日起，御書房的功課做完你就去前殿，為父告訴你答案。」

喬意晚眉頭微微蹙了起來。

祐哥兒小小年紀，並不知這句話的分量，他只知父皇要教他知識，眼睛頓時亮了起來，脆生生應道：「好。」

顧敬臣道：「嗯，時辰不早了，你隨嬤嬤去休息吧。」

祐哥兒行禮道：「是，父皇、母后安，兒子去就寢了。」

顧敬臣說：「去吧。」

待祐哥兒離去，喬意晚開口了。「你今日怎麼想起讓祐哥兒去前殿了？」

顧敬臣假裝沒聽懂，道：「我怎麼記得剛剛是他自己想去的？」

喬意晚仔細打量著顧敬臣的神色，判斷他這句話是不是認真的。顧敬臣不會不知道讓太子去前殿的意義，即便他假裝不知道，諸位大臣也不可能裝不知道，不可能不多想。

她思來想去，還是覺得他是有意為之，她沒再拐彎抹角，直接問道：「你想讓祐哥兒參與政事？」

顧敬臣瞥了喬意晚一眼，沒再遮掩，直接承認了。「嗯。」

喬意晚不解。「他如今才三歲，會不會太早了？」

顧敬臣心想，確實有些早。他本也沒打算現在就讓兒子去參與政事，只是他覺得兒子日日閒著也是閒著，不如做些正事。

「早嗎？不早了吧，三歲了，也該懂事了。」

喬意晚無語。

他知道自己在說什麼嗎？

一個三歲的孩童能懂什麼？他連自己的事情都搞不懂，大人的話尚且聽不懂，況且是國家大事。

看著她懷疑的目光，顧敬臣輕咳一聲，腦子迅速轉動起來。「外祖父一直對我說祐哥兒特別聰慧，定要好好教他，他將來成就定然不凡，我這是怕浪費了祐哥兒的天賦，讓他早些接觸政務。」

即便他把外祖父搬出來，喬意晚依舊持懷疑態度，顧敬臣端起茶杯喝了一口茶，掩飾心虛。

「先試試看，若他實在不懂，那就過兩年再讓他參與。」

喬意晚道：「也好。」

聽到喬意晚的回答，顧敬臣終於鬆了一口氣，他握住她的手道：「時辰不早了，安置吧。」

眼神和動作暗示了他想做什麼，喬意晚抿了抿唇，輕聲應道：「嗯。」

顧敬臣笑了。

兒子今日離開得早，他和喬意晚有更多獨處的時間。

自從祐哥兒開始去前殿，晚上便不再聽喬意晚講故事了，他的注意力全都放在了那些自己似懂非懂的政事上。

喬意晚見兒子不似從前那般開心，有些擔憂。

這日，見兒子皺著眉頭，她開口說道：「祐哥兒，你今日學了什麼知識？」

祐哥兒恭敬地回道：「回母后的話，太傅講了禮記。」

喬意晚道：「哦？這麼快就學禮記了，那你可聽懂了？」

祐哥兒道：「太傅講了幾個小故事，兒子都聽懂了。」

喬意晚問：「那你為何皺著眉頭？」

祐哥兒抿了抿唇，垂眸不語。

喬意晚抬手摸了摸兒子的頭，柔聲道：「跟母后說一說可好？」

祐哥兒抬眸看向喬意晚，瞧著自己母后眼中的擔心，他開口說道：「先生們講的內容兒子都聽懂了，可父皇和諸位大臣們討論的問題兒子沒聽懂。」
竟然是因為這個。
喬意晚道：「祐哥兒，你父皇命你去前殿聽事，只是希望你多聽一聽，並沒有要求你全部弄懂，你不必給自己太大的壓力。」
祐哥兒皺眉道：「可是父皇跟兒子說，希望兒子能早一些去幫他。兒子聽了幾日都沒懂，是不是很沒用？」
喬意晚看著兒子臉上的神情，心疼得不得了，心裡微微生出對顧敬臣的埋怨。兒子還是太小了，顧敬臣不該讓兒子太早參與朝政。
「怎麼會？你已經比同齡人聰慧許多，先生們時常誇讚你，你父皇私下也沒少誇你。」
聽到嚴厲的父皇私下誇讚自己，祐哥兒眼睛一亮。
喬意晚又道：「你父皇三歲的時候還不如你懂得多呢。」
祐哥兒追問道：「真的嗎？」
喬意晚笑道：「自然是真的。」
祐哥兒臉上終於露出輕鬆的神色。
喬意晚接著道：「你父皇三歲時才剛剛開始認字，什麼都不懂，更何況是朝政之事，你如今比你父皇認字多，比他學的東西多，在母后心中，你比他厲害。」
祐哥兒小臉紅撲撲的，謙遜地說道：「兒子不如父皇。」

就在這時，一個聲音從門口響了起來。

「聊什麼呢？這麼開心。」

喬意晚和祐哥兒止住了話，同時朝著門口望去。

第五十章

顧敬臣抬步朝著殿內走來，很快就來到了榻邊，坐在了榻上。

「剛剛你們母子二人在說什麼呢，這般投入，我進來都沒聽到。」

祐哥兒想到剛剛和母后討論的問題，視線轉向了母后。

喬意晚剛剛在兒子面前貶低了顧敬臣，心裡微微有些不自在，她輕咳一聲道：「沒說什麼，就是問了問祐哥兒今日所學。」

顧敬臣看了看喬意晚，又看了看兒子。喬意晚表情還算平靜，兒子那副樣子怎麼看都像是心虛。不過，他也沒戳穿，端起桌上的茶喝了一口。

「今日在前殿討論的事情你可聽懂了？」

祐哥兒正了正神色，道：「兒子慚愧，只懂了一半。」

顧敬臣道：「能聽懂一半已經很好了，今日時辰不早了，你且先去休息，明日一早我讓先生教你。」

祐哥兒道：「好，兒子告退。」

兒子走後，顧敬臣心情立刻舒暢起來。果然還是得給兒子找些事情做，不然他總是纏著意晚。

等兒子走後，喬意晚道：「你就不怕是拔苗助長嗎？」

顧敬臣道：「怎麼可能？那小子聰明得很，一點就通，說得多了反倒更利於他成長。」

喬意晚說：「他不過是個三歲的奶娃娃。」

顧敬臣端起茶又抿了一口，放下茶杯，糾正道：「已經過了三歲的生辰，四歲了。」

喬意晚無語。

她怎麼覺得顧敬臣最近對兒子的敵意越來越大了，倒不是說他不喜歡兒子，從他為兒子精心挑選先生、把他帶在身邊參與朝政來看，顧敬臣對兒子的期望很高，也很重視兒子。

只是她總覺得他的一些行為舉止中又流露出對兒子的意見很多，這人怎麼這麼矛盾？

「你四歲的時候在做什麼？」

在她看來，兒子兩歲多入學，不到四歲就參與朝政，已經很厲害了，她記得之前婆母說過，顧敬臣小時候很調皮貪玩。

顧敬臣仔細想了想自己四歲時在做什麼。他那時剛剛開始讀書，但相較於讀書，他更喜歡習武，故而書讀得不紮實，時常坐不住，想往外面跑，最後書沒讀多少，爬樹打架的事情倒沒少幹。

不過，這種不怎麼威風的事情就沒必要說了。

喬意晚驚奇的發現自己竟然從顧敬臣臉上看到尷尬的神情，也不知他想到了什麼。

顧敬臣回道：「那時我在刻苦讀書。」

說完，又喝了一口茶掩飾內心的尷尬。

騙誰呢？喬意晚故意說道：「當真？我怎麼記得母親不是這樣說的，她說你小時候很……」

說到這裡，她故意頓了頓，顧敬臣轉頭看向她。

喬意晚眼神中流露出揶揄的神色，嘴裡輕輕說了兩個字。「調皮。」

顧敬臣眼眸微閃，抬手握住她的手腕，一把把她扯入了懷中。

喬意晚沒料到他會如此突然，一時不察被他扯了過去，坐在他的腿上。

「你幹麼，說話就好好說話，動手做甚？」

顧敬臣道：「朕調皮？」

喬意晚張了張口，瞧著顧敬臣的眼神，抿了抿唇，心想，難道不是嗎？

不過，看著顧敬臣這神色她沒敢說出口，就怕說出來之後他又要懲罰她。

「咳，不是，男孩子嘛，好動很正常。」

顧敬臣低頭親了親她的唇，啞聲道：「沒大沒小，看朕今日如何懲罰妳。」

喬意晚先是一怔，很快地，在顧敬臣的眼神中反應過來，臉色漲紅，不可置信地望向他，他現在怎麼什麼話都敢往外說。

顧敬臣見她明白了他的意思，悶笑出聲，在她開口說話之前堵住了她的唇。

很快，殿內沒了說話的聲音……

情到濃時，顧敬臣趴在喬意晚耳邊問了一句話。「在妳心中究竟誰最厲害？」

喬意晚腦袋暈乎乎的，細細咀嚼了兩遍才明白他話中之意。

所以，他剛剛聽到她跟兒子的對話了？真是的，他一個大人跟一個小孩子計較什麼？

喬意晚道：「你又吃醋了？」

顧敬臣臉色有一瞬間的不自然，但很快又恢復如常，理直氣壯地問道：「難道不行嗎？」

喬意晚無語。

吃醋這種幼稚的行為，他不以為恥，反以為榮？

不過，她怎麼覺得他吃醋的樣子這麼可愛呢？喬意晚忍不住笑出了聲，顧敬臣臉色一下子黑了。

喬意晚連忙圈住了顧敬臣的脖子，主動親了親他，笑著說道：「嗯，你最厲害，你是天底下最厲害的人。」

顧敬臣神色漸漸緩和，心情也變得愉悅。

喬意晚雖覺得顧敬臣在某些事情上無比幼稚，心中卻又喜歡他這個模樣。

第二日一早，喬意晚比平日晚起了半個時辰，醒來後，她細細琢磨了一下最近發生的事情，約莫是明白了顧敬臣對兒子反常的原因。

思來想去，顧敬臣應是吃醋了，他這個人醋性大得很，而且自從回到京城，他就忙得很，從前是太子時忙，如今成了皇上，更忙了，幾乎每晚都要忙到亥時才回來，有時甚至子時歸來，兩人待在一起不到一個時辰便要去休息了，兒子一直陪著她，她和顧敬臣也說不上幾句話。

既知顧敬臣吃兒子的醋，有些事情她便格外注意，比如，兒子本來在正殿，瞧著顧敬臣快要回來了，她便讓嬤嬤帶著兒子去休息了，儘量不讓顧敬臣看到她和兒子親近，她和兒子每日相處的時間多得是，不差這一時半刻。

一開始顧敬臣回來沒瞧見兒子還有些不習慣，但過了幾日，他發現兒子不再纏著喬意晚，心情舒暢多了。

「今日如何？」

喬意晚道：「挺好的。」

顧敬臣沒再多言，坐在一旁，拿起一本書看了起來。

二人也不說話，就這般靜靜看書，約莫看了兩刻鐘左右，喬意晚覺得脖子有些痠痛，目光從書上挪開，活動了一下脖子，一轉頭，她發現顧敬臣正看著手中的書笑，於是好奇地問了一句。「你今日很開心？」

「嗯？」顧敬臣握了握手中的書，繼續說道：「嗯，還不錯，感覺挺安靜的。」

他這是因為兒子不在而開心？想到這一點，喬意晚微微一笑，沒說什麼。

顧敬臣看向喬意晚，見她眼裡流露出了然的神色，立刻輕咳一聲，遮掩住笑容。「其實是想到了一件小事。」

喬意晚假裝不知他的心思，問道：「哦，何事？」

顧敬臣怕喬意晚誤會，解釋道：「咳，是關於兒子的事。」

喬意晚納悶。「兒子怎麼了？」

顧敬臣道：「兒子聰慧，最近被大臣們誇了。」

喬意晚追問道：「都誇了什麼？」

顧敬臣細細跟喬意晚說了起來，兒子優秀，喬意晚也開心，她聽後笑了。

「我當初還擔心他太小了，聽不懂政務，不適應，沒想到他小小年紀能做這樣好。」

瞧著喬意晚的笑容，顧敬臣抬手把喬意晚攬入了懷中。

「是啊，我也沒想到他能這般快速理解那些事。」說完，又補了一句。「兒子會這麼優秀，都是妳教得好。」

喬意晚失笑道：「可不是我一個人的功勞，一則是他天賦好，二則還有御書房的各位先生，還有，你對兒子的重視。」

顧敬臣笑道：「嗯。」

晚上沒了兒子干擾，二人彷彿又回到了從前的那些時光，晚上一起看看書，說說朝中的事、後宮中的事，雖一整日沒待在一處，卻又彷彿待在了一起。

這日，祐哥兒從前殿回來了。

喬意晚瞧見祐哥兒凍得通紅的臉頰，連忙牽過他的手給他暖了暖。

「你今日回來得倒是早了些。」

祐哥兒道：「嗯，父皇說今日天冷，怕我在路上凍著了，命我早些回來。」

喬意晚笑道：「你父皇這是擔心你的身子，一會兒我讓嬤嬤煮些薑茶祛祛寒。」

祐哥兒聽話地應了，坐在榻上取暖。

喬意晚問：「今日可還忙？」

祐哥兒搖頭道：「不忙，諸位大人在跟父皇討論科考的事情。」

如今已經是臘月，明年二月又要科考了，也快了。喬意晚忽然想到了當年兄長科考的事情，那年冬天兄長日日窩在書房讀書，就為了能考中秀才。

此刻祐哥兒臉上流露出一絲苦惱的神色，他抿了一口熱水，看向喬意晚。

「不過，兒子沒怎麼聽懂。」

喬意晚回過神來，看向兒子，安撫道：「你還小，關於科考的內容尚未涉及，沒聽懂也是正常的。」

祐哥兒點頭道：「嗯，父皇也是這樣說的。」

喬意晚道：「你父皇帶著你去前殿議事，並不是要求你所有的內容都能聽懂，他只是希望你慢慢了解一些，你不必給自己太大的壓力，能聽懂就聽，聽不懂就問你父皇，就算問了你父皇還是不懂，也不必著急，你這般聰慧，那些東西你早晚會明白的。」

祐哥兒笑了。「好。」

喬意晚摸了摸兒子的頭，笑了。

祐哥兒又喝了一口熱水，道：「不過，兒子還是聽懂了一些。」

喬意晚鼓勵道：「哦？你竟能聽懂一些，你可真棒。」

祐哥兒道：「有一位年輕的大人提議科考不要因為考生身患殘疾就刷掉，應該以才學判定入仕。」

聞言，喬意晚微怔。因剛剛想到了兄長，此刻她一下子就想到了遠在青龍山讀書的意平，他因為多了一根手指，所以一直不能參加科考，前世他被父親砍掉了一根手指才能去參加科考。

祐哥兒又道：「兒子覺得這位大人說得對，為官者要為百姓著想，要能處理政務，跟人品和才學有關，跟其是否患殘疾毫無干係。母后覺得呢？」

喬意晚回過神來。「母后覺得你說得很對，有些人雖然身患殘疾，卻極有才華，也有治國之才。」

得到了母親的肯定，祐哥兒更加開心了。

亥時，顧敬臣從前殿回來了。

喬意晚想起後半晌兒子說過的事情，問道：「我聽說朝堂上最近在討論對應試學子放寬標準的事情？」

顧敬臣點頭道：「對，最近幾日一直在討論此事。」

喬意晚道：「所以，你們真的在討論開放讓身患殘疾之人參加科考嗎？」

顧敬臣端著茶杯的手微頓，若他沒記錯，此事是梁行思提出來的。

喬意晚望著顧敬臣，認真地問道：「這一點真的能成嗎？」

顧敬臣聽出她的在意，下意識看向她。

看著顧敬臣的神色，喬意晚眼眸微動，問道：「你不同意？為何？」

依著她對顧敬臣的了解，他應該會贊同這個觀點，前幾年他就廢除了貌醜者入仕為官的政策。

顧敬臣道：「不是我不同意，是朝中大臣不同意，此事前幾年就提出來過，被內閣否定了。」

喬意晚皺眉。

二人各懷心思，沒再說此事，熄燈後躺在床上，喬意晚又想起了剛剛二人討論的問題。

前世兄長沒能繼續科舉，鬱鬱寡歡，而意平從小不被父親重視，也是因為比常人多一根手指不能科考，後來斷指參加科考，中了頭名。兄長今生安然無恙，也順利考中，為官之後考核為優。

事實證明，兩個人都是有真才實學之人，身患殘疾不是他們的錯，他們卻因此被困了一生，想到這些，喬意晚長嘆一聲。

顧敬臣早就察覺到她沒有睡著，聽到她的嘆息聲，他側過身去，將其圈入懷中，問道：「怎麼了？睡不著嗎？」

喬意晚抿了抿唇，再次提及了剛剛的事。「其實我覺得那個舉措挺好的，有些人雖然身患殘疾，卻有驚世之才，於國於民都有利，若是因此錯過了人才未免可惜。」

顧敬臣身體微僵。喬意晚向來不參與朝政，從來沒有偏袒過任何一方，即便涉及到永昌侯府的利益，她也從不多言。

此事二人剛剛已經討論過，若是以往，她定不會再提，今日卻提了又提，永昌侯府並沒有身患殘疾之人，太傅府中也沒有，她究竟是真的覺得這個措施好，還是因為梁行思被諸位大臣反駁而打抱不平？

「嗯，我會考慮的。時辰不早了，睡吧。」

喬意晚察覺到顧敬臣的不悅，沒再多言。

接下來幾日，喬意晚發現顧敬臣似乎有些不開心，可他為何不開心她卻不知，仔細想來，應該是與那晚討論選拔士子一事有關。

她著實想不通顧敬臣那一晚的態度為何那般奇怪，也有些想不通這幾日他為何因此事而不悅，既然想不通，她決定讓紫葉去打聽此事，看朝中大臣們對身患殘疾者參加科考一事是何種態度。

紫葉去調查此事時遇到了揚風，揚風把紫葉拉到了一旁，低聲問道：「可是皇后娘娘讓妳調查此事的？」

紫葉大驚，問道：「你怎麼知道的？」

揚風道：「能不知道嗎？」

紫葉抿了抿唇，沒說話。

揚風說道：「皇上因為此事很不開心，娘娘怎麼還在查？」

紫葉皺眉。「皇上為何不開心？娘娘怎麼就不能查了？」

揚風回道：「此事是梁大人提起的，妳說皇上為何不開心？」

紫葉道：「梁大人？哪個梁大人？」

揚風沒好氣地說道：「還能有誰？不就是翰林院的梁行思嗎？」

紫葉頓時怔住了。怪不得皇上不高興了，竟然是這個原因，娘娘並不知此事和梁大人有關，她還是趕緊跟娘娘說清楚吧。

想到這裡，紫葉扭頭就跑了。

揚風見紫葉走得這般乾脆俐落，在後面喚道：「喂，跑這麼快做甚？」

紫葉理都沒理他，跑得更快了。

揚風無語。

他又不會吃人，她為何每次見了他都跑這麼快？

喬意晚聽到紫葉的話，沈默許久。

她終於明白顧敬臣為何是那般奇怪的態度了，仔細想想，確實除了這個理由，再沒有其他，她跟梁大哥之間並未有過任何逾矩的行為，這件事還是要好好解釋清楚。

晚上，顧敬臣回來，她主動提及了此事。

「關於身患殘疾者入仕的事情……」

話未說完就被顧敬臣打斷了。

「此事妳不必擔心，我已決定通過，明年科考之時身患殘疾者亦可入選。」

聞言，喬意晚欣喜不已，若真如此，明年意平就可以參加科考了。

不過，顧敬臣怎麼會突然同意了？她記得下午紫葉回來時還曾說朝中過半的臣子反對此事。

見顧敬臣眼睛一直盯著書不看她，她道：「我聽說大臣們都反對此事。」

顧敬臣道：「嗯，朝中的確有不少重臣反對。」

喬意晚問道：「那你怎麼還力排眾議同意此事？」

顧敬臣向來注重臣子們的意見，鮮少會不顧重臣反對執意做出什麼決定。

顧敬臣眼睛從書上挪開，看向了喬意晚。「選官選的是賢者、能者，與其是否身體健全無關，有些身患殘疾的人亦有真才實學。」

喬意晚感動道：「謝謝你。」

顧敬臣握著書的手微微收緊。

梁行思提議，他同意。然而，他之所以這般快速做出決定並非是因為梁行思，他只是不想再聽她為梁行思說好話。

「時辰不早了，安置吧。」

喬意晚應道：「好。」

很快，二人熄燈躺在了床上。

屋外時不時颳起陣陣北風，吹得院子裡的樹枝嘩啦啦響，屋內黑漆漆的，更顯寂靜。

顧敬臣今晚很老實，平躺在外側，喬意晚目的達到，她為意平感到開心，但此刻心中仍舊有些不平靜。

她猜顧敬臣並未睡著，於是伸出手緩緩朝著顧敬臣那邊探去，握住了顧敬臣的手。

顧敬臣似是對她這種主動的行為不太習慣，一開始沒反應過來，很快又挪了過來反手握住她的手。

喬意晚道：「我跟梁大哥之間真的沒什麼。」

聽到這一聲梁大哥，顧敬臣的心忽然一緊，呼吸都亂了幾分，握著她的手也微微收緊。

喬意晚又道：「我雖與他訂過親，卻並未見過幾面，更沒有任何逾矩之舉。」

顧敬臣沈聲道：「嗯，我知道。」

喬意晚湊近了顧敬臣，問道：「既然你都知道，那你在氣什麼？」

相較於梁行思，她跟伯鑒表哥之間的關係更加親近，甚至跟冉玠的關係也比梁行思好，顧敬臣能平靜地對待表哥和冉玠，怎麼對梁行思就這般不平靜？

看著喬意晚湊近的臉，顧敬臣的心怦然跳了起來。

氣什麼？他也不知道自己這幾日在氣什麼，他只知道，梁行思這個人是他心中的一根刺，每日看到站在朝臣末尾的他，都會覺得不舒服。

梁行思與喬意晚今生的確沒什麼，但前世二人卻有著山盟海誓，是他親手拆散了他們。

他也不知自己究竟是在意前世他和喬意晚的那些事情，還是擔心喬意晚發現他前世的行為會嫌棄他、害怕他，甚至想要離開他，她這般美好，他卻行為卑鄙。

喬意晚離得極近，近到呼吸都噴到了顧敬臣的臉上。

聞著喬意晚身上熟悉的香氣，顧敬臣再也克制不住，翻身欺了過來，找準喬意晚的唇，狠狠親了上去。

屋外的北風越發肆虐，樹枝嘩啦啦作響，殿內懸掛在床上的香囊搖搖晃晃不停歇。

第二日一早，喬意晚就寫了封信，把這個可以考科舉的好消息通知了在青龍山書院的雲意平。

經過昨晚的事情，顧敬臣又恢復到以往的狀態，甚至比從前還要黏她，晚上回來之後，書也不好好看了，非要抱著她不可。
喬意晚瞧著顧敬臣臉上無賴的神色，有些無奈。
「你今日是怎麼了？不用忙了嗎？」
顧敬臣頭埋在喬意晚脖頸間，沈聲道：「還有些摺子要看。」
喬意晚道：「那怎麼不看？」
顧敬臣頓了頓，道：「乏了，眼睛疼，不想看。」
喬意晚眨了眨眼，沒想到顧敬臣竟然會流露出這般脆弱的一面。
「好，那就明日再看。」
顧敬臣遲疑片刻。「還是今日看吧。」
喬意晚疑惑。「你不是不想看嗎？」
顧敬臣看著她，抿了抿唇沒說話。
喬意晚心生不解。「嗯？」
顧敬臣道：「妳幫我讀。」
他難得流露出這樣的一面，喬意晚答應了。「好。」
隨後，揚風從前殿拿過來一沓摺子，放在了一旁的矮桌上。
等人離去，喬意晚拿過一旁矮桌上的摺子，打開讀了起來，等讀完，再給顧敬臣遞上筆，顧敬臣在上面寫道：准。

讀完一份，喬意晚又接著讀下一份。

約莫讀了二十份左右，今日的摺子終於看完了，喬意晚發現這些摺子都是一些不重要的事情，比如，康王府的側殿漏雨，禮部遞了摺子問是否為其修繕。再比如，戶部侍郎的腿摔傷了，請假三日等等，這些事情壓根兒不需要顧敬臣親自批閱。

他這是故意的。

她放下手中最後一份摺子，看向了顧敬臣。

瞧著喬意晚的神色，顧敬臣怕她發現端倪，輕咳一聲，問道：「怎麼了？讀摺子累著了？那以後就不——」

話未說完，就被喬意晚抬手堵住了。

顧敬臣望向喬意晚，喬意晚笑著說道：「其實我最近一直詢問殘疾者考科舉一事是因為在意意平，又或者說，是顧及如意平一般有真才實學的人，卻因為身體因素無法參加科考報效朝廷，怕朝廷損失人才而擔憂。」

有些事情她覺得還是解釋清楚比較好，她不想他誤會。

顧敬臣應了一聲。「嗯。」

喬意晚感覺他的反應過於平靜了，似乎早已知曉此事，既然已經知曉，那前幾日又為何不悅呢？

不過，她還是接著說道：「意平生下來有六根手指，父親和喬氏認為是不祥之兆，一直不認他這個兒子。我身為長姊，不忍看他和意安受苦，便悄悄照看他們二人，後來意平長大了，又教他讀書，意平在讀書上有天賦，幾乎可以過目不忘，只是因為身患殘疾，不可參加科考，前些日子我聽說朝廷在討論此事，便上了心，這才會一直詢問你此事。」

顧敬臣神色變得輕鬆起來，抬手握住她的手，親了親。

「哦，這樣啊，我知道了。」

喬意晚道：「嗯，你知道就好。」

過了幾日，雲意平從青龍山上下來了。

「草民見過皇后娘娘。」

喬意晚記得上次見意平還是在年前，青龍山雖然離京城近，但如今他們二人身分有別，也無法輕易見面。

上次見面時，雲意平跟從前還沒什麼太大的變化，個子也不太高，但如今再見，雲意平的個子如同柳樹抽條一般，一下子長開了，看起來瘦瘦高高的，臉上不再有少年的稚氣，喬意晚一開始都沒認出來。

「地上涼，快起來吧。」

雲意平道：「多謝娘娘。」

喬意晚揮了揮手，殿內伺候的人退了出去，只留下紫葉。

見喬意晚一直看著自己，雲意平冷峻的面具一下子碎了，帶了幾分稚氣。他小聲喚了一聲。「長姊。」

弟弟還是那個弟弟，喬意晚眼眶微微一熱。

「你個子高了，比從前精神多了。」

雲意平道：「先生待我極好，吃得好睡得好，每日還有書看。」

喬意晚放心道：「嗯，那就好。」

接著，她又問了些生活上的問題，雲意平一一作答。

二人寒暄過後，喬意晚說道：「皇上今年改了參加科考的條件，你也可以參加考試了。」

雲意平一時沒答。

喬意晚是看著雲意平長大的，即便這幾年二人沒生活在一起，但人的本性跟小時候不會差太多，她一眼便從雲意平臉上看出猶豫。

「你不想參加科考？」

雲意平既沒有點頭，也沒有搖頭。

喬意晚微微鬆了一口氣，緩緩說道：「我是你姊姊，不管任何時候都是，你有什麼顧慮告訴我便是。」

雲意平看向喬意晚，撩開衣襬，跪在了地上。

「多謝長姊為我爭取科考的機會，只是……只是……」雲意平有些猶豫。

那些他能跟先生說出口的話卻無法對長姊說出來，這是長姊好不容易為他爭取來的機會，若是他告知長姊自己不想參加科考，長姊定然對他失望不已。

長姊如今是皇后，定是需要他的幫助，這些年長姊一直待他極好，他不想辜負她。

「我一定不會辜負長姊的期待。」雲意平心一橫說了出來。

恰在此時，喬意晚也說了一句話。「只是你不想參加科考。」

雲意平猛然抬頭看向喬意晚，長姊竟然都知道。

喬意晚上前把雲意平扶了起來，看著他的眼睛，認真說道：「我的確在皇上面前爭取過，但並非全然為了你，所以你不必有這麼大的負擔。」

雲意平站起身來。

喬意晚道：「此事是翰林院的梁大人提出來的，我得知此事後想到了你，便在皇上面前提了提，後來皇上同意了此事。你曾告訴過我想做一名先生教人讀書，所以我把你送去了青龍山書院，言山長淡泊名利，超然物外，在他的教導下，想必你心中功名利祿之心更淡了，所以，我早已料到你不想參加科考，這也沒關係，我之所以在皇上面前爭取，是希望給那些像你一般有著才華，又想為百姓做事的學子一個機會。」

雲意平的眼圈漸漸紅了起來。

喬意晚又道：「不想參加科考入仕為官不是錯，不做官一樣可以為百姓做事。你跟著言山長好好鑽研學問，將來多收一些貧寒子弟，教導他們讀書，亦是功德一件。」

雲意平再次跪在地上，重重地磕了一個頭。「定不負長姊所願。」

喬意晚道：「快起來吧，一會兒意安來了，瞧你這樣子要擔心了。她如今有了身孕，可不能有太大的情緒起伏。」

雲意平抹了抹眼淚，道：「是。」

看著站在面前的弟弟，喬意晚欣慰地笑了。

今生兄長雙腿沒有癱瘓，他依舊選擇了自己鍾愛的仕途，為官為百姓做事。雲意平得到了科考的機會，沒再被迫選擇自己不喜歡的道路，依舊選擇過平靜淡泊的生活，他們每個人都走上自己最喜歡的道路。

這時，宮女的聲音在門外響了起來。

「娘娘，安夫人來了。」

喬意晚說：「請她進來吧。」

宮女道：「是，娘娘。」

這一日見過意平、意安之後，喬意晚的生活又恢復了平靜，閒下來之後，她便又想起了顧敬臣的反常之舉。

顧敬臣顯然也明白自己提及科舉之事並非為了梁大哥，但又為何會是那般反應？她仔細想了想自己的前世今生，確定自己和梁大哥之間沒有任何逾矩之舉，可偏偏顧敬臣對梁大哥總是抱持若有似無的敵意。

為了證實自己的想法，喬意晚差人去查了查這幾年顧敬臣和梁行思之間的交集，這一查才發現，顧敬臣看來的確對梁行思有幾分不滿，梁行思的摺子他總是最後才批閱，也從未私下召見過他。

但也僅此而已。顧敬臣沒有故意為難他，年終考核公平公正，依舊會給他上等，該有的待遇一分不少。

顧敬臣並非是個小氣的人，對和她關係更加親密的伯鑒表哥和冉玠都沒有這般過，這其中定是有緣由的。

思索了幾日後，喬意晚決定直接問問顧敬臣。

這日，顧敬臣回來得早了一些，二人看過書便去就寢，熄燈後，喬意晚問出了心中的疑惑。

「敬臣，梁大人是否做過什麼事得罪了你？」

顧敬臣頓了頓，道：「沒有。」

喬意晚道：「那你為何針對他？」

若是旁人這般說，顧敬臣定要反駁回去，但問話的人是喬意晚，他不想撒謊。

顧敬臣道：「妳是聽說了什麼事嗎？還是梁行思告訴妳的？」

喬意晚說：「都沒有，是我自己發現的。」

顧敬臣臉色冷了下來。「妳為何這般關心他？」

聽到這句話，喬意晚側身看向顧敬臣，如實道：「我不是關心他，我是關心你。」

顧敬臣神色漸漸舒緩下來，他側頭看向了喬意晚。「關心我？」

喬意晚道：「你是不是誤會了什麼？」

黑暗中，看著喬意晚清澈的眼神，顧敬臣心底的不安又冒了出來，這種不安已經折磨了他許久，他忽然想知道，若她知曉了前世的事情，會如何想他？

「那日我作了一個夢，夢到妳和梁行思訂了親，兩情相悅，我從他手中把妳搶了過來……」

顧敬臣以作夢為藉口，說出了前世的事情，說這番話時，他的眼睛一直看著喬意晚。

喬意晚聽著他說的故事，眼神從震驚到錯愕，再到了然。

原來前世自己之所以嫁給顧敬臣都是他設計的，他利用永昌侯府和雲府想要往上爬的心思，破壞了她與梁大哥的婚約，把她娶回了府中。她從前一直以為顧敬臣只是沒有反對，卻不承想都是他的計謀。

顧敬臣抬手撫摸著她的臉，輕聲問道：「若當初妳和梁行思兩情相悅，而我如同夢中的我一般破壞了你們的姻緣，妳會如何想我？」

喬意晚張了張口，剛要回答，她看到了顧敬臣眼底的閃爍。

他這是在擔心害怕嗎？他何時這般不自信了。

喬意晚把要說出口的話放回了腹中，只道了一句。「敬臣，你誤會了，我從來沒有喜歡過梁行思。」

顧敬臣不安道：「我知道，我問的是如果，如果我剛剛所說的夢中的事情成真，妳會如何？」

喬意晚輕輕嘆了口氣，看著顧敬臣的眼睛，說道：「你夢中的事情本就是真的，不是嗎？」

聞言，顧敬臣的手微微一頓，眼底流露出驚駭，他不確定地問了一句。「妳說什麼？」

喬意晚道：「我本就嫁了你兩次，不是嗎？」

顧敬臣的手微微一抖，慢慢蜷縮回來。

她竟然知道前世的事情，他最想掩蓋的秘密早已被她知曉。她知道自己破壞了她與梁行思的婚事，甚至知道他曾娶過旁人，知道她因他而死，她定是恨極了他。

巨大的恐慌將顧敬臣淹沒，他像是沈入了海底，無法呼吸，他不敢面對喬意晚，有那麼一刻，他甚至想要掀開被褥逃離。

一時之間，二人沈默下來。

有些事情既然已經發生，即便再不想面對也得面對，片刻後，顧敬臣清冷的聲音響了起來。「妳何時知道此事的？」

喬意晚說：「比你早。」

顧敬臣愣住了。比他……還要早？

瞧著顧敬臣的反應，喬意晚方知他這般在意前世的事情。他那般愛慕她，心中定是愧疚極了，她抬手堅定地握住了顧敬臣縮回去的手，柔聲道：「你那麼聰明的一個人，就沒發現我跟前世的不同嗎？我變化那麼大，你竟從來沒懷疑過我？」

顧敬臣順著她的話想到了今生的事。

姻緣樹下，京北大營外，京郊圍場……燕山一事的提前預知，母親病重一事的提醒，延城知府投敵的暗示……

一樁樁、一件件往事在腦海中盤旋重映，顧敬臣恍然明白了一切。

是了，今生她做的每一件事都和前世不同，每一件事都表現得異常明顯，可他卻從未懷疑過她。

若是放在旁人身上，他定會第一時間去懷疑，可因為那人是她，所以他一絲一毫都沒有察覺到。

喬意晚眨了眨眼，輕聲問道：「顧敬臣，你就那麼愛我嗎？」

顧敬臣原以為她若是知曉了前世的事情定會離開他，定會恨極了他，所以不想讓她知曉，沒想到她比自己更早知曉了前世的事情。

既已知曉前世，竟然還會留在他的身邊？他前世害死了她，她卻還做出了如此選擇，她如此善良，他卻那般卑鄙。

顧敬臣張了張口，剛要出聲，卻覺喉嚨有些乾澀，眼眶也有些疼。他頓了頓，啞聲問道：「妳不恨我嗎？」

喬意晚反問道：「恨你做甚？」

「恨我……恨我害死了妳。」說這句話時，顧敬臣心微微一緊，疼得眼淚險些流出來。

喬意晚不解道：「毒是旁人下的，又不是你，我要恨也是恨那些下毒之人，為何要恨你？」

顧敬臣道：「可他們是因為我才給妳下毒的。」

喬意晚輕輕地搖頭。「那也不該恨你，我不能因為旁人做錯了事就恨一個沒有做錯事的人。」

顧敬臣感覺眼睛微微有些濕潤，他輕輕眨眼，悶聲道：「我也不是完全沒錯，是我破壞了妳和梁行思的婚事。」

喬意晚笑了。「喬氏因為梁行思中了舉人，她本就不想把我嫁給他，正琢磨著換一門更差的婚事，沒有你，也會有其他人。」

顧敬臣又道：「可妳……你們二人本兩情相悅。」

喬意晚失笑道：「你我二人訂親前，我便已經找到了親生父母，回了永昌侯府。若我真的喜歡梁行思，今生大可嫁給他，不必選擇你。」

顧敬臣感覺在心口壓了兩世的石頭忽然被挪開了，眼睛瞬間變得明亮，內心有種說不出來的輕鬆。

「妳不喜歡他？」

喬意晚道：「我自然不喜歡他，你忘了嗎？這一切都是喬氏的計謀。她是為了拒絕你的提親，才故意說我與梁行思兩情相悅，你分明知曉此事啊！」

顧敬臣愣了一下。對，前世今生都發生了同樣的事情，喬氏用同樣的藉口拒絕了他，枉他聰明一世，竟把這些事情都忽略了。

喬意晚噗哧一聲笑了出來。「呆子。」

看著喬意晚的笑顏，顧敬臣心癢癢的，他握住她的手親了親。「嗯，我是個傻子。」一遇到她，他所有的理智都沒了，只會患得患失，生怕她喜歡的人不是自己，生怕她離開他。

喬意晚笑了。「我就喜歡你這個傻子。」

她極少這般露骨地表達自己的愛意，顧敬臣感覺身體輕飄飄的，快要飛入雲端。

「晚兒，我們生生世世都不要分開，好嗎？」

喬意晚承諾道：「好。」

他把她擁入了懷中，喬意晚道：「你跟我講講我死後發生的事情吧。」

顧敬臣笑道：「好。」

深夜靜謐，一輩子還很長。

明定帝在位四十年，後宮只有喬皇后一人，育有三子一女，帝后感情甚篤，令世人豔羨。

他勵精圖治、選賢任能，四海昇平，萬國來朝，開創了青龍國盛世，後世敬仰。

番外一　言大公子下山來

言鶴雖是文國公府的公子，但從小隨父親住在青龍山上，甚少下山。父親厭惡京城的紛爭，即便是逢年過節也不回京，只有在祖父催得緊的時候才會帶著妻兒回京。

三年前，言鶴幾乎沒有任何關於京城的記憶，他只恍惚記得五歲那年回過一次京城，過了兩三年，他又回了一次，後來有沒有回去他沒什麼印象了，即便回京，也只在京城待上幾日便又回來了。

這一年，言鶴十二歲。

快到過年時，京城的信件幾乎每日一封，初時，言山長瞥了一眼信便扔在了一旁，後來，言山長眉頭漸漸皺了起來。

臘月二十六那日，言山長看著來自京城的信件，對妻兒道：「幾年沒回京了，也該回去看看了。」

一家人當下便收拾好東西，第二日一早朝著京城行去。

和山上的冷清不同，京城很熱鬧，從快入京城的地方就能看到不少人，未入城門便能聽到城裡的聲音。

言鶴不喜歡這樣的環境，瞧著馬車快要走到入國公府的那條巷子，想到國公府中的眾人，他的臉色沈了下來。

從禮法上講，文國公府是他的家，但從情感上看，他覺得青龍山書院才是自己的家。

言山長看著兒子嚴肅的小臉，道：「眼下正是年節，莫要這般嚴肅，不吉利。」

言鶴抿著唇，沒做聲。

國公府的人向來有兩副面孔，當著祖父的面是一種臉色，離開了祖父又是另一種臉色。他們還總喜歡私下跟他說一些莫名其妙的話，甚是煩人。

言山長道：「你祖父祖母年紀大了，你別惹他們不高興。」

聽到這話，言鶴沈默許久，終於點了點頭。

到了國公府，言鶴謹記父親的話，陪在父親身後，臉上努力擠出一絲笑容，和國公府中的人見禮。

祖父瞧著他們一家三口，臉上露出笑容。

就這般應酬了幾日，言鶴覺得身心疲憊，而來國公府做客的人卻越來越多。

祖父知曉他擅長作畫，還在親戚好友面前讓他當眾作畫，他遲疑了。

這時二叔說道：「父親，您快別為難鶴哥兒了，他從小隨兄長住在山上，沒見過這麼多人，性子靦腆、膽小。」

這話明面上是在為他解圍，但言鶴直覺二叔說出來的話，以及他說話的語氣讓人很不舒服。

下一刻，祖父臉上的笑淡了幾分。

「男孩子還是要多出來見見世面。」

言山長放下手中的茶杯，淡淡說了一句。「父親說得極是，不然這次我們就不走了，長住在府中。」

說這話時，他瞥了一眼自己的庶弟。

言二爺臉上的笑僵住了，父親兒子雖多，但嫡子只有兄長一人，兄長性子淡然，一心只想教書，過閒雲野鶴的生活，這麼多年一直定居在山上，很少回京，如今國公府中是他在挑大梁。

可父親早早立了兄長為世子，一直都想要把國公的爵位傳給兄長。

兄長曾放言不要這個爵位，若是兄長回來，國公府中哪裡還有他的位置？

果然，父親聽到兄長的話異常欣喜，問道：「你這話可是真的？」

言山長看向庶弟道：「二弟可希望我回來？」

言二爺見眾人的目光看向自己，心裡咯噔一下。若他說不希望兄長回來，旁人自會覺得他是想搶兄長的爵位，可若是說希望兄長回來，這等違心的話他也說不出口。

他糾結許久，還是說道：「作為弟弟，我自然希望兄長能回府中，咱們一家人團聚，這也是父親和母親一直希望看到的。只是……若是兄長回來，你那些學生該怎麼辦？再過兩個月就要科考了，也不知會不會耽擱他們的前程。」

言山長淡淡一笑。「果然還是二弟懂我，知曉我最看重什麼，那我過了年還是早些回去吧。」

言二爺鬆了一口氣，他瞥了一眼姪子，立即改了口。「鶴哥兒的畫極好，父親書房中就有幾幅，一會兒就要開飯了，此刻也來不及畫了，不如等以後有機會再畫給大家欣賞。」

眾人皆知文國公府中的事情，大家笑著揭過了此事，唯有文國公的臉上流露出濃濃的失落，看向長子的神情欲言又止。

言鶴聽著眾人又談論起新的話題，那些都是他不感興趣的，略坐了片刻，他藉口去更衣便離開了。他實在不喜歡這樣的氛圍，出了門後一個人悄悄躲了起來。

國公府中有一片竹林，這裡環境清幽，無人打擾，言鶴準備好工具，提筆作畫。

這一畫時間就過得很快，他也漸漸忘記了這些不愉快的事情，直到一個聲音響了起來，他才從畫中回過神來。

「竹葉舒展，竹身堅韌，飄逸自如，實乃佳作。」

言鶴的視線從竹子上挪到了說話之人身上。

是一位年輕的公子，年齡與他相仿，長得頗為俊秀貴氣，一看便知是世家公子。

陳伯鑒看向言鶴，躬身行禮道：「抱歉，打擾兄臺了。」

言鶴抿了抿唇，淡淡道：「沒事。」

說完，又繼續作畫了，只當陳伯鑒不存在。

陳伯鑒也沒離開，就站在言鶴身邊看著。

言鶴從小生活在山上，心性單純，心無雜念，再次提起筆來就把剛剛的事情忘記了，專注在眼前的畫作。

過了約莫半個時辰，言鶴終於完成了這一幅畫作，放下了手中的筆，心想，作畫果然比去外面應酬有趣多了。

他欣賞完自己手中的畫作，伸了個懶腰，一轉頭，這才發現陳伯鑒竟然還在，他臉上輕鬆的神色一下子僵住了。

陳伯鑒一直低頭看著畫板上的畫作，並未注意到言鶴的神情，他忍不住連連感慨道：「妙啊，真是妙啊！這畫堪稱一絕，沒想到兄臺年紀輕輕竟然能做出此等畫作，當真是令人佩服。」

陳伯鑒再次給言鶴深深鞠了一躬，這一次不是抱歉，而是佩服。

言鶴突然覺得眼前這位公子跟府中那些兄弟姊妹不同，似乎沒那麼令人生厭。

他朝著陳伯鑒回了一禮。「兄臺過譽了。」

陳伯鑒目光再次看向言鶴，自報家門道：「小生姓陳，名伯鑒。不知兄臺尊姓？」

言鶴道：「言鶴，字子青。」

陳伯鑒又道：「言鶴？可是仙鶴的鶴？」

言鶴點頭。「正是。」

陳伯鑒笑道：「好名字，果然名如其人。」

二人正說著話，不遠處又走來兩個人。

梅淵道：「伯鑒，原來你躲到這裡了，怪不得剛剛在外面沒瞧見你。」

李司忱跟在梅淵身後，他瞥了一眼言鶴，故意說道：「看來伯鑒新交了朋友，把咱們兩位舊友忘記了。」

三人從小就認識，互相打鬧慣了，陳伯鑒笑著為二人介紹言鶴。

在看到言鶴的畫作時，二人眼裡皆是震驚與欣賞。

得知言鶴初來京城，沒什麼朋友，陳伯鑒便時常約他出來玩，一來二去，四人便熟悉起來。初七那日離京時，言鶴心生不捨，三人還約定好有空一同去青龍山上尋言鶴。

就這樣，四人玩在了一起，京城四公子的名號就這樣流傳出去了。

之後，言鶴每次下山都要回京城尋他們三人。

這日正逢下雪，言鶴受邀來到了康王府，瞧著滿樹的梅花，他一時興起，讓僕從拿來畫筆，在紙上畫了起來。

畫到一半，眼前忽然闖入兩位少女。

一人身著朱紅色斗篷，一人著墨綠色斗篷，人與景形成了一幅畫。

言鶴迅速提筆在紙上繼續畫了起來。

僕從阿盤看著自家公子畫上出現的女子，心中驚訝極了。他們家公子眼中向來只有畫，何時注意到姑娘了？

他抬頭看向不遠處的兩位姑娘，恰好喬意晚回過頭來，那一張傾國傾城的臉露了出來。阿盤一下子愣住了，呆呆地說道：「這姑娘真好看啊，跟個仙女似的。」

言鶴寥寥數筆將喬意晚畫完，看向了她身側的喬婉琪，他贊同地點了點頭道：「是啊，像落入凡塵的仙女。」

再下筆時，更多了幾分認真。

言鶴尚未畫完，喬意晚和喬婉琪就準備離開了，他連忙追了上去。

言鶴也說不清自己為何要這樣做，他只知道自己想多見見這位姑娘。後來，他時常打聽喬婉琪的去向，故意出現在她的面前。

得知她喜歡的人是陳伯鑒，他心中有說不出來的失落，但很快又因為二人有共同認識的人而欣喜不已。

因為永昌侯和文國公兩府之間的恩怨，又因喬婉琪始終愛慕陳伯鑒，言鶴心灰意冷，回到了青龍山上。

他本以為自己沒了機會，孰料某日卻忽然收到了喬婉琪的來信，原來喬婉琪是有事託他幫忙。這一次她的信中雖然並未提到他，但更讓他開心的是信中沒有提到陳伯鑒。

從前他跟喬婉琪相處時，每次喬婉琪都要提到伯鑒兄，這一次她終於不提了。

言鶴當下便去尋自己的父親。

言山長放下手中的書，好奇地問道：「你的朋友？你何時又交了新的朋友？」

言鶴支支吾吾沒說明白。

言山長笑著說道：「既然是你的朋友，為父自然要多照顧些。」說完，他臉上流露出鄭重的神色，說道：「不過，你也知為父收學生的標準，若他達不到，也不能入書院。」

言鶴想開口求父親對雲意平寬容些，但張了張口，還是沒能說出來。

這是兒子第一次拿他自己的事情來求他，言山長也不會斷然拒絕。

「他若想留在山上讀書，也並非只有入書院讀書這一個方法，他既是你的朋友，自可與你在一起讀書，這樣就可以留在山上了。」

言鶴覺得這確實是個好法子，只是，這樣一來他就無法完成喬婉琪委託他之事了。

言山長道：「明日我無事，你讓你這位朋友來山上吧。」

言鶴道：「是。」

第二日一早，言山長親自見了雲意平，考校他的功課。

從兒子昨日的反應看，言山長以為雲意平資質不高，一開始並未提一些難的問題，直到三個簡單的問題過後，言山長才發覺面前這個長著六根手指的書生絕非泛泛之輩，接下來，他提的問題越來越難。

雲意平的神色越來越緊張，言山長的神色卻越來越輕鬆。最後一個問題問完，雲意平像是脫了一層皮，言山長卻哈哈大笑起來。「好好好，沒想到今日我又得了一位愛徒。」

聽到這話，言鶴提著的心終於放下了。

僕從帶著雲意平去收拾房間，言山長瞧著兒子臉上的笑，忽然問道：「這位少年和永昌侯府是什麼關係？」

言鶴微微一怔，答道：「雲公子的嫡母是永昌侯的庶妹。」

言山長道：「哦，原來是沒有血緣關係的表姊弟，你確定你沒有為他們做嫁衣？」

言鶴腦子迅速轉動起來，喬婉琪喜歡的人是伯鑒兄，不是雲意平，不過，父親說的也有道理，萬一她如今又喜歡上別人了呢？不對，父親怎麼知道他喜歡的是何人，又怎麼知曉雲意平和永昌侯府有關係？

言山長看著兒子的目光，抬手拍了拍兒子的肩膀。

「子青，你的心亂了。」

言鶴抿了抿唇，沒說話。

言山長點撥道：「你呀，喜歡的姑娘要好好爭取。如今你幫了她的忙，還不趕緊跟她說一聲？」

言鶴覺得父親說得有理。

言山長又道：「正好幾個月沒回京了，也不知你祖母身體如何，你回去看看你祖母吧。」

言鶴應道：「是，父親。」

第二日一早，言鶴下山去了。

他先去了國公府，歇了不到一刻鐘，立馬就去了永昌侯府。

文國公夫人得知此事，已經不似從前那般不悅。

罷了，孫兒願意結交什麼人是他的自由。

這一回，言鶴在京城一住就是半個月，文國公夫人雖然開心，但也漸漸察覺出了不對勁的地方。

孫兒和太傅府、尚書府、郡主府的公子們認識多年，關係也更好，可孫兒從未為了這幾人留在京城，如今竟然會為了永昌侯府的什麼公子留了半個月？這也太奇怪了。

國公夫人讓人去查了查，這一查才知自己之前想錯了，孫兒結識的不是永昌侯府的公子，而是日日偷偷去見永昌侯府的姑娘。

得知這個消息，國公夫人一晚上沒睡著。

他們府雖與永昌侯府不和，但也沒有什麼實質性矛盾，只是政見不合，不屬於同一派。這麼多年來，兩府之間也只是點頭之交，維持著表面關係。

她是萬萬不想自己的孫子娶永昌侯府的姑娘，她相信那喬老夫人跟她心情一樣，也不希望孫女嫁給自己的孫兒。

只是，她想到了另外一件事情。

上次，年後孫兒在京城多待了一個月，這次孫兒又待了半個多月，也就是說，孫兒是為了永昌侯府的姑娘留在京城。

她這輩子最大的心願就是讓兒子回來繼承國公府，可惜她勸了幾十年，兒子都不回來，一直住在山上教書。孫兒比兒子有過之而無不及，連表面功夫都不願維持，跟國公府更是沒有感情，能不來京城就不來京城。

如今她年歲大了，國公也生了放棄兒子繼承國公府的心思，再這樣下去，她苦心經營一輩子的國公府就要給那些賤人生的兒子繼承了。

不行，她絕不能看著這樣的事情發生！

過了幾日，國公夫人終於下定了決心。

什麼政見合不合、什麼文臣第一還是第二，即便是他們家國公成為文臣第一又如何，她生的兒子什麼都撈不著，當前最緊要的是讓兒子回來繼承國公府！兒子若是不回來，孫子回來也行，只要孫子肯繼承，他們國公府向永昌侯府低個頭，當文臣第二又如何？

這日，吃過早飯，言鶴正欲離開，被國公夫人攔住了。

「鶴兒，你今日可有事？」

言鶴心裡一緊，上次祖母得知他和永昌侯府的公子交往，很不開心。

他冷淡道：「沒什麼事。」

國公夫人道：「既然沒什麼事，那就隨我去一趟永昌侯府吧。」

言鶴眼睛瞬間瞪大了，父親已經與他說了兩府之間有恩怨，祖母怎麼突然要去永昌侯府？

國公夫人又道：「幾個月前我生了一場大病，永昌侯老夫人送了不少藥材，你隨我去謝謝她。」

言鶴道：「哦，是該如此。」

國公夫人淡淡道：「你若不想去就不必隨我去了，我自己一個人去。」

言鶴立馬站起身來。「孫兒願陪您去。」

剛回京城那日，他還有理由去見見喬婉琪，這幾日他已經找不到藉口了，日日徘徊在永昌侯府門口，不知該找何種理由見她，今日若是陪同祖母去，想必定能見著她。

不僅言鶴驚訝，永昌侯府上的人在見到國公夫人時也驚訝不已。

兩府的微妙關係滿京城無人不知無人不曉，文國公老夫人怎會突然來了他們府上？

文國公夫人鄭氏出自世家，一向看不上老太太，不過，她看不上老太太的原因並非出身，而是因為老太太的性子。

今日為了自己的利益，鄭氏低頭了。

喬老太太道：「我聽說國公夫人前些日子病了，如今可好些了？」

國公夫人看向言鶴，笑著說道：「如今我這孫兒日日在身側陪著，已經全好了。」

老太太抬眸看向站在國公夫人身旁的言鶴，笑著說道：「原來是言小公子回京城了，怪不得您好得這麼快。」

國公夫人覺得老太太在撒謊，她這孫子日日跑到永昌侯府附近轉悠，時不時就帶著永昌侯府的姑娘出門遊逛，她不信她不知情。

國公夫人道：「是啊，子青是個孝順懂事的。」

老太太笑著不說話，國公夫人無事不登三寶殿，定是有事，她等著便是。

國公夫人見老太太不接這話，對言鶴說道：「你不是一直想結交侯府的幾位公子嗎？正好今日來了侯府，不如去見見幾位公子。」

老太太識趣地接話道：「巧了，我那長孫今日在府中，你們都是年輕人，必能聊到一起去。」

國公夫人立即誇讚道：「聽說世子年紀輕輕就能幫著侯爺管理侯府，您真是有福氣。」語氣裡有著說不出來的羨慕。

老太太最喜旁人誇她，她臉上的笑意真誠了幾分。

言鶴離開後，國公夫人看了看屋內服侍的人，老太太抬手讓人退下去了。

不多時，屋內只剩下國公夫人和老太太二人，國公夫人看著對面頗為讓人討厭的老太太，忍住心中的不適，開口說道：「我那孫子看上了妳家老二生的那個姑娘。」

老太太有些驚訝，之前她聽意晚說的時候有過這樣的猜測，沒想到今日國公夫人竟然親自上門說此事。

至於言鶴在府門口轉悠的事，她是真的不知道，這幾個月她一直在忙著喬意晚訂親嫁人的事情，哪有心思關注旁人？

國公夫人也知老太太的性子，瞧著她的臉色，猜測她或許真的不知道，不然她此刻臉上的神情不應該是詫異，而是得意。

國公夫人直接攤牌。「他之所以留在京城也不是為了我，是為了妳那孫女。」

老太太更是驚訝。婉琪……有那麼大的魅力？婉琪長得不如意晚，性子也不討喜，不會是弄錯了吧？

「妳確定是我家老二生的那個？」老太太問了一句。

國公夫人道：「嗯，確定，就是名叫婉琪的那個小姑娘。」

她可太確定了，言鶴和他老子性子如出一轍，能不來京城就不來京城，年年歲歲在山上待著。去年年底一反常態，竟然主動提出要留下，不僅如此，還常常陪著她去參加宴席，有時她不去，他也要尋個由頭自己過去。

這次竟然在京城待上半個多月，每日不是帶著永昌侯府的那小姑娘去外面參加詩會、遊湖之類的，就是在永昌侯府附近轉悠，要說他對人家沒那個心思，沒人會信的。

老太太心思迅速轉動起來，依照她對國公夫人的了解，即便確定了孫兒喜歡婉琪，也不該對她說才是，說出來了，不就等於向她低頭了嗎？

國公夫人接著說道：「妳知道的，國公一直沒有撤回立我那長子為世子的決定。雖然我那不成器的兒子跑到了山上，但府中的世子還是他，底下那幾個庶子也一直在爭世子之位，我自然不可能看著那幾個狼崽子從我手中把國公府奪走。」

這一點京城中人人皆知，老太太不知國公夫人此刻說這番話的意圖，簡單應了一聲。

「嗯。」

國公夫人道：「我如今也不指望兒子能回來了，只要妳孫女能勸我那孫兒回到國公府繼承世子之位，我就答應妳，除非她年過四十無子，否則我絕不允許子青納妾。」

老太太沈默了，她在思索此事究竟可不可行。

剛剛她瞧見了言鶴，那孩子長得倒是不錯，也很有禮貌，看起來乾乾淨淨的，心思純正，聽說還是個有才華的，京城四公子之一。

他們兩家雖然有些不對盤，但也不是什麼大問題，若是那孩子能真心待婉琪，倒也不失為一門絕佳的親事。

況且，如今還有了國公夫人的保證，等婉琪嫁過去，絕對不會吃虧。

想清楚這些，老太太道：「但妳若是有一日……怎麼辦？」

「沒了」二字，她略過沒說。

國公夫人聽懂了她的意思，又好笑又生氣，她道：「妳放心，他們二人成親時我就簽字畫押，就算我死了也要用孝道壓著他。」

老太太點了點頭，她剛剛細細琢磨了一下，覺得這是一筆非常划算的買賣，不過——她為什麼要答應啊？這是對方來求她，又不是她求對方，況且，婉琪也不是非得嫁給言鶴不可，那文國公府雖然家大業大，他們永昌侯府也不比他們差太多。

又不是定北侯府那種極得聖寵的府邸，也不是顧敬臣那種手握大權之人，不過是一介書生，還是個沒考過科舉的，自己沒什麼本事，就他這樣的性子，說不定文國公府交到他手裡也得沒落下去，最後就留一個爵位傍身。

「這一切得看婉琪自己，她喜歡誰就嫁給誰。」

國公夫人皺了皺眉，繼續說道：「若言鶴不回侯府，他不過就是個書院山長的兒子。但若是他回來，那就是國公，整個國公府都是他的，嫁給山長的兒子還是國公，這兩者之間差距可就大了，妳不會算不清楚這筆帳吧？」

老太太笑著道：「我孫女為何要嫁給山長的兒子？他不回國公府，不嫁他便是了。」

國公夫人被老太太氣得不輕。

「妳是不是聽不懂我剛剛說的？」

老太太端起茶輕抿一口，道：「是妳沒聽懂我說的。」

她沒聽懂？她自幼飽讀詩書，不比她強多了！國公夫人氣得想要罵人，但突然，她明白了老太太的意思，臉上的怒意漸漸消失，取而代之的是一絲笑容。

是啊，她回頭就這樣跟孫兒說。

他若只是山長的兒子，永昌侯府就不會同意這門親事，他也別想娶對方，若孫兒極為滿意這門親事，定是會低頭的。

「還是妳厲害。」

老太太端起茶杯跟國公夫人手中的茶杯碰了一下，兩人臉上都露出心照不宣的笑容。

雖然不想被人拿捏，也覺得言鶴沒什麼前途，但是，她那孫女並不是什麼有大志向的人，孫女嫁過去可就是國公夫人了，國公府的產業夠她敗幾輩子了，再加上有鄭氏的保證，一輩子衣食無憂，不必操心。

當然了，若婉琪不想嫁，不嫁就是了，他們也沒什麼損失，是文國公夫人著急，不是他們。

這一日兩人的談話無人知曉，國公夫人回去後什麼都沒跟孫兒說，就任由孫兒繼續追求永昌侯府的孫女，甚至還為他提供一些方便。

此時孫兒情意初生，跟他說這些是沒用的，得等他深陷其中無法自拔時再說。到了那時，看他低不低頭！

言鶴看著面前的食盒，微微有些詫異。

「這是什麼？」

阿盤說道：「公子，這是老夫人讓人送過來的點心，說是府中大廚做的，小姑娘們愛吃。」

言鶴琢磨了一下，看向小廝。「你把我最近的事情告訴祖母了？」

阿盤道：「沒有，公子，我什麼都沒說，但是……咱們出門也沒藏著躲著，老夫人會知道也很正常。」

言鶴抿了抿唇，沒再說什麼。他提著食盒，坐上馬車，去了永昌侯府。

在永昌侯府後門等了一會兒，一身男裝的喬婉琪掀開車簾上了馬車。

「等久了吧？」

言鶴立即道：「沒有，我剛剛到。」

喬婉琪吸了吸鼻子，問道：「好香啊，什麼味道？」

言鶴看了一眼桌子上的食盒，說道：「我怕妳餓著，從府中帶了一些點心出來。」

聞言，喬婉琪眼睛一亮，掀開食盒看了一眼。

「哇，紫薯味兒的，真好聞。」

說著，喬婉琪拿起一塊糕點嚐了嚐，她一邊嚐，一邊頻頻點頭。「嗯，好吃，甜度適中，裡面還有一絲奶香。」

見喬婉琪愛吃，言鶴很是歡喜。「妳喜歡就好，下次我還給妳帶。」

喬婉琪看著言鶴的目光，心頭一跳，小聲道：「不用那麼麻煩。」

言鶴道：「不麻煩的。」

喬婉琪覺得吃在嘴裡的紫薯點心甜滋滋的，見喬婉琪愛吃，言鶴心中也覺得甜蜜。吃完一塊紫薯點心，喬婉琪開口問道：「今日你們打算去哪裡玩？」

言鶴眼神微微有些閃躲，道：「去遊湖。」

喬婉琪笑道：「遊湖好啊，湖上風景不錯，現在天還不算太冷，正好去遊湖。」

言鶴應和道：「對。」

喬婉琪說：「走吧。」

喬婉琪興致勃勃地去了，直到上了船，也不見陳伯鑒來。

喬婉琪瞥了言鶴一眼，今日言鶴告訴她，他和陳伯鑒等人約好來這裡遊湖，還有其他府上的姑娘，大家要一起來玩。

言鶴見喬婉琪看過來了，眼神閃躲，他怕她沒見著陳伯鑒不高興，連忙道：「抱歉，我不知伯鑒兄沒來，下次，下次我一定確定好……」

喬婉琪了然道：「哦……知道了。」

言鶴不知她是什麼態度，小心翼翼問了一句。「那咱們今日還去遊湖嗎？」

喬婉琪道：「當然去啊，都出來了為何不去？」

言鶴一顆忐忑不安的心放回了肚子裡，笑著說道：「對，妳說得對。」

喬婉琪看著言鶴臉上的笑，心想，這可真是個呆子，看不出來半分京城四公子的氣場。和言鶴玩了一日，喬婉琪心情不錯。

太陽快落山時，言鶴送喬婉琪回永昌侯府，馬車到了永昌侯府門口，二人分手道別。臨下馬車前，喬婉琪道：「以後你若是想尋我，不必再拿伯鑒表哥當藉口了。」

言鶴怔了怔。

喬婉琪嘟囔了一句。「呆子！」

隨後，掀開車簾下了馬車。

言鶴久久沒能回過神來。她剛剛的意思是什麼？是不希望他再來找她了嗎？還是……

這時，在外面駕馬車的阿盤笑著說道：「恭喜公子，終於得償所願。」

言鶴有些不確定。「她剛剛真的是這個意思嗎？」

阿盤道：「當然是啊，您沒看到喬姑娘有多開心嗎？」

她很開心嗎？仔細想想，今日她心情似乎很好，而且一整日都沒提伯鑒兄。

言鶴臉上漸漸揚起了笑容，嘴巴快要咧到耳根去了。

言鶴在京城一待就是三個月。

這三個月裡，國公夫人時不時把府中的一些事交給孫兒，孫兒一開始不願意管，國公夫人便會哭訴自己的不容易。

言鶴心軟，無奈之下只好答應。

越是管理府中的事務，言鶴越是能察覺到祖母的不易，二叔、三叔等人都對爵位虎視眈眈，對祖母的命令陽奉陰違，偌大的國公府，祖母只有他和父親兩個血脈。

國公夫人察覺到孫兒的變化，抓住他心軟的毛病，時常訴苦，漸漸地把府中的事交給孫兒。

等到言鶴覺得時機成熟，他終於跟國公夫人說出了自己的想法。

「祖母，孫兒想請您去永昌侯府為我提親。」

國公夫人心頭一喜，覺得時機終於到了。

「你的心思祖母又豈會不知？你就是我心尖上的人，事實上幾個月前我就曾向永昌侯府提過此事，你猜侯府怎麼說？」

言鶴看向國公夫人，等著她說。

國公夫人嘆了下氣，道：「哎，人家嫌棄你身上既沒有功名，也沒有一官半職。」

言鶴的心一下子沈入了谷底。

國公夫人瞧著孫兒的神色，又道：「你也不要埋怨人家侯府，畢竟誰都想把自己家的姑娘嫁給一個有能力有本事的人，若是一無所有，如何能保護人家姑娘呢。」

言鶴沈默不語。

他之所以沈默，是因為他覺得對方說得極是。

難道以後真的要讓婉琪跟著他去山上過清貧的日子嗎？他自己很喜歡那樣的生活，可婉琪是個嬌滴滴的世家小姐，未必會喜歡，他也不想她跟著自己吃苦。

國公夫人話鋒一轉，又道：「況且，你也知道你祖父跟永昌侯不對盤，這門親事他未必會同意。」

言鶴眉頭緊緊皺了起來。

國公夫人最後來了一擊。「不然你放棄吧，回到山上去，繼續過閒雲野鶴的日子。那位喬二姑娘也到了出嫁的年紀，很快就能嫁給一個門當戶對的人。」

言鶴放在身側的拳頭緊緊握了起來。

幾日後，言鶴來到了文國公的書房。

文國公看著面前的孫兒，聽完他說的話，臉上流露出欣慰的笑容。

他這麼多孫兒中，只有面前這位嫡長孫最優秀，他那京城四公子的名號在青龍國極為響亮，那一手畫技堪稱一絕，上自皇上，下至販夫走卒，無人不知、無人不曉，如今不少人都想求得孫兒的墨寶。

孫兒不僅畫技好，才學也是一流，他之所以沒有功名並非是考不中，而是沒去考。如今他既已決定繼承國公府，也沒必要去考了。

「你比你父親強多了。」文國公感慨了一句。

言山長看著來自京城的信，驚訝極了。

兒子竟然決定繼承國公府了？也不知他這三個月究竟發生了何事。

宋夫人得知此事有些擔憂兒子。

「子青一向不喜歡京城的紛爭，往日讓他回一趟京城都難得很，如今怎會突然做出如此決定？不如咱們回京城去看看他吧。」

言山長笑著說道：「我看就沒這個必要了，他能想通是件好事，這樣父親就不會逼我了，母親也能安心，皆大歡喜！鶴兒可真是個孝順的孩子。」

常言道：死道友不死貧道。這爵位究竟是自己去繼承還是兒子去繼承，他還是能做出選擇的。

宋夫人依舊擔心。

「萬一兒子有難言之隱，是被逼迫的呢？」

言山長道：「他長大了，不管做出什麼樣的決定都是他自己的選擇，咱們做父母的也不好過多干涉。」

母親的那些招數這些年他不知見識過多少回，兒子會中招他一點也不奇怪，而且也沒打算去救兒子。畢竟，兒子若是不回京城繼承國公府，那就輪到他了。

宋夫人不悅道：「你怎麼這麼不關心兒子？」

言山長連忙說道：「夫人此言差矣，二弟、三弟他們擠破頭想要搶國公府，可見爵位是個好東西，兒子若是去繼承，將來定有光明的前程，我為他歡喜還來不及，妳怎能說我不關心他呢？」

宋夫人有些無語。
言山長看了看天色，低聲道：「夫人若是覺得山上清冷，不如咱們再生一個？」
宋夫人道：「你都多大年紀了，真不害臊！」
言山長呵呵笑了幾聲沒說話。
就這樣，言鶴硬著頭皮接下了國公府的重擔。
他每日都跟著文國公出門去應酬，忙得不行。
因為京城四公子的名號，又因其畫技極好，言鶴輕而易舉就在京城站穩了腳跟，這可把言府的其他幾房氣得不輕。
另一邊，喬婉琪已經幾個月沒見著言鶴了。
言鶴日日待在身邊時她還沒覺得有什麼，如今見不著他了，心裡反倒是不舒服。
喬琰寧瞧出妹妹最近似乎不太開心，主動提出要帶她出去玩。
「明日康王府有宴席，要不要去玩一玩？」
喬婉琪沒什麼心思，怏怏道：「不想去。」
喬琰寧道：「要不去外祖父家玩？外祖母前些日子還說想妳了。」
喬婉琪回道：「不去。」
喬琰寧想了想，再次提議道：「去定北侯府？」
喬婉琪猶豫了一下，道：「還是別去了，免得打擾到長姊。」

喬琰寧看出來了，妹妹不想出門，他想了想，試探道：「言鶴最近是不是很忙啊，已經很久沒見他來過侯府了。」

喬婉琪愣了一下，問道：「忙什麼？」

言鶴是再簡單不過的一個人，每日除了畫畫就是看書，再沒別的愛好，他此時應該早就回到山上去了。

喬琰寧道：「忙文國公府的事啊，那日我還在禮部尚書府見著他了。」

喬婉琪立刻來了精神，抓著喬琰寧的胳膊問道：「你見著他了？當真？」

喬琰寧點頭道：「對啊，我的確看到他了，應該是他沒錯，他就跟在文國公的身側，文國公還向眾人介紹他。」

喬婉琪眉頭死死皺了起來。她還以為他回山上去了，沒想到竟然還留在京城。

喬琰寧又道：「我一開始也沒敢認，他像是變了一個人似的，眼神跟從前不太一樣了，後來仔細看了看，的確是他沒錯。」

喬婉琪想了想，道：「哥哥剛剛說康王府有宴席？」

喬琰寧回道：「對。」

喬婉琪道：「我跟你一同去。」

喬琰寧笑道：「好啊。」

第二日，康王府的宴席上，喬婉琪終於見到了許久沒見的言鶴。

言鶴喝得醉醺醺的，臉色通紅，正趴在石桌上歇息，喬琰寧上前喚道：「子青？」

言鶴聽到有人喚他，抬起頭來，朦朧中，他看到了面前的喬琰寧。

「喬三哥。」

說著話，他揉了揉發昏的額頭，再次睜開眼時，他發現了站在喬琰寧身後的喬婉琪，酒瞬間醒了一半。

他連忙從石凳上站了起來，行禮道：「喬三哥、喬姑娘。」

聞著言鶴身上的酒氣，喬琰寧皺了皺眉。「你怎麼喝這麼多酒？」

言鶴抿了抿唇沒說話。

喬琰寧看看妹妹，又看看言鶴，最後對妹妹道：「需要我在這裡嗎？」

喬婉琪搖了搖頭。「不用。」

喬琰寧又瞥了一眼言鶴。「那行，你們好好聊，我在前面路口等妳。」

喬婉琪道：「好，多謝哥哥。」

喬琰寧走後，這裡就只剩下言鶴和喬婉琪了。

言鶴覺得自己此刻狼狽極了，不敢看喬婉琪的眼睛，他張了張口，道：「我……」

喬婉琪打斷了他的話，直接開口問道：「你是不是喜歡上其他姑娘了？」

言鶴酒意幾乎全醒了。「怎麼可能？我對姑娘的心意天地可鑒！」

喬婉琪又道：「那你最近為何都沒去尋我？」

她還記得上次二人分開時，言鶴說要回府求祖母來侯府提親，她滿心歡喜在府中等著他的消息，結果卻沒有任何消息，如今幾個月過去了，她甚至沒了他的消息。

言鶴連忙擺手解釋道：「妳別誤會，我有事在忙。」

有事？喬婉琪不信，她接著問道：「忙什麼事？」

言鶴道：「忙著……忙著……」

言鶴頓了頓，一時不知該如何跟她解釋。

喬婉琪的心沈入谷底，又問道：「你究竟在忙什麼？」

見言鶴顧左右而言他，她索性直接問了出來。「你是不是早就忘記答應我什麼了？」

言鶴立即道：「我沒忘。」

喬婉琪道：「好，既然你沒忘，那你告訴我你究竟在忙什麼？」

言鶴漲紅了臉，放在身側的手緊緊握成拳，說了幾個字。「忙著娶妳。」

喬婉琪愣住。

這天下午的風很大，說出口的話也一下子吹散在風中，喬婉琪覺得自己幻聽了。

「你……你剛剛說什麼？」

話已出口，言鶴心裡反倒是沒那麼緊張了，也沒那麼難以說出口了。

「我最近在忙著娶妳。」

喬婉琪納悶。「娶我？那我怎麼沒看到文國公府的人去我們府中提親？」

言鶴說：「我怕我無官無職，又沒有爵位和功名，侯府不同意這門親事，所以想先努力做些事情。」

喬婉琪瞪大了眼睛。「所以你接手文國公府，日日出門應酬，都是為了娶我？」

言鶴點頭道：「嗯。」

得到了回應，喬婉琪的臉漸漸泛起了紅暈，神色也有些扭捏道：「你沒必要做這些的，我不在乎。」

看著喬婉琪嬌羞的模樣，言鶴感覺自己剛剛醒酒卻又醉了幾分。

「我在乎。」

喬婉琪道：「我知道你不喜歡應酬，你不願意去做就不要勉強自己去做，你只要一直對我好就行了。」

言鶴覺得自己何德何能，竟然能遇到這麼單純美好的姑娘。

「從前我的確不喜歡京城，也不想回來繼承爵位，如今在京城陪著祖母，方知祖母這些年的不易，父親早已決心放棄爵位，祖母又不願把自己大半輩子的心血讓予旁人，這件事只能由我來做。」

喬婉琪點頭道：「嗯，你選什麼都行，自己開心就好。」

見心愛的姑娘無條件支持自己，言鶴笑了。「妳放心，不管我是什麼身分，我會永遠對妳好的。」

喬婉琪抬眸看向言鶴，笑著說道：「嗯，我相信你。」

喬婉琪的眼睛極亮，透過她的眼睛，言鶴看到了自己的身影，他心頭一熱，喉結微微滾動，彷彿又醉了，迷迷糊糊間，低頭，順著本能親了一下喬婉琪殷紅的唇瓣。

喬婉琪沒料到言鶴會做這樣的事情，眼睛一下子瞪得極大，眼神充滿了震驚。

看著喬婉琪的表情，言鶴一下子清醒過來，他手忙腳亂地解釋道：「我……我……對不起……我不是故意的……我……」

在看到言鶴的反應後，喬婉琪緊張的心一下子放鬆了幾分，她板起臉來威脅道：「我大伯是永昌侯，我姊夫是定北侯，你親都親了，若是敢反悔不娶我，我定要你好看！」

言鶴先是一怔，很快露出傻傻的笑容。「不會的，我一定會娶妳的。」

看著他傻傻的樣子，喬婉琪也忍不住笑了起來。

言鶴抿了抿唇，輕輕舔了舔唇。

今日的酒是甜的。

言鶴用了將近一年的時間，終於把文國公府攬入自己的手中。

文國公瞧著國公府因為有了嫡長孫的加入，勢頭越發猛，心中得意極了。這日，他喝了幾杯小酒，笑著說道：「以後國公府就要交到你的手中了，你務必用心經營，使國公府成為青龍國文臣之首，壓過那永昌侯府。」

言鶴垂眸，輕抿一口杯中物，隨後慢慢放下，離席，撩開衣襬跪在了文國公面前。

「祖父，孫兒恐怕要令您失望了。」

文國公沒料到言鶴會有此舉，驚訝極了，問道：「你這是何意？難不成你又要學你老子滾回山上去？」

這是文國公最擔心害怕的事情。

當年長子極富才學，名動京城，文國公府的名聲也隨之蒸蒸日上，然而，忽然有一日，兒子跪在他的面前說不想做官，只想做個教書先生。

自那以後，兒子便去了青龍山，再也沒管過國公府的事情。

這對他的打擊極大，以至於此刻看著長孫又想到了那件事，生怕長孫也如他父親一般離開國公府，拋棄國公府。

言鶴道：「不是，孫兒愛慕永昌侯府的二姑娘多年，想娶她為妻，還望祖父成全。」

一聽孫兒是想娶妻，文國公的臉色頓時緩和了不少。

「你嚇到祖父了，我還以為你要學你老子，不就是娶妻嗎？這是好事，何須這般，快起來快起來。」

言鶴沒動。

文國公道：「你父母不在京城，讓你祖母為你求親便是。對了，你剛剛說的是哪家姑娘來著？」

言鶴答道：「永昌侯府。」
文國公正端起酒杯準備喝口酒壓壓驚，酒杯剛剛放在唇邊，文國公怔住了。
「哪家的？」
言鶴看向文國公的眼睛，堅定地說道：「永昌侯府。」
文國公的臉色頓時沈了下來。
「你難道不知咱們府和永昌侯府的關係嗎？」
言鶴道：「孫兒知曉。」
文國公氣得重重喘息，又道：「既然知曉，為何還要求娶？你可是要繼承爵位的，將來是府中的一家之主，若你娶了永昌侯府的姑娘，將來如何服眾？」
言鶴認真道：「不管是文臣還是武將，皆是皇上的臣子，皆是百姓的父母官，大家都是在為朝廷效力，為百姓做事，派系之爭本就不應存在。若孫兒娶了永昌侯府的姑娘，正好可以將天下的文臣合為一體，結束多年紛爭。」
文國公聽著孫兒荒謬的言論，氣不打一處來，指著孫兒的鼻子說不出話。
「你……你……你……你氣死我算了。」
言鶴沈默不語。
文國公道：「你若是娶她，這國公府你……你……」
別想要了。後面這四個字，文國公即便是氣極了也說不出口。

他一生有多個兒子，然而出色的只有長子，孫輩有十幾個，爭氣的也只有眼前一個。兒子雖然幾十年前就揚言要放棄國公府的爵位，但他一直沒同意，仍舊保有他世子之位，究其原因，便是因為此。

若把爵位傳給別的兒孫，文國公府莫說文臣第一，第二都難以保住，過不了幾年就要沒落下去，但若是給了長子或者長孫，可保國公府數十年不衰。

言鶴替文國公說了出來。「祖父，孫兒是先想娶永昌侯府的姑娘，才決定繼承爵位的。」

為了永昌侯府的姑娘才決定繼承爵位？他們國公府的爵位就這麼沒有分量嗎？這話無異於火上澆油，文國公更氣了。

言鶴向來不是什麼好脾性的人，骨子裡遺傳了言山長的執拗，見文國公不同意，當下心頭便來了氣，說完這話，站起身來離開了。

文國公氣得快暈倒了，見孫兒的背影消失在眼前，他看向坐在一旁的夫人。「妳聽到他剛剛說要娶誰了嗎？他竟然要娶喬家的女兒。」

國公夫人神色極為平靜。「嗯，聽到了。」

聽到了還能這麼平靜？文國公正欲再說些什麼，忽然反應過來了。

「妳早就知道了？」

國公夫人道：「對，早就知道了。」

文國公感覺到來自妻子和孫子的雙重背叛，在他再次開口之前，國公夫人先開口了。

「你別忘了這些年你一個人是如何把國公府支撐下來的，而這一年的繁盛都是靠誰。鶴兒的性子和他父親一樣執拗，若是他負氣離開，學他父親回到山上去，你又能如何？」

文國公心中的氣已略減。

國公夫人續道：「他不就是想娶個姑娘嘛，娶誰不一樣？況且永昌侯府和咱們府也算是門當戶對。若他回到山上，將來娶個山野村夫家的女兒，看你又該如何。」

文國公的氣又消散了不少。

國公夫人該說的話已經說完了，她站起身來，最後說道：「國公爺好好想想吧。」說完，離開了。

出了門，國公夫人吩咐身邊的嬤嬤。「去跟鶴兒說，讓他出府去外面住幾日。」

嬤嬤應道：「是。」

吩咐完，國公夫人緩緩朝著內宅走去。

這一年來，鶴兒表現極好，文國公府的聲望也越發高，國公爺嘗到了甜頭，自然看不中他那些不成器的兒孫，等鶴兒離開了，她就看到時候著急的人究竟是誰！

言鶴離開不過三日，文國公就著急了。

文國公不想失去長孫這個繼承人，但也不想長孫娶了死對頭府上的姑娘，國公夫人一晚上就想通的事情，文國公想了十日才做出了決定，心不甘情不願地答應了婚事。

和孫兒娶了死對頭府上的姑娘相比，失去一個優秀的繼承者才是最可怕的。

國公夫人早已想通了，她此生最大的心願就是兒子能回來繼承國公府，如今心願也算達成，心態早就放平了，況且喬家的姑娘靈動可愛又懂事，和自家孫兒正好相配。

永昌侯早已從母親那裡知曉了喬婉琪和言鶴之間的事，待文國公府上門提親，自是提了不少有利於自己侯府的要求。

文國公氣得不輕，但只能捏著鼻子一一應下。

喬婉琪和言鶴的婚事很快就定下來了，不過文國公府這邊還是有不少人在文國公面前進獻讒言，說這門婚事的不好，說言鶴的不好，而永昌侯似乎也是一副高高在上的樣子，文國公心中越發不舒服，心中有些後悔為孫兒定下這門親事。

但是隨著皇上表明對諸位皇子的態度，以及延城戰事再起的消息傳回來後，文國公漸漸明白了一些道理，那天晚上，文國公在書房中坐了一夜，天色亮起時，他想通了很多事，明白了皇上的用意，也明白了永昌侯得意的原因，心情漸漸平靜了。

言二爺一大早匆匆來了書房，繼續在文國公面前說言鶴的不是。

「父親，您瞧瞧如今永昌侯府囂張的氣焰，那永昌侯分明不把您、不把咱們國公府放在眼裡，咱們兩府都要結姻親了，他竟還敢不尊敬您，我看這門親事也沒必要成了。」

文國公瞥了二兒子一眼。

言二爺又道：「父親若是不想做那背信棄義的人，讓鶴兒和永昌侯府的姑娘成親也沒什麼，只不過，要是這樣的話，鶴兒可就不適合再待在國公府了。」

文國公道：「把他攆回山上，讓你做他手頭的事情？」

言二爺心中一喜，以為自己這些日子的努力終於成功了，連忙道：「也不是不行，兒子定會認真做的，不會讓您失望，也不會丟了咱們國公府的臉。」

文國公冷哼一聲，嚴厲說道：「我告訴你，趁早給我收起那些想法！鶴兒和喬家姑娘的親事是板上釘釘的事情，我絕不允許任何人破壞，若是我再聽到你說永昌侯府一句不是，你就給我滾出國公府去。」說罷，轉身回了內宅中。

言二爺很是不解，父親為何突然改變了態度。

至於文國公為何改變主意，原因很簡單。因為他終於明白了，皇上一直都想要立定北侯為太子，這些年來也只想把皇位傳給定北侯。

聽聞定北侯一直鍾情於侯夫人，侯夫人還是小戶之女時就數次求娶，二人成親後更是寵上了天。若將來定北侯登基，永昌侯府就是皇后的岳家，依著皇上對皇后的寵愛，永昌侯府定然炙手可熱，是萬萬不可得罪的，不僅不能得罪，還得好好相處。

不管孫兒娶誰，永昌侯府壓住他們國公府是確定的事情了，若是娶了永昌侯府的姑娘，還可以拉近和新帝之間的距離。

文國公年紀大了，又一宿沒睡，當日上朝便請了病假。

第二日一早，早朝後，文國公叫住了永昌侯。

「國公爺。」

「侯爺。」

「再過幾個月鶴兒就要和貴府的姑娘成親了，如今延城正在打仗，皇上心煩不已，不如你我一同去把這個好消息告訴皇上？」

喬彥成心中有些奇怪，之前文國公還一副不滿的模樣，怎麼如今卻忽然想通了？但不管文國公如何想，兩府成親一事的確是皇上樂於看到的。「您說得對，我也正有此意。」

昭元帝聽後果然臉上露出笑容，甚至提筆寫了賜婚的旨意。

此事皆大歡喜。

很快，延城大捷，年底時，顧敬臣和喬意晚回到了京城，被皇上封為太子。

來年一月，言鶴和喬婉琪大婚，盛況空前。

番外二　熙然丫頭嫁人去

溫熙然出身於忠順伯爵府，父親是伯爵，母親是伯爵夫人，身為嫡長女，她從小就是錦衣玉食長大的。因生下來就和永昌侯世子定下親事，因此在府中甚是得寵。

然而，天有不測風雲，在她三歲那年，母親因病去世，父親很快便續娶了繼室，短短三年的時間，繼母生下了妹妹，隔了一年又生了弟弟。

繼母初時尚且能和氣待她，待她如自己的親生女兒一般，然而，等弟弟生下來，便不再把她放在眼裡。

繼母雖然在坐月子，但仍舊不忘吩咐下人們苛待她，還常常讓奴僕罰她，她去找祖母和父親告狀，二人沈浸在弟弟出生的喜悅中，沒人相信她。

弟弟滿月那日，恰好是母親的生辰，闔府上下張燈結彩，只記得為新生兒慶祝，全然忘了母親的存在。連日來被繼母的欺辱，以及眼前大紅的喜色、親友賓客的笑容，深深刺痛了溫熙然的心。

在眾人說著慶賀語時，溫熙然站了起來，用稚嫩的嗓音在眾人面前說道：「今日不光是弟弟的好日子，還是我母親的生辰。」

所有人都安靜下來，眼睛望向了溫熙然。

溫熙然怕極了，然而，她還是鼓足勇氣再次說道：「你們都忘了我母親嗎？」

話音剛落，「啪」一個清脆的巴掌聲響了起來。

忠順伯覺得女兒令他在眾人面前丟了臉面，冷臉道：「反了妳，妳也不瞧瞧這是什麼日子，有妳說話的分兒嗎？」

溫熙然捂著疼痛的臉頰，看向了面前的父親。

父親那一張充滿了慈愛的臉不知何時已經消失不見，只剩下了眼前的猙獰。母親走了，父親也不再是她一個人的父親了。

溫熙然的眼淚啪嗒啪嗒往下掉，哽咽道：「父親，您難道也忘了我母親嗎？」

今日是兒子的好日子，忠順伯強忍住才沒再給長女一巴掌，眼神冷冷地瞥向站在長女身後之人。「你們是怎麼服侍大姑娘的？大姑娘病了，還不趕緊把她送回房間去！」

「是，伯爺。」

沒等下人來碰，溫熙然轉身哭著離開了大堂，服侍的人在後面追著。

溫熙然走了不過數十步，大堂中再次響起了歡聲笑語，彷彿剛剛的一切都不曾發生。

這一刻，溫熙然傷心極了，彷彿被全世界拋棄了，此刻她誰也不想搭理，她跑了很遠，躲在假山的後面，坐在石頭上放聲大哭。

等哭了一會兒哭累了，便小聲抽噎，這時，她發現面前不知何時站了一個人。

她抬頭看向來人，原本已經停止的哭聲在見到來人時又開始了。

「西寧哥哥。」

說著，便抱住了面前的少年，哭得更大聲了。

哭了許久，終於停了下來，喬西寧遞過來一方帕子，見對方沒接，他猶豫了一下，拿起帕子親手給她擦了擦眼淚。

喬西寧今年九歲了，到了避嫌的年紀，莫說是外女，即便是自己的妹妹也該避一避。不過，面前這個小姑娘跟旁人不同，他們二人從小便訂了親，將來她是要嫁給自己的。

「哭不能解決任何問題，想要什麼就去爭取。」

溫熙然一聲一聲抽噎著。

喬西寧眉頭皺了起來，輕嘆一聲道：「我幫妳。」

溫熙然的哭聲終於小了。

喬西寧拿帕子給她擦了擦臉，牽著她的手去找忠順伯。

喬西寧雖然年紀小，但身分高，是永昌侯府的世子，即便是忠順伯也不敢怠慢。忠順伯說此事是自己母親決定的，同時也保證以後不會再出現這樣的情況。

喬西寧離開前對溫熙然說道：「我過些日子就要離開京城去外地讀書了，妳往後若是遇到困難了，不要哭，要記住，努力去爭取。」

溫熙然似懂非懂地點頭。

喬西寧往前走了幾步，又回頭道：「妳若是解決不了就寫信給我吧，我幫妳。」

溫熙然臉上立即露出了笑。「多謝西寧哥哥。」

喬西寧也笑了，抬手摸了摸溫熙然的頭。

因為忠順伯的態度，自那日以後，溫熙然在府中的待遇越來越差，飯菜的分量減少，送到她房間裡的布料也大不如從前。

溫熙然去正院鬧過，可每每她去鬧，都恰好被父親撞到，父女倆不歡而散，忠順伯看向女兒的眼神越發不善。

溫熙然雖然身為忠順伯的嫡長女，在伯爵府的地位越來越差，甚至不如二房的庶女，她終於忍不住給喬西寧寫了一封信，然而，石沈大海，沒有任何回音。

新生兒身體向來嬌弱，忠順伯新得的兒子更是如此，三天兩頭病著，宮裡的太醫來了數次也診不出任何問題。

這一日，忠順伯的繼室杜氏請了一位道士來府中，道士在府中走走停停，掐指算了許久，最終，他算出孩子之所以經常生病是因為府中有人與他犯沖，須得把此人遠遠送走，才能保孩子平安健康。

而與其犯沖之人不是旁人，正是溫熙然。

忠順伯雖越發不喜長女，但也從未想過要把她送走，故而當杜氏提起此事時，忠順伯當下便拒絕了。

「哪裡來的道士妖言惑眾，此事不可信，休要再提。」

沒能成功送走溫熙然，杜氏自然不甘心。這幾年溫熙然不僅不敬她，還處處給自己使絆子，更何況她還有一門絕佳的好親事，永昌侯府這樣的門第可不是一般人能攀上的。如此好的親事若是給了前頭生的這位，多可惜，她自己也有女兒，自然不想把這等好事拱手讓人。

等把溫熙然送走了，女兒留在京城慢慢和侯府世子培養感情，這親事不就是自己女兒的嗎？

杜氏轉頭把道士說的話告訴了老夫人，老夫人不似兒子那般直接回絕，她有些猶豫。孫子是自己的骨肉，孫女也是，雖然她更疼愛孫子一些，但手心手背都是肉，哪一個也不好割捨。

沒過兩日，孩子又病了，這一次病得還很嚴重，杜氏再次在老夫人面前提起送走溫熙然的事情。

這一次老夫人猶猶豫豫地同意了。

溫熙然得知自己要被送出府了，再次給喬西寧寫了一封信，等了幾日，依舊沒有回信。她哭得撕心裂肺，然而無論她怎樣掙扎，還是被送走了。

得知女兒被送走，忠順伯回府後大發雷霆，然而，第二日一早，兒子的病就出奇地好了，他本想把女兒接回來的，又難免有了幾分猶豫。

接下來一個月，兒子都沒再生病，忠順伯有些信了道士的話，也不再提接回女兒的事情。

溫熙然來到了山中的莊子裡，日日哭鬧，她提筆給父親寫信，求父親把她接回去，可她的眼淚都要流乾了，也不見人來接她。

等到三個月後，忠順伯見兒子不再生病，還是把女兒接了回來，結果沒過幾日，兒子又病了。

溫熙然再次被送走，這一次，忠順伯沒再提接回女兒的事。

溫熙然望著山莊裡廣闊的天空，這一刻她終於明白，這世上再沒有人會心疼她了。

她沒了母親，也沒了父親，就連西寧哥哥也不理她了。

她不再哭鬧，因為她明白哭鬧沒有用，沒有人會憐憫她。

一開始，溫熙然一直在山莊裡待著，半步也不曾踏出府去，後來，聽著牆外孩子們快樂的呼喊聲，她也有些意動了。

沒過多久，她走出了府門，和外面的孩子們玩在了一處。

上山摘野果、下河摸魚釣蝦、爬樹……這些她幾乎都學會了，漸漸地，她忘記了京城的不愉快，喜歡上了這裡的生活，性子也變得越發開朗。

若是能在這裡生活一輩子，倒也不失為一件好事。

轉眼間四年過去，溫熙然十歲了。

這日，溫熙然剛跟小夥伴們從山上下來，回到莊子裡時發現了幾輛熟悉而又陌生的馬車。

忠順伯爵府的嬤嬤一見溫熙然回來，立即笑著迎了過來。

「見過大姑娘。」

溫熙然臉上的笑落了下來，一言不發。

若她沒記錯，當年就是這位嬤嬤把她從馬車上扯了下來，並且咬牙說她別想再回京城了。

雖沒得到溫熙然的回應，王嬤嬤也沒有氣餒，臉上依舊帶著笑。

「大姑娘，老奴給您帶來了一個好消息，老爺和夫人擔心您在莊子上過得不好，要接您回府了。」

溫熙然臉上的神色依舊冷漠。「哦。」

王嬤嬤沒料到溫熙然會這般，她本以為大姑娘聽到這個消息定會非常歡喜。

「不如您收拾收拾，跟老奴回京吧？」

溫熙然把摘回來的果子交給下人，對王嬤嬤道：「昨兒個沒睡好，我先去睡一覺，別吵我。」

說罷，回了內宅之中。

回房之後，溫熙然身邊服侍的田嬤嬤低聲說道：「姑娘，老爺和夫人要接您回去，您怎麼不高興呢？」

溫熙然回道：「有何可高興的？」

若說是四年前，她還會因為此事而高興，如今四年過去了，伯爵府始終對自己不管不問，從未想起過她，如今又忽然讓人來接她，還不知是什麼緣故。

田嬤嬤沈默了。

姑娘雖小，但也明白了許多道理。的確，四年過去，伯爵府突然來人，有些不尋常。

「那咱們還回去嗎？」

溫熙然道：「自然是要回去的。」

她本就是伯爵府的嫡長女，不管是身在京城，還是在山中，都不能改變這個事實。

況且，她如今能自由自在、不愁吃喝也是因為伯爵府。

這幾年她對外面的世界了解得越發多了，也知民生疾苦。

田嬤嬤鬆了一口氣，她真怕姑娘一氣之下不回去。

「那咱們明日就回去？」

溫熙然搖頭道：「不，歇幾日，好好收拾收拾再回去。」

田嬤嬤不解道：「為何？」

溫熙然說：「瞧著王嬤嬤的態度，定是府中有求於我，既如此，我又為何要著急？」

田嬤嬤看著面前半大的姑娘，心中感慨，姑娘長大了。

過了三日，在王嬤嬤著急上火不知該如何勸說時，溫熙然終於準備動身回京。

回到京城後，看著幾年不見的伯爵府，溫熙然心頭沈甸甸的。

在看到父親那一張熟悉的臉時，她的眼睛有些乾澀，不管父親做了什麼事，他始終還是自己的父親，父女血緣割捨不斷。

「父親……」

溫熙然剛喊出口，就被忠順伯打斷了。

「妳還知道我是妳父親，還知道回來？」忠順伯冷著臉說道。

溫熙然心頭升起來的那一絲溫情立即消失不見，四年過去，父親依舊還是那個父親，從未變過。

忠順伯怒道：「讓妳回妳就回，磨磨蹭蹭做什麼？難不成在鄉下待野了，忘了自己的身分？」

杜氏在一旁勸道：「老爺，莫要生氣，咱們這幾年沒派人去接她回京，她這是心中有氣呢。她還小，有氣也正常。」

聞言，忠順伯更氣了，重重拍了一下桌子。「有氣？反了她了！」

或許是失望攢多了，看著父親暴跳如雷的樣子，溫熙然忽然發現自己在面對父親和杜氏時已然沒了當初的憤怒。

等這二人一唱一和地說完，溫熙然平靜地說道：「若我沒記錯的話，是你們把我送走的，並非我自願離開。」

空氣中有那麼一瞬間的安靜。

很快，忠順伯又道：「妳這是不滿我的決定？」

溫熙然垂眸道：「女兒不敢，女兒只是提醒父親。」

忠順伯道：「妳真是越大越不孝了！我看妳這次就別走了，留在京城好好學規矩。」

杜氏臉上的神色一滯。

溫熙然瞥了一眼杜氏，瞧著杜氏臉上的神情，道：「山裡生活貧苦，女兒自是不想離開京城，只是不知夫人是否同意父親的決定。」

忠順伯看向了自己夫人，杜氏瞧著丈夫臉上的神情，心中一緊，連忙斂了斂心頭的思緒，道：「妳這是說的什麼話？我怎會不同意呢？我開心還來不及呢。」

溫熙然淡淡道：「哦。」

忠順伯的目光瞥向了女兒，看著長女身上的衣裳以及儀態，再看一旁的次女，他皺了皺眉。

「瞧瞧妳穿的是什麼樣子？還不趕緊把身上的衣裳換下來！」

溫熙然道：「鄉下窮，沒有錢做衣裳，這已經是最好的了。」

忠順伯眉頭皺得更緊了，瞥了一眼杜氏。

杜氏立即道：「老爺，冤枉呀，我對大姑娘如何您是知道的，我幾乎每個月都會給大姑娘送些錢財和衣物，即便是府中短缺，也不敢少了大姑娘的分。」

溫熙然道：「妳這是說我撒謊不成？」

杜氏笑了笑，說道：「怎麼可能？大姑娘人品性子沒得說，自是不會做出這樣的事情，定是管事的昧下了，這也是我的過錯，我定要好好查問一番。」

忠順伯點了點頭，很滿意杜氏的安排，再看一旁的女兒，越發不順眼。「我瞧著妳這幾年也沒什麼長進，還是渾身帶刺，跟妳母親對著幹。妳母親待妳一向好，妳怎能冤枉她？」

溫熙然心中又冷了幾分。「女兒倒是想跟母親對著幹，可惜午夜夢迴，從未見過母親，老天爺不給這個機會。」

溫熙然說的是自己的親生母親，她從未把杜氏當做自己的母親。

忠順伯臉色立刻冷了下來，重重拍了一下桌子。「混帳東西！」

溫熙然靜靜看著忠順伯，一言不發。

許久過後，溫熙然先開口了。「不知父親喚女兒來京城有何貴幹？山裡的果子快要熟了，女兒還得回去摘果子。」

忠順伯道：「摘果子？妳是什麼身分？妳都多大年紀了，天天想著這些事，還有沒有一個姑娘該有的模樣。」

溫熙然倔強地不說話。

忠順伯又道：「這幾日妳哪裡也別去，好好在府中待著，等著永昌侯世子來見妳。」

永昌侯世子？西寧……哥哥？

這一刻，溫熙然的眼神變了。

忠順伯見女兒不說話，怒斥道：「我跟妳說話呢，妳聽見了沒？」

溫熙然一改剛剛的暴躁，平靜地說道：「聽見了。」

杜氏瞧準時機，在一旁說道：「大姑娘一路顛簸勞累，定是腦袋發昏了，不如先讓她回房休息休息。」

忠順伯沒說話，溫熙然轉身離開了。

等溫熙然走後，杜氏瞥了一眼丈夫的神色，試探道：「幾年過去了，沒想到大姑娘比從前有過之而無不及，可見這幾年規矩不僅沒好好學，還忘了不少。她這般模樣，如何能入得了永昌侯世子的眼？若是世子一怒之下退了親該當如何？」

這一次之所以把長女接回來，是因為永昌侯世子來了府中，非要見長女不可。

忠順伯眉頭死死地皺了起來，顯然，他也有此顧慮。

「應該不會吧？我記得之前他和熙然的關係極好，這一次也是他主動提起要見熙然，還拒絕了母親的提議。」

杜氏道：「之前母親說讓二弟妹所出的文然代替熙然嫁入永昌侯府，我知老爺不願意，但老爺不願違背母親的意願，所以任由母親去說，也幸好侯府那邊沒同意。可若他們瞧見了熙然的模樣，同意了此事該怎麼辦？倒不如……」倒不如換成自己的女兒。

杜氏故意頓了頓，目光看向了坐在一旁安靜吃東西的女兒。

只聽忠順伯說道：「安排一位教習嬤嬤，好好教教她規矩。」

丈夫沒按照自己的想法來，杜氏有些不悅。

忠順伯卻似已經做好了決定，再次說道：「這幾日別讓她出門了，讓嬤嬤好好教她規矩，教會了再讓她見世子。」

杜氏知曉丈夫還是想讓長女嫁入侯府，只好應下。

不過，一想到長女暴躁又乖張的性子，她猜不出一日就會鬧出么蛾子，屆時她再跟老爺提出讓女兒代替長姊出嫁，成功的機率應當會大一些。

杜氏的打算是好的，事情卻被她料錯了。

為了讓溫熙然出錯，杜氏故意選了一位從宮裡出來的性子比較嚴苛的嬤嬤，隨後便坐在屋裡等著長女那邊的好消息。

然而，一個時辰過去了，兩個時辰過去了……一上午過去，長女那邊安安靜靜的，什麼消息都沒傳出來。

晚上，忠順伯回來後問了長女的情況，杜氏想說一些長女的不是，卻無從說起。

忠順伯索性把教習嬤嬤叫過來問，教習嬤嬤道：「大姑娘雖然規矩學得不好，人還算勤奮，不出三個月，定能學好規矩。」

宮裡出來的嬤嬤向來孤傲，不會偏袒任何人，所以她說的話是可信的。忠順伯很是驚喜，連忙道：「煩勞嬤嬤好好教教她。」

教習嬤嬤道：「伯爺客氣了，這是老奴應該做的。」

杜氏的如意算盤落空，氣得牙癢癢，可惜她再想換教習嬤嬤也來不及了，只能眼睜睜看著溫熙然的規矩一日比一日好。

晚上，田嬤嬤為溫熙然揉著小腿。

「姑娘，規矩不是一日學成的，您不必這般著急。」

溫熙然抿了抿唇。

她討厭死這些規矩了，可一想到學這些規矩是為了他，又覺得沒那麼難以忍受了。

溫熙然道：「我不想讓西寧哥哥失望。」

縱然西寧哥哥沒有給她回信，她依舊想見一見他。

田嬤嬤手上的動作微微一頓，長長地嘆了一口氣。「哎，這幾年苦了姑娘了，要不是夫人早早離開，您也不必這般辛苦。」

溫熙然沈默不語。

田嬤嬤意識到自己說錯了話，連忙改口道：「幸好世子從外地求學歸來想見您，不然咱們還在山裡待著。」

溫熙然道：「嗯。」

田嬤嬤想到這幾日打聽到的事情，小聲道：「我聽說老夫人有意讓二姑娘代替您嫁給世子。」

溫熙然臉色微變。

田嬤嬤道：「不過世子拒絕了。」

溫熙然抿了抿唇，沒說話。

田嬤嬤又道：「我聽夫人身邊的人說，夫人也想讓三姑娘代替您嫁給世子，此事還沒跟老爺說。」

溫熙然有些無語。「三妹妹如今才六歲。」

田嬤嬤柔聲道：「這樣好的親事可難得，姑娘要好好把握住才是。」

溫熙然沒說話。

三日後，喬西寧再次上門拜訪，溫熙然在花廳裡見了他。

她過去時，他早已等在花廳裡。

一進門，溫熙然就看到了站在花廳裡的少年，少年一身華服，身形瘦弱，站得筆直，如松一般。

聽到身後的動靜，喬西寧轉過身來。

窗外有一束光打在了他的臉上，他的臉棱角分明。

「溫姑娘。」少年啞聲道。

他喚她溫姑娘……幾年不見，兩人生疏了不少。

溫熙然那一顆怦怦直跳的心頓時安靜了不少，她緊了緊手中的帕子，朝著喬西寧福了福身。「見過世子。」

喬西寧眉頭皺了皺。

二人落坐，有僕從上茶，隨後又默默退下。

喬西寧一直打量著坐在對面的小姑娘，幾年不見，小姑娘長開了不少，臉不似從前那般圓潤，身上少了靈動，多了幾分拘謹。

他清了清嗓，打破了二人之間的僵局。「妳給我寫的信，我前些日子才看到。」

溫熙然抬眸看向喬西寧。

喬西寧道：「信送到了侯府，我院子裡的嬤嬤不識字，並未把信件轉給管事的，所以我一直沒收到信。」

竟然是因為這個原因，她還以為他不管她了。溫熙然抿了抿唇，道：「哦。」

兩個人再次沈默下來。

按照喬西寧的性子，既然對方不再提，他定不會多管閒事，然而對面的人不是外人，而是他未來的妻子。

喬西寧又道：「這件事是我不對，今日看到妳出現在伯爵府，我安心了不少，伯爺是不是沒把妳送走？這件事妳是如何解決的？」

溫熙然靜靜地看著喬西寧。

若是四年前，她定會撲到他的懷中訴說自己的苦，如今看著這一張熟悉卻又陌生的臉，她卻沒了傾訴的慾望。

喬西寧會錯意了，道：「這是妳的家事，妳若不願說便不說了。」

溫熙然道：「嗯，也沒什麼好說的。」

事情已經過去，說與不說又有什麼意義？況且，她厭倦了京城的生活，反倒想回到山中去，那裡才是她的樂土。

兩人再次沈默下來。

喬西寧這幾年一直在外面讀書，都是跟男孩子一同相處，不知如何和姑娘家交流，此刻心中尷尬不已，端起茶水喝了一口。

該問的事情已經問完，該見的人也已經見了，喬西寧準備離開，離開前他說道：「我不會再離開京城了，若妳以後有了困難，可以隨時寫信給我。」

「好。」

喬西寧看出了溫熙然的疏離，但他不知該如何緩和二人之間的關係，他起身道：「今日我還有其他事，就先離開了，叨擾了。」

說著，他朝著門外走去，走到門口時，他突然停住了腳步。

跟在他身後的溫熙然一時不察，險些撞到他的背，幸好及時止住了腳步。

喬西寧轉身看著近在咫尺的小姑娘，低聲說道：「妳放心，我未來的妻子只會是妳，我不會娶其他人。」

二人離得極近，近到溫熙然能看清楚喬西寧眼中映著自己的身影。

她呆呆地應了一聲。「哦。」

忠順伯得知喬西寧對女兒很滿意，心情大好，晚飯時多喝了幾杯。

他跟杜氏說道：「永昌侯府這幾年對咱們府上甚是冷漠，我還以為永昌侯府不想要這門親事了，還好世子堅持要娶熙然。」

杜氏尷尬地笑了笑。「是啊，世子品性極好。」

忠順伯又喝了一口酒，說道：「嗯，這個女婿好啊！這幾年熙然沒怎麼學過規矩，妳跟教習嬤嬤說，務必得好好教教熙然。」

杜氏臉上的笑容一滯，問道：「伯爺的意思是要讓熙然留在府中嗎？」

忠順伯道：「她是我的長女，自然是要留在府中的，玉哥兒也四歲了，身子一直康健，妳不必為此煩憂。」

杜氏當年趕走溫熙然，一是因為不喜這個女兒，二是因為她的好親事，如今聽到丈夫這番話，她的如意算盤即將落空，自然不高興。

「嗯，熙然聽話懂事，我自然希望她能留在府中，要不是當年那個道士那樣說，我也不想她走，只希望玉哥兒別生病就好了。」

忠順伯沒把這個當回事，笑著說道：「放心就是。」

然而，第二日一早，忠順伯尚在夢中就被人吵醒了。

「出了什麼事？」

「少爺病了。」

忠順伯的眉頭死死皺了起來。

另一邊，溫熙然一早醒來，便看到田嬤嬤慌慌張張跑了過來。

「發生了何事？」她問。

田嬤嬤道：「大姑娘，不好了，三少爺又病了。」

溫熙然冷笑一聲。「病得還真是時候。」

她有時不得不佩服杜氏，心竟然那般狠，為了趕她走，每次都把兒子弄病了。

田嬤嬤問：「這可如何是好？」

溫熙然平靜地道：「收拾收拾東西吧。」

溫家雖是伯爵，但這個爵位在滿是權貴的京城中真的是不夠看，伯爵府的院子甚是狹小，住得人很壓抑。

田嬤嬤有些遲疑。「您昨日才剛剛見了世子，還沒能說上幾句話，這就又要走了嗎？」

溫熙然道：「走吧，這院子這樣小，住得也不舒服。」

田嬤嬤皺了皺眉，溫熙然又說道：「與其在這裡擔心被人害死，倒不如去莊子上待著，還能多活幾年。」

聞言，田嬤嬤眼神變了，長長地嘆了一口氣，轉身去收拾東西了。

接下來幾日，府中的消息一樁樁傳入了溫熙然的耳中。

杜氏希望送溫熙然離開，忠順伯沒同意，為兒子請了一位大夫。大夫來了，說玉哥兒吃壞了肚子，一副藥下去，玉哥兒好轉了，但第二日，玉哥兒又開始腹痛。

老夫人想要送走溫熙然，忠順伯猶豫了，又請了一位大夫來看，幾服藥下去，依舊沒好。

玉哥兒生病後的第五日，忠順伯來了溫熙然房中，通知她收拾東西，明日一早離開京城。

溫熙然站起身來，道：「父親，不用明日，女兒今日就走。」

忠順伯道：「用不著這麼著急，妳先好好收拾收拾東西。」

溫熙然說：「東西早已收拾好了，就等您的消息了。」

忠順伯神色微頓，看著房間裡的箱籠，眉頭皺了起來，再看女兒臉上了然的神色，心情頓時變得複雜，張了張口，卻不知該說什麼。

溫熙然道：「父親，您不必解釋，弟弟每次病了我都要離開，不是嗎？」
忠順伯不悅，斥道：「妳這是說的什麼話？」
溫熙然沈聲道：「女兒說的是實話。」
父女倆再次不歡而散，溫熙然終於離開了京城，回到了莊子上。
春去秋來，半年的時間過去了，溫熙然再次看到了伯爵府的嬤嬤，這一次倒是比從前來得勤了些。
溫熙然問：「這次又有何事？」
王嬤嬤道：「永昌侯世子要見妳。」
溫熙然淡淡道：「哦。」
過了幾日，溫熙然再次見到了喬西寧。
喬西寧問：「平日裡怎麼不見妳出門去參加宴席？」
溫熙然回道：「我不喜歡出門。」
喬西寧又道：「下個月是我祖母的壽辰，希望妳能來。」
祖母其實不喜熙然，只是礙於這門親事是祖父在世時定下來的，她不好取消。
溫熙然淡淡道：「嗯。」
見溫熙然依舊木訥拘謹，喬西寧道：「規矩是死的，人是活的，有些規矩學起來不必太過刻板。」

溫熙然應道：「知道了。」

喬西寧前腳離開伯爵府，溫熙然後腳也離開了。

她養的羊這幾日就要生了，她得親自去盯著，免得出了什麼岔子。

走到門口時，她恰好遇到了從外面回來的忠順伯。

忠順伯道：「妳這是去哪裡？」

溫熙然回道：「回莊子上去。」

忠順伯皺眉道：「剛回來就要走？」

溫熙然陰陽怪氣地說道：「我怕走晚了伯爵夫人要急死了，又得想方設法趕我走，弟弟也要被我剋死了。」

說完，上了馬車離開了。

忠順伯氣不打一處來。「逆女！」

不知是不是溫熙然在府中停留的時間短，這一次兒子並未生病，想到女兒走之前說的話，忠順伯心頭忽然有了懷疑。

兒子每次都病得奇怪，不會真的跟夫人有關吧？

只是一想到平日裡夫人溫順善良的模樣，又覺得是女兒想多了，轉頭便把此事擱置在一旁。

溫熙然回到山莊時，母羊正在生產，這回生了三隻小羊。
溫熙然看著這幾隻小羊，開心極了。
轉眼間一個月過去了，永昌侯老夫人的壽辰也到了，杜氏帶著女兒去參加了老太太的壽辰。
老太太雖然不喜歡溫熙然這個未來兒媳，但也想著她今日應該會來，瞧見她沒來，更是不悅。
杜氏解釋道：「熙然病了，她身子一向不好，常年病著，恐把病氣過給您，就沒帶她來。」
老太太雖仍是不悅，這次沒再說什麼。
杜氏乘機把自己七歲的女兒推了出去。「老夫人，這是我們府上的三姑娘，最是仰慕您的風采，想要跟著來見一見世面。」
老太太之所以正眼看忠順伯是因為老侯爺訂的這門親事，除了溫熙然，她誰都不放在眼裡，尤其杜氏只是個繼室，身分低賤，她看也未看杜氏和她的女兒，抬了抬手讓她們退下，臉上也是一副不耐煩的模樣。
喬西寧得知溫熙然沒來，心沉了沉。
他總感覺自從他回京之後，二人之間就不像小時候那般親近了，像是有了一層隔閡。
過年時，喬西寧特意去了一趟伯爵府，結果依舊沒能見到人，伯爵夫人說熙然病了，他委婉提出想要去探病的要求，被伯爵夫人以不方便為由拒絕了。

如今他已十四歲，溫熙然十一歲，二人之間確實不太方便相見，他略坐了片刻便離開了伯爵府。

溫熙然不知京城發生的事情，此刻她正和村子裡的小夥伴們坐在外面吃燒烤。烤羊肉、烤豬肉、烤雞翅、烤各種蔬菜……吃得開開心心的。

開春之後，喬西寧再次來到了伯爵府。

這幾個月他好好反思了一下，覺得二人之所以變得生疏，原因在他。當初是他承諾了有事會幫她，但後來錯過了她的求助信，她怨他也情有可原。

隔了兩日，溫熙然再次回到了伯爵府。

聽著喬西寧的道歉，她微微有些詫異，他一直都是高高在上的，尤其是這兩年回京之後，身上有著世家公子的倨傲和矜貴。

「我從未怨過你，你不必向我道歉。」

喬西寧道：「不怨我是妳的大度，但我應該為此事道歉。」

溫熙然垂眸道：「這本就是我自己的事情，旁人沒有任何義務來幫我，若是因旁人不肯伸出援手便要怪罪旁人，豈不是跟無賴沒什麼兩樣？」

喬西寧頓了頓。「我不是旁人，是妳的未婚夫。」

聞言，溫熙然心頭一跳，抬眸看向喬西寧。

喬西寧神色認真，眼裡有一絲苦惱，除此之外再無其他。

她對他而言，應該只是責任。他把侯府當做自己的責任，也把她當做了責任。

「你不用對我這樣好，你是你，我是我。」

喬西寧臉色不太好看，思及最近兩年發生的事情，問道：「妳想退親？」

溫熙然沈默了。

退親？她從未想過，她只是覺得自己從始至終都配不上他。

若他有一日想要退親，她也不會覺得意外，亦不會有一絲怨言，因為這一門親事是她高攀了。

喬西寧以為自己猜對了，眉頭皺得越發緊了。「恐怕此事——」

話未說完就被打斷了。

溫熙然道：「我從未想過退親。」

聞言，喬西寧鬆了一口氣。

二人的婚約畢竟是祖父定下的，如今永昌侯府發達，忠順伯爵府沒落，他不想做一個背信棄義之人。

剛鬆了一口氣，只聽溫熙然又說了一句。

「若你想退親，去找父親退便是，我不會有任何一句怨言，也不會指責你另娶高門貴女。」

喬西寧臉色沈了下來。「我亦從未想過退親。」

溫熙然道：「哦。」

當晚，全家人坐在一起吃飯。

飯桌上，三妹妹和三弟弟時不時在父親和杜氏面前撒嬌，一家人其樂融融，唯有她是一個局外人。

忠順伯察覺到女兒的沈默，道：「永昌侯世子對妳極為滿意，只是老夫人對妳有些不滿，妳這次就別走了，留在京城學學規矩吧，免得哪一日被侯府退了親。」

杜氏臉色頓時變得難看。如今世子已經滿十五歲，長女也十二歲了，再過幾年，二人就要成親，若是長女留在京城，定會跟世子多多相處，到時自己的女兒再想代替長女就難了。

這些年溫熙然心境早已變了，聽到父親的話，她看也未看杜氏，道：「不了，莊子上還有事，女兒三日後就離開。」

杜氏鬆了一口氣。

忠順伯不悅道：「不就是一個破莊子，自有管事的管著，妳回去有什麼用？」

杜氏道：「我聽說熙然把莊子打理得極好，管事的都誇她能幹。能打理好莊子也是本事，將來嫁入侯府也要管著的。」

忠順伯臉色這才好看了些，但嘴上還是說道：「規矩還沒學會，字也認不了幾個，光是學會管莊子有什麼用？」

溫熙然道：「勞父親掛心，女兒跟著村裡的教書先生識得了一些字。」

杜氏心思迅速轉動起來，在忠順伯開口之前說道：「這還不簡單？咱們讓嬤嬤和先生跟著熙然去莊子上不就行了。」

忠順伯顯然有些猶豫，杜氏進一步勸道：「那莊子咱們府上的大姑娘都住得，想必嬤嬤和先生也沒問題。」

忠順伯不是這個意思，但想了想，還是同意了。

三日後，溫熙然離開了伯爵府。

晚上，忠順伯考校兒子的功課。

瞧著兒子虎頭虎腦甚是可愛的模樣，忠順伯心情好極了，待兒子走後，忠順伯忽然想到了一事，問了問府中的管事。

「少爺這幾日可有生病？」

管事道：「沒聽說夫人請大夫。」

忠順伯皺眉。

管事又道：「可是少爺又不好了？要不要現在請大夫過來？」

忠順伯抬了抬手道：「不用了。」

上次女兒來時兒子就沒生病，這次又沒生病，會不會如今兒子大了，所以女兒的存在不會影響他了？

喬西寧自從回到京城就越來越忙了，他既要學習功課，又要跟著父親管理侯府，忙到沒有時間去伯爵府看溫熙然。不過，他每個月都會往伯爵府送些東西。

這些事情溫熙然自然不知，而那些東西都落入了她同父異母的妹妹手中。

轉眼間三年過去，永昌侯老夫人整壽到了，忠順伯覺得這種重要的日子女兒必須得回來，便讓府中的管事去山莊裡接女兒。

女兒回來那日，恰好杜氏回了娘家，她娘家的姪女過幾日成親，她回去幫忙送親了。

杜氏回來時，溫熙然已經回來五日了。

晚上吃飯時，杜氏說道：「大姑娘回來這麼重要的事情，老爺怎麼也沒讓人跟我說一聲？」

忠順伯道：「我不是瞧著妳娘家有事嗎？就沒跟夫人說。」

杜氏道：「就怕怠慢了大姑娘。」

忠順伯又道：「她就是府中的主子，回自己家，又不是客人，有什麼怠慢不怠慢的？」

杜氏拿著筷子的手一緊，問道：「大姑娘這一次要在京城待多久？明日就是老夫人的壽辰，不如後日再走吧。」

杜氏可真是不待見她啊！溫熙然微微一笑，什麼都沒說，看向了忠順伯。

忠順伯笑道：「熙然不走了，她已經十五歲了，世子也十八歲了，兩個人的親事也將要提上議程。」

杜氏臉色頓時一變。

溫熙然道：「夫人是想我趕緊離開嗎？」

她的確不想留在京城，可看到杜氏這一副急迫的模樣，心裡又很不舒服。她再不喜歡伯爵府，伯爵府也是她的家。

杜氏道：「妳這孩子，說的什麼話，我何曾是這個意思？」

對此，溫熙然不置可否。

她剛剛是故意問杜氏的話，這幾日，父親言語中透露出希望她往後都留在伯爵府，不回莊子上了。她其實一點都不想留在京城，想回到莊子上去，無奈父親不答應，父親為何不答應，父親心裡在想什麼，這些年也足夠她看清楚了。

父親想的是伯爵府的榮耀，想的是攀附永昌侯府這門親事。

她只能借杜氏的手來勸父親了，可她又不想杜氏太過舒心。

溫熙然看向父親，道：「父親，弟弟的病可是好了？這幾日都沒發作呢。」

杜氏心頭一緊。

忠順伯道：「嗯，應該是好了，上次妳回來他也沒生病。」

聽到父親的話，溫熙然微微挑眉。這可真是難得啊，這麼多年過去了，父親終於發現三弟弟病得蹊蹺。

杜氏心裡開始慌亂起來，這一頓飯大家心思各異，吃得五味雜陳。

第二日一早，溫熙然去了永昌侯府。

永昌侯府是高門大戶，永昌侯手握實權，今日是老夫人的壽辰，辦得極為盛大。

溫熙然已經很久沒參加過這種宴席了，看著女眷們的錦衣華服，她感覺不自在極了。好在她見到了兒時好友婉琪，有婉琪在，她還能舒服幾分。

仔細算起來，她已經近十年沒見過老夫人了，在她小時候，老夫人看她的眼神就很不和善，如今更不善了。

老夫人微抬下巴，說道：「妳這身子骨也太不好了，三天兩頭生病，如今可好了？」

溫熙然道：「回老夫人的話，已經好了。」

老夫人上上下下、仔仔細細打量著溫熙然，說了一句。「我瞧著妳也不像有病的樣子，沒病也別裝病，染了一身小家子氣的毛病，往後多出來走動走動。」

溫熙然應道：「是，老夫人。」

陳氏在一旁打圓場。「身子康健是好事，沒事多來侯府轉轉，讓婉瑩和婉琪帶著妳玩。」

溫熙然心中頗為感動，幼時她隨母親來侯府中做客時，侯夫人就待她極好。

「多謝夫人。」

陳氏眼底含笑。「嗯，外面準備了茶點，妳跟婉琪一同去嚐一嚐吧。」

溫熙然道：「是。」

溫熙然走後，老夫人長長嘆了一口氣。

婉瑩在一旁道：「祖母莫氣，可別因為這種不相干的人破壞了您的好心情。」

老夫人嘆氣道：「哎，她若是不相干的人就好了，偏偏還是妳祖父生前為妳兄長安排的親事，他若是地下有知，也不知道會不會後悔。」

陳氏微微皺眉，婉瑩眼珠子轉了轉，說道：「祖母若是不滿意，為大哥換一門親事便是。」

陳氏不悅地看向女兒，正欲訓斥，只聽老夫人開口了。

老夫人拍了拍孫女的手，道：「妳以為我不想換嗎？只是這門親事是妳祖父定下來的，換不得。」

聽到婆母這般說，陳氏放心了。人無信不立，既然祖輩們定下了親事，那麼不管對方變成什麼樣子，都不能悔婚。婉瑩功利心太重了，回頭要好好與她說一說。

另一邊，喬婉琪性子爽朗，又沒什麼心眼兒，溫熙然跟她相處在一起非常舒心。

「妹妹還跟從前一樣。」溫熙然道。

「姊姊倒是比從前多了幾分小心。」喬婉琪道。

溫熙然想到這些年的遭遇，抿了抿唇，沒說什麼。

喬婉琪以為她是為了剛剛在祖母那裡發生的事情不開心，勸道：「姊姊莫要把祖母的話放在心上，祖母就是那樣的人，她誰都看不上的，唯有大哥哥和大姊姊是她的心頭肉，最多再加上一個三哥哥，她每次見著我都要罵我兩句。」

溫熙然抬眸看向喬婉琪，喬婉琪朝著她眨了眨眼，小聲道：「悄悄跟姊姊說，今日還多虧了姊姊在呢，我沒挨罵，若是姊姊不在，挨罵的人就變成我了，我還得謝謝姊姊呢。」

聞言，溫熙然噗哧一聲笑了出來。

見她開心了，喬婉琪也放心了。

「姊姊這才被說了一次，我可是隔三差五都要被說的，我都習慣了。」

溫熙然握了握她的手，道：「謝謝妹妹。」

喬婉琪道：「謝我做甚？快吃快吃，這茶點可好吃了。」

溫熙然點頭。「嗯。」

喬西寧今日一直在前面招待客人，等客人來得差不多了，他來到內宅之中，拜見完祖母，他便詢問溫熙然的下落。

他走過來時，恰好看到溫熙然和喬婉琪在一處說說笑笑。

他遠遠地停下了腳步，並未上前。

也不知婉琪說了什麼，熙然竟然笑得那般開心，記憶中，自從她母親去世後，她就再也沒這般笑過了。尤其是他從京外回來後，她就再也沒對他笑過了，他原以為她變了性子，沒想到她只是不在自己面前笑了，對熟悉的朋友還是會開懷大笑。

在不遠處看了片刻，喬西寧轉身離開了。

溫熙然和喬婉琪在一起玩了一會兒，前面便要開席了，二人又回到了席上。

杜氏發現，自從長女回來，眾人落在他們府上的目光就多了起來，與她說話的人也客氣了幾分，尤其是陳氏親自過來關切地問了長女幾句後，眾人便對他們府上的人更加熱情了。

杜氏心想，若是這些風光都屬於自己的女兒該有多好？看著女兒依舊稚嫩的臉龐，杜氏覺得眼下最重要的事情是趕緊把長女趕出京城，只要把這樁親事拖上幾年，到了那時，自己生的女兒也長大了，到了適婚的年紀了。

宴席結束，送走賓客，喬婉琪跟著母親從祖母的院子裡出來，剛走了沒多遠，喬西寧迎面走了過來。

「見過二嬸。」

何氏笑著說道：「前院都忙完了？」

喬西寧回道：「剛剛忙完。」

何氏道：「今日你辛苦了。」

喬西寧客氣道：「二嬸謬讚，這些都是姪兒應該做的。」

何氏點頭道：「嗯，你好好歇著吧。」

話說到此處，雙方便應該告別了，孰料喬西寧忽然說道：「二嬸，我有幾句話想跟二妹妹說。」

何氏瞥了一眼女兒。「那你們兄妹倆說吧，我累了一日，受不住，先回去了。」

喬西寧道：「二嬸慢走。」

等母親走後，喬婉琪好奇地問道：「大堂哥找我有何事？」

喬西寧抿了抿唇，一副不知該如何開口的模樣。

喬婉琪突然想到了一個人，問道：「可是因為熙然姊姊？」

心事被戳中，喬西寧沒再扭捏，大方地承認了。「嗯。」

喬婉琪笑著說道：「大堂哥想知道什麼，儘管問我，我一定會幫大堂哥的。」

熙然是她的好友，若是熙然能早一些和大堂哥成親，她在府中就能多一個玩伴了。

喬西寧頓了頓，問道：「妳可知她最近想要什麼東西？」

竟然是想送禮？喬婉琪眼睛頓時一亮。沒想到高冷如大堂哥竟然也知道疼人了。

喬婉琪仔細想了想今日溫熙然說過的話，道：「她想要什麼我還真不知道，不過今日倒是聽她說在外面待久了，皮膚有些粗糙，還有些黑，這個冬日要好好捂一捂。」

喬西寧詫異。

在外面待久了？她不是常年病著，不愛出門嗎？他都已經好幾年沒見過她了，難道是在自己院子裡曬的？

「好，多謝二妹妹，二妹妹今日辛苦了，好好休息。」

晚上回到府中，杜氏本想要跟丈夫說一說長女的不是，結果丈夫今日在侯府喝多了，倒頭就睡下了。

第二日一早，忠順伯剛剛醒來就聽下人說兒子又病了。

兒子還小，又是他唯一的兒子，病了可是大事。忠順伯快步朝著外面走去，剛走了幾步，他的腳步又停了下來。

這種事發生不是一次兩次了，每次長女一回來，兒子就要病上一場，到底是怎麼回事？

心中雖如此疑惑，忠順伯還是朝著兒子的院子走去。

剛走到兒子院子門口，他就看到了站在院門口徘徊的長女。

「來看妳弟弟？怎麼不進去？」忠順伯問。

溫熙然一副可憐兮兮的模樣，瞥了一眼門口的婆子，一切盡在不言中。

忠順伯皺眉。

溫熙然身邊隨侍的田嬤嬤道：「回伯爺的話，這婆子說大姑娘是不祥之人，剋了三少爺，不想讓我們進去。」

忠順伯瞥了一眼婆子，溫熙然在一旁補了一句。「也不知弟弟的病怎麼來得突然，夫人沒回來時弟弟明明好好的，夫人一回來弟弟就病了，知道的人明白弟弟的病是被我剋的，不知道的人還以為是被夫人剋的。」

忠順伯神情微變。這兩年他本就對此事有所懷疑，如今女兒的話也點出他心頭的疑惑，不過，這些事情須得好好調查一番才可做出結論。

「妳先回去吧。」

溫熙然道：「是，父親。」

後半晌，田嬤嬤遞給溫熙然一件東西。

「姑娘，這是世子託人送來的。」

溫熙然有些詫異，接過了面前的盒子，打開一看，竟然是一盒面脂。

昨日喬婉琪剛剛提及這樣東西，說這是時下流行的面脂，美白用的，她正想著離京前買回來，沒想到今日喬西寧就給她送了過來。

他給她送美白的面脂，可是嫌棄她黑了？

「啪嗒」一聲，溫熙然合上了面前的盒子。

忠順伯坐在書房，靜靜思索著兒子的病情，不多時，為兒子看診的大夫過來了。

忠順伯連忙問道：「少爺的病是怎麼回事？」

大夫也不是生人，他給忠順伯府的人看病多年，彼此熟悉。

「回伯爺的話，小少爺只是腹痛，過幾日就會好。」

忠順伯接著問道：「為何會腹痛？」

大夫道：「小的也說不清公子的病是怎麼回事，公子病得著實蹊蹺。」
這話聽得甚是耳熟，幾乎每次長女回來，大夫都是這樣診斷兒子的病。
忠順伯不再像從前那般揭過去，而是接著問了一句。「當真？」
大夫心頭一緊，忙道：「真的。」
忠順伯也不說話，就這般靜靜地看著面前的大夫，大夫心頭的恐懼越來越大，險些站不穩。
忠順伯說道：「王大夫，你一直都是本伯信任的人，若是發現你騙本伯，你當知曉後果。」
大夫嚇得腿軟，真相到了嘴邊，他想了想，還是嚥了回去。他已經騙了伯爺多年，此刻若是說出實情，絕對沒有什麼好下場，總歸此事是夫人交代的，並非他自願。
大夫忙道：「我說的句句屬實，沒有半句虛言，小少爺的病應是和大小姐有關。」
忠順伯微微皺眉，抬了抬手道：「我知道了，你退下吧。」
過了片刻，忠順伯把管事叫了過來。
「出去悄悄再請一名大夫過來。」
管事回道：「是，老爺。」
隨後，忠順伯回了內宅之中，看著兒子懨懨的臉，他對杜氏道：「玉哥兒許是在這裡睡得不舒適，我抱著他去書房待一會兒。」

杜氏雖然有些詫異，但也沒阻止。

到了書房後，新來的大夫已經等在門外。

問診後，忠順伯哄睡了兒子，在偏廳見了大夫。

忠順伯問：「我兒的病是怎麼回事？」

大夫皺了皺眉，顯然很猶豫。

忠順伯頓時緊張起來。「可是很嚴重？」

大夫道：「伯爺放心，不是很嚴重，幾服藥下去，養半個月就能好。」

忠順伯皺眉，厲聲問道：「那你在猶豫什麼？」

大夫嚇得腿一軟跪在了地上。「小的是覺得少爺不像是吃壞了肚子，而是像吃了瀉藥。」

忠順伯臉色頓時一變。

「瀉藥？」

大夫知曉這種高門大戶常常有見不得光的事情，所以剛剛不敢多說，生怕自己捲進了這種紛爭之中，此刻見忠順伯發怒，也顧不得那麼多了，還是保命要緊。

「對，瀉藥。因為服用了瀉藥，所以小公子一直上吐下瀉。」

忠順伯不知想到了什麼，臉色青黑，沈聲道：「我知道了。」他看向了跪在地上的大夫，警告道：「出門莫要多說。」

府。

大夫早已嚇得不行，哪裡還敢多說，連忙保證自己一個字都不會說，跌跌撞撞出了伯爵府。

忠順伯瞥了一眼睡在榻上的兒子，來來回回在屋中走著，片刻後，他停了下來，吩咐管事。「去把大姑娘請過來。」

管事應道：「是，伯爺。」

第二日一早，飯桌上，杜氏眼中含淚，又在暗示。

「老爺，玉哥兒的病一直不好，這可如何是好？」

忠順伯道：「一會兒我讓人去請太醫過來。」

杜氏頓了頓，道：「小孩子的病，也不必勞動太醫。」

忠順伯疑惑。「那夫人覺得該怎麼辦？」

杜氏眼睛瞥向了溫熙然。「可能要委屈一下大姑娘了……」

溫熙然和忠順伯對視一眼，忠順伯沈思片刻，下了定論。「熙然，一會兒妳回房收拾東西就離開京城吧。」

溫熙然應道：「是，父親。」

吃過飯，溫熙然回去收拾東西了。

杜氏所出的三姑娘溫純然過來了，瞧見溫熙然馬上又要離開，嘲笑道：「真當自己是嫡長女了？還不是像一條喪家犬一樣被攆走了。」

溫熙然瞥了一眼溫純然，淡淡道：「三妹妹倒也不必如此嫉妒我，不管妳和妳母親怎樣做，也改變不了我是嫡長女的事實。」

溫純然道：「從來也沒見過哪家的嫡長女在莊子上長大的，妳別太把自己當回事了，等妳走了，西寧哥哥就是我一個人的了。」

溫熙然瞇了瞇眼，看向溫純然道：「希望妳過些日子還能笑得出來。」

溫純然不屑道：「我自然能笑得出來，反正被攆走的人又不是我。」

溫熙然道：「妳不會真以為把我趕走了，永昌侯世子就能看上妳吧？我可聽說世子從未正眼瞧過妳，妳未免太過於自信了。」

溫純然被懟，心裡有些不舒服，想到永昌侯世子對自己的態度，立即嘴硬道：「那是因為我從前年紀小，西寧哥哥沒把我當成大人看，如今我長了幾歲，西寧哥哥自不會再同從前一般。」

溫熙然輕笑一聲，對此不置可否。

溫純然瞧著她輕飄飄的態度，又不甘地道：「當年永昌侯府和咱們府上的嫡女定下親事，嫡女可不只妳一個，我也是，妳走了，這門親事自然就是我的。」

溫熙然瞥了溫純然一眼。

溫純然冷哼一聲道：「知道怕了吧？有我母親在，妳就別想再回京城了，更別想嫁給西寧哥哥。」

溫熙然看著溫純然跋扈又稚嫩的模樣，忽然沒了跟她爭吵的興致，隨口說了一句。「那就預祝三妹妹得償所願吧。」

說完，沒再搭理她，收拾好東西就離開了。

溫熙然離開的當天晚上，玉哥兒的病就好了。

晚上，伯爵府一家人聚在一起用飯，老夫人問了孫兒的病情。「玉哥兒可好了？」

杜氏笑著說道：「勞母親關心，病已經緩和了，大夫說再養上半個月就能全好了。」

老夫人也笑了。「那就好，那就好。」

一旁的二夫人道：「熙然那丫頭可真是個喪門星。」

老夫人道：「可不是嘛，她一來我這乖孫就生病，她一走就全都好了。」

以前老夫人對長孫女還是有些感情的，這十年間幾乎沒見過面，感情慢慢地就沒了。

杜氏拿帕子遮了遮唇，沒說話。

半個月後，玉哥兒的病全好了，一個月後，玉哥兒又恢復到從前的模樣了。

這天晚上是十五，二房的人出京探親不在府中，忠順伯在席間宣佈了一件事情。

「明日是張氏的忌日，我打算在府中祭奠一下。」

歡樂的氣氛頓時一滯。

沒等眾人開口，忠順伯又看向了杜氏。「妳好好準備準備，和玉哥兒還有純然一起祭拜她。」

杜氏臉色瞬間沈了下來。

老夫人初時有些不悅，她忍了忍，沈思片刻後道：「她去世多年，是也該祭拜了，不過把熙然叫回來便是，讓她一個人去祭拜亡母，不用他們母子三人祭拜了。」

忠順伯今日態度有些強硬。「她是繼室，理應祭拜原配，張氏是他們二人的嫡母，早該跪拜了，這麼多年是兒子忽略了，萬一將來被禮部的官員發現參上一本，那就麻煩了。」

老夫人琢磨了一下，同意了兒子的提議。「你說得對，禮不可廢。」

杜氏手中的帕子快要捏爛了。

「熙然恐怕趕不回來吧？姊姊是她的親生母親，她若是不回來，我們母子三人祭拜也不合適，怕是姊姊也不想見我們。」

忠順伯道：「此事不勞夫人費心，熙然年前回來後就沒有離開，一直在府中待著。」

眾人再次震驚。

老夫人問出大家的疑惑。「沒離開，這是怎麼回事？她不是早就走了嗎？」

忠順伯看向杜氏。「上次熙然回來了一日，玉哥兒並未生病，年前那次，在夫人回來之前，玉哥兒也沒有生病，但夫人一回來，玉哥兒立刻就病了……」

老夫人的目光猛然看向杜氏。她在後宅之中浸潤多年，後面的話兒子還沒說完，她就已經想明白了。

忠順伯繼續說道：「為了驗證熙然是否和玉哥兒的病有關係，這回我特意把她留在府中。」

杜氏臉色煞白，支支吾吾說道：「老爺，您這是……這是何意？」

忠順伯道：「上次玉哥兒病了，我另請大夫來府中為玉哥兒看過病，大夫說玉哥兒是吃了瀉藥，我讓管事去查過，那幾日夫人身邊的翠兒去買過瀉藥。」

杜氏手一抖，面前的湯碗落在了地上，發出清脆的響聲。

老夫人久居內宅，還有什麼不明白的，她看向杜氏，怒斥道：「妳這個毒婦！為了趕走熙然，竟然給親生兒子下藥！」

杜氏徹底慌了，連忙離席跪在地上。「不是，我沒有，母親，我真的沒有。」

老夫人道：「證據確鑿，我兒還能冤枉妳不成？妳究竟是安的什麼心！」

杜氏頓時失了言語。

忠順伯拿起帕子擦了擦唇，道：「妳若是不願祭拜張氏，那就別拜了，畢竟此事只有正室有資格，若僅是姨娘小妾，也沒資格辦。」

聽懂忠順伯話中暗示之意，杜氏心中大驚。「老爺，我願意，我願意為姊姊辦！」

忠順伯沈聲道：「看在妳多年伺候母親、管理府中事務的分上，這次我就先饒了妳，若再有下次，這伯爵夫人的位置就換個人坐。」

杜氏心中既害怕，同時又鬆了一口氣。

若此事發生在她離京的那一年，溫熙然定然非常開心，說不定還會對杜氏奚落一番，可如今多年過去了，看著杜氏的慘狀，她內心竟然毫無波瀾。

從這日起，溫熙然就在京城住了下來。

這麼多年沒有在京城生活，溫熙然很不習慣，她常跟著祖母和杜氏出入宴席，和京城的貴女們相交，但她始終感覺自己像是一個局外人，午夜夢迴，她常常想起在莊子上自由自在的生活。

不過，在京城千不好萬不好，但也有一樁好事，那便是可以常常見到他了。

永昌侯府和忠順伯府的婚事漸漸提上了議程，溫熙然再也不能像從前那樣肆意的活著，她開始跟著嬤嬤們學習禮儀規矩，學著嫁人後該做的事情。

幾年後，溫熙然嫁入了永昌侯府。

因為沒在京城待幾年，所以溫熙然即便這幾年跟著嬤嬤學了規矩，做起來也不像從小在京城長大的姑娘。

忠順伯府內宅的事由老夫人和杜氏作主，這二人都不喜歡她，故而，溫熙然於管家一事上也很生疏。

喬老夫人見長孫媳這般，很是不滿，沒少跟兒媳和孫兒說孫媳的不是，溫熙然在侯府因此更是小心謹慎，生怕行差踏錯半步。

這日，老夫人又指出她做得不對的地方，從瑞福堂出來後，溫熙然垂頭喪氣，整個人看起來心情很低落。
喬西寧瞥了一眼妻子，道：「妳覺得母親如何？」
溫熙然抬眸看向喬西寧。
婆母如何？婆母自然是天底下最好的婆母，小時候婆母就待她極好，如今她嫁入了侯府中，婆母更是對她照顧有加，她做錯了事從不會批評她，只會教她正確的做法。
不過，她作為兒媳不好評價婆母，她閉嘴不言。
喬西寧又道：「那我換一種問法，京城人是如何評價我母親的？」
見他問了兩次，溫熙然知曉這個問題躲不過，只好道：「外人都說母親是最公平公正、雍容華貴、知書達禮的夫人，是京城貴婦人的典範。」
喬西寧笑了，接著說道：「是啊，母親就是這樣的人，不過，她這般好的人祖母尚且對其不滿，更何況是旁人。」
溫熙然神色微怔，再次看向喬西寧。
他這是在……安慰她？
喬西寧見妻子明白了他話中之意，又道：「祖母便是這樣的性子，她的話妳不必放在心上。」
溫熙然抿了抿唇沒說話，不過心裡暖暖的。
喬西寧本還欲再說些什麼，見妻子反應淡淡的，便沒再提。

他道：「若妳覺得悶得慌，就去尋意晚和婉琪，她們二人很喜歡妳。」

溫熙然道：「好。」

二人走到分岔路口，一個去了前院書房，一個回了內宅之中。

日子就這樣慢慢過著，喬西寧成了親，後面的兩個弟弟也漸漸開始說親事了。

喬琰寧生性愛玩，被母親押著去見了幾位姑娘之後，以忙於府中之事為藉口，躲在外院，不回內宅。

喬西寧忍不住道：「二嬸今日尋了你兩次了，應是有事，你若無事便去內宅一趟。」

喬琰寧趴在一旁的桌子上，長嘆一口氣。「哎，大哥，我實在是不想成親。」

喬西寧道：「人到了年齡都要成親，躲不過的。」

喬琰寧再次嘆氣。他這些話就不該跟兄長說的，兄長從小就被立為世子，行事老成，嚴以律己，不管大伯父說什麼他都聽著，就連親事都是在娘胎裡就定下來的，他倒是從未聽過大哥抱怨此事。

喬琰寧忽然對此事來了興趣，他坐正身子，看向端坐在書桌前的人問道：「大哥，成親的感覺如何？」

喬西寧的目光從書上挪開，看向了三弟。

事實上，成親於他而言沒什麼太大的感覺，只不過是臥榻之上多了一個人，不似從前那般自在。

喬西寧淡淡道：「等你成了親就明白了。」
無趣。喬琰寧在心中評價，隨即想到大哥和大嫂從小就相識，成親前大哥更是讓人給大嫂送過不少東西，他又笑著問道：「那你覺得大嫂如何？」
喬西寧道：「端莊美麗，性子溫和，知書達禮。」
雖然祖母對妻子有些不滿，但他一直覺得妻子是自己從小看著長大的，他對她很滿意。
這算什麼答案？喬琰寧不滿，又問道：「你們認識這麼久還會有心動的感覺嗎？」
聞言，喬西寧神色微頓。
心動的感覺嗎？那是什麼感覺？
喬琰寧道：「若不喜歡對方，這樣的親事結了還有什麼意思？」
喬西寧皺眉道：「自古以來婚姻是父母之命、媒妁之言，結的是兩姓之好，是兩個府邸之間的事情，怎可因個人喜惡來判斷？」
又被訓了一通，喬琰寧很不高興，他今日就不該跟兄長討論這個問題。
「嗯嗯，兄長說得極是，我還有事，先走了。」
喬西寧囑咐道：「莫要忘了回內宅一趟。」
喬琰寧回道：「知道了知道了。」
喬琰寧走後，喬西寧又繼續看書了，不過，看了不到一刻鐘，思緒便飄遠了。
心動的感覺嗎？

他和溫熙然從小便相識，他一直知道對方會成為自己的妻子，也將她當做親人來看待，但要是說到心動以及喜歡，卻似乎又沒有。

他的妻子在他眼中是一個合格的妻子，懂得孝敬公婆、體恤丈夫，性子溫婉善良，但也有些無趣。

想到這裡，喬西寧連忙收回了思緒。他剛剛定是被三弟跳脫的性子影響了，所以才會想這些有的沒的。

他失笑搖頭，又繼續看書了。

等到太陽西沈，思及最近一直在忙，一直在前院用晚飯，他抬步朝著內宅走去。尚未走到院中，他便聽到院子裡熱熱鬧鬧的。

在這個府中，性子最活潑的人就是二妹妹了，難道二妹妹也在嗎？

抬步朝前走了幾步，喬西寧走進院子裡，順著眾人的目光，他看到了樹上的人。瞧著那個熟悉的身影，他險些以為自己眼花了。

那是……他的夫人？

這還是那個他印象中溫婉又略帶一些木訥的夫人嗎？

「世子夫人，您再往左邊去一些，在您的左手邊。」

聽到下面人的話，溫熙然的手往左邊挪了一下，剛好握住了紙鳶，她頓時鬆了一口氣。

這只紙鳶已經是第二次飛到樹上了，紙鳶還是太輕了，線也不夠結實，回頭她定要尋一根結實的線，把紙鳶牢牢固定住了。

想像中的歡呼聲沒有傳來，溫熙然也不在意，她手握著紙鳶，順著樹滑了下來。

這爬樹下樹的本領她可謂是大師等級的，順暢得很。

剛在地上站穩，溫熙然便拿著紙鳶準備炫耀自己剛剛的壯舉，結果一轉身，便看到了一張熟悉的俊臉，那張俊臉此刻沒了淡淡的笑容，也不似平日裡那般面無表情，此刻他臉色有些黑。

溫熙然臉上的笑頓時僵住了。

喬西寧是何時來的？他不會……想要罵她吧？

她的心一下子沈了下去，刺啦一聲，手中的紙鳶被她戳破了一個洞。

看著垂頭站在自己面前的人，喬西寧忍住心中的怒氣，沈聲道：「進來。」

溫熙然拿著紙鳶跟在他身後進了屋，剛一進屋，只聽前面的人又說道：「把門關上。」

溫熙然只好轉身把門關上了。

天色將黑，屋裡尚未點燈，房間裡只有他們二人。

喬西寧雙腿岔開坐在榻上，溫熙然站在他的面前，二人一坐一立，喬西寧沒有說話，端起桌上溫熱的茶水喝了起來，溫熙然不敢說話，氣氛一時變得極為沈默。

過了許久，溫熙然都沒有聽到喬西寧開口，她悄悄抬頭，看向了喬西寧的臉色。

屋內視線昏暗，喬西寧的臉隱藏在陰影裡，她有些看不清他的神情，不過，從他周身的氣場來看，他此刻定然非常憤怒。

他雖然一直沈默寡言，但整個人給人的感覺是高高在上卻又不失溫和，此時那一絲溫和似乎消失不見了，只剩下高傲和冷漠。

他不會是想休了她吧？溫熙然緊了緊手中的紙鳶，紙鳶發出聲音，打破了一室寂靜。

喬西寧用了一盞茶，心情終於平復了些許，他放下手中的茶杯，看向了站在面前的人。

她此刻像是一個犯了錯的孩子，垂頭看著地面，不敢看他，他在她的心中就這麼可怕嗎？

從前他們二人關係甚好，似乎是從他離京讀書時起，兩個人之間多了隔閡，她再也不會親切地喚他一聲西寧哥哥，總是喜歡躲著他。

「今日為何要爬樹？」喬西寧問。

聞言，溫熙然抬眸看向喬西寧。

「紙鳶飛到樹上去了。」

喬西寧眉頭微皺，他想知道的不是這個。

飛到樹上就要親自爬樹拿下來嗎？明明府中有那麼多僕人可以去做此事。

「妳是世子夫人……」

可以吩咐下人去做。他後面的話尚未說完，就被溫熙然打斷了。

他這是在說她不顧身分？溫熙然抿了抿唇，刺啦一聲，手中的舊風箏又被戳了一個洞，心中的那一道防線也像是被挖開了一個口子。

她忍不住小聲反駁了一句。「也沒人規定世子夫人就不能爬樹。」

喬西寧眉頭又皺緊了幾分，兩個人之間的氣氛更加尷尬了。

對於剛剛說出口的話，溫熙然此刻心中有幾分後悔，又有幾分解脫。

她本就不是在京城長大的貴女，是在山裡長大的野孩子，配不上他，偽裝了這麼久，她也累了，既然被發現了，索性就說開吧。

大不了就是被他休了，以後她就回山莊去，一輩子都不回京城了。

做了這麼久的世子夫人，也算是全了自己的夢了，只是，一想到再也見不到他了，她心中仍舊有些酸澀。

喬西寧看到了溫熙然的小動作，頭幾乎埋到了脖子裡，手指緊緊攥了起來，一副害怕又倔強的模樣。

他記得伯爵夫人剛剛去世時，她對杜氏不敬，被忠順伯知道了，忠順伯讓人把她抓了回去，想要懲罰她，她一句話也不辯解，就這樣站在那裡。

和此刻的情形一模一樣。

喬西寧重重嘆了幾次氣，本想揭過此事，可一想到剛剛的情形，怕她還會再行此事，終於還是忍不住斥道：「妳知不知道樹有多高，爬上去有多危險，萬一摔下來怎麼辦？」

他剛剛看清樹上的人，心嚇得都快跳出來了，連忙跑到樹下準備接住她，此刻仍舊有些驚魂未定。

聽到這句話，溫熙然愣了一下，隨即抬眸看向喬西寧。

他在……關心她？

而不是因為發現她並非真正的淑女，想要休了她？

溫熙然眼睛忽然有些酸澀，剛剛的情緒一湧而上，眼淚從眼眶裡落了下來。

看著她的眼淚，喬西寧心微微一緊，有些後悔剛剛說的話太重了，他連忙放緩了語氣。

「下次若是再想拿東西就讓府中的小廝去，他們從小就會爬樹，比較熟練，妳站在下面看著便是。」

溫熙然吸了吸鼻子，甕聲甕氣道：「我爬樹也很熟練。」

喬西寧詫異道：「妳何時學會爬樹的？」

溫熙然垂眸看著地面，沒說話。

就在喬西寧以為她不會回答時，她開口了。

「從小就會。」

喬西寧更為詫異，想到她熟練的動作，猜想定是練了多次，問道：「伯爵府會允許妳爬樹？」

溫熙然嘴角露出一絲嘲諷的笑意。「他們不知道。」

道。

喬西寧疑惑道：「不知道？」

怎會不知，爬樹這麼明顯的事情，即便府中的主子不知道，身邊的婢女、嬤嬤也會知

溫熙然沒答。

喬西寧察覺到溫熙然情緒不對，她似乎不想回答這個問題，便沒再多問。

此刻天色已暗，他幾乎看不清站在對面的人，也不知她是否還在哭。

「掌燈吧。」

燈很快亮了起來，見溫熙然仍舊垂眸站在自己對面，喬西寧道：「過來。」

溫熙然朝著他走了幾步，喬西寧問：「可有受傷？」

溫熙然搖頭道：「沒有。」

喬西寧道：「讓嬤嬤給妳檢查一下。」

溫熙然說：「不用。」

喬西寧又道：「把手攤開我看看。」

溫熙然一手握著紙鳶，另一隻手伸到了喬西寧面前，但喬西寧率先注意到的不是她的手，而是她手中的紙鳶。

他原以為值得她不顧危險親自爬樹去拿下來的紙鳶，應是一個做工精緻又價值連城的，沒想到竟是一個舊物，從紙張上看來應是用了多年，上面還有一些修過的痕跡。

她不僅親自去樹上拿下來，此刻還捨不得放在地上，難道這個紙鳶對她而言有特殊的意義？

他心中一動，會不會是伯爵夫人在世時為她做的？

他心中的氣忽然又消了幾分，只剩下對她的心疼。

「這紙鳶是岳母為妳做的嗎？」

溫熙然抿了抿唇道：「不是。」

竟然不是？喬西寧微感詫異。

在她心中岳母當是第一位的，除此之外他想不到其他人。

想到這些年二人之間的生疏，他猜想她或許結交了新的朋友，而那個朋友是他所不知的。

喬西寧目光放在了溫熙然的手上，將她的手拉過來檢查了一下，手除了有些紅，並沒有外傷。

他隨口問道：「是何人所贈？」

原來他早就忘了。溫熙然的手微微一動，想要收回。

這是在抗拒他的碰觸，還是在抗拒他剛剛的問題？

喬西寧又把她的手握緊了些，抬眸看向她。

溫熙然微微蹙眉，抿著唇看向他，只看了一眼，眼睛又很快挪開了。

喬西寧從小就跟在父親身邊，見識過太多人，察言觀色的本領極強，溫熙然又一直生活在山中，心思乾淨簡單，沒什麼城府，只一眼，他便明白了些什麼。

他低頭再次看向她手中的紙鳶，不確定地問了一句。「我送的？」

溫熙然垂眸不語。

這一次跟剛剛的倔強不同，似是有幾分委屈，她這種反應更加印證了喬西寧的猜測。

他鬆開溫熙然的手，拿起紙鳶看了看，看到上面的字，他似乎有些印象了，自己小時候好像的確做過紙鳶。

那時溫熙然羨慕旁人有紙鳶放，抱著他的胳膊撒嬌，讓他去為她買一個。為了哄她開心，他當下便做了一個。

「沒想到妳竟然還留著。」

見他想了起來，溫熙然的心情好了幾分，想到那些陳年舊事，她覺得二人之間的距離拉近了一些，忍不住說道：「因為是你送的，當然要留著。」

聞言，喬西寧的心微微一動，視線從紙鳶上挪到了她的臉上，溫熙然先是看了他一眼，很快便閃躲開了，喬西寧忽然笑了。

溫熙然臉微微紅了起來。「笑什麼？」

喬西寧道：「沒什麼，時辰不早了，用膳吧。」

溫熙然乖巧道：「嗯。」

因為飯前發生的事情，眾人都猜測世子和夫人鬧了矛盾，大氣都不敢喘一下，安安靜靜地上菜，又靜悄悄地離開。

晚上，二人沐浴後便去休息了。

溫熙然看著面前的喬西寧，見屋內還亮著，提醒道：「燈還未熄。」

喬西寧隨口道：「嗯。」

隨即便上了床。

溫熙然想，這個大少爺果然不愛做這種事，此刻她衣裳已經脫了，又不好跨過邊上的喬西寧下床，於是，她再次說道：「讓嬤嬤進來把燈熄了吧。」

喬西寧道：「一會兒再熄。」

溫熙然不解。「嗯？」

喬西寧伸手攬過她，道：「為夫檢查一下夫人有沒有受傷。」

許久過後，溫熙然看著仍舊亮著的燈，忍住羞意，提醒道：「世子，先把燈熄了吧。」

屋內太亮堂了，看著面前這一張俊臉，她很是緊張。

喬西寧挑眉道：「妳叫我什麼？」

溫熙然怯怯道：「世子。」

喬西寧就這麼盯著她不說話，溫熙然琢磨了一下道：「夫君？」

喬西寧沈聲問道：「妳幼時如何喚我？」

西寧……哥哥？溫熙然抿了抿唇，沒說話。

喬西寧道：「嗯？」

溫熙然看著他越來越近的臉，閉著眼，紅著臉，小聲喚了一句。「西寧哥哥。」

喬西寧悶笑出聲，抬手摸了摸她的頭。「乖。」

溫熙然忍住羞意，睜開眼看向了近在咫尺的人，在他的眼中，她似乎又看到了小時候的自己。

第二日，溫熙然睡到日上三竿方起。

陳氏看著兒媳臉上的歉意，笑著說道：「妳若無事，不必日日來請安。」

溫熙然道：「應該的。」

陳氏道：「我這裡也沒事，妳回去休息吧。」

溫熙然以為婆母知曉了自己來晚的原因，臉一下子紅了起來，不敢抬頭看人。

下午，喬西寧忙完正事，從外面回來了。

想到昨日的事，他吩咐小廝。「你去買些紙鳶。」

回到書房中，喬西寧仍舊在想昨日的事，尤其是溫熙然爬樹的事，他怎麼想都覺得此事有些蹊蹺，於是，他把管事喚了進來。

「去查一查夫人在伯爵府的情況。」

「是，世子。」

溫熙然被送去山莊的事情伯爵府刻意隱瞞了，所以府外的人並不知曉，不過若是有心去查，便能輕易查出來。

隔日，西寧聽著管事的話，臉色陰沈至極。

伯爵府的人欺人太甚！但很快地，他便開始怨自己。

當年溫熙然曾寫過求助信給他，告知他自己將要被送到莊子上去，幾年後他回京問起此事，當時溫熙然否定了，也是從那時起，二人之間似乎有了隔閡。

她當時被家人拋棄，能依靠的人只有他，可他卻一心忙於侯府的事，並未把她的事全然放在心上，怪不得她不再信任他，也漸漸跟他疏遠了，仔細想來，此事是他的錯。

喬西寧長嘆一聲。「去準備些做紙鳶用的東西。」

管事道：「是，世子。」

三日後，溫熙然收到了喬西寧送的紙鳶。

一旁的田嬤嬤笑著說道：「世子對您真好，您那日爬樹，世子不僅沒怪罪您，還給您買了新的紙鳶。」

溫熙然輕輕撫摸著手上的紙鳶，喃喃道：「不是買的，是他親手做的。」

這上面的字是他的筆跡。

田嬤嬤更是驚喜。「恭喜夫人，賀喜夫人。」

溫熙然抿唇笑著。

晚上，喬西寧回來看到了一旁桌子上放的紙鳶，那是他花了三日的時間做出的。

一晚上他瞥了好幾眼，終於，在快要休息時忍不住問了出來。「紙鳶可還喜歡？」

溫熙然故意說：「你在哪裡買的，瞧著做工不是特別好。」

喬西寧臉上的神色微微一滯。「不知道，下人買的。」

說完，喝了一口茶掩蓋內心的尷尬。

只聽溫熙然又說了一句。「雖然做工不好，可我很喜歡。」

喬西寧拿著杯子的手微微一頓，側頭看向溫熙然，瞧見她眼裡的狡黠，瞬間明白了什麼。

原來她看出來紙鳶是他做的了。

他瞥了一眼紙鳶，說道：「侯府在京郊有一處莊子，那裡風景不錯，明日恰好我休沐，一起去散散心吧。」

聽到莊子二字，溫熙然眼睛一亮，道：「好啊！」

見溫熙然開心，喬西寧也笑了。

原來，她不是木訥的性子，只是對自己太過失望，隱藏起真實的性子。

那些失去的信任，往後的日子裡一點一點尋回來吧。

「今日早些休息吧。」
「好！」

——全書完

百年修得同船渡，千年修得共枕眠／琉文心

2023年8月出版

翻牆覓良人

他帶她來到一棵百年大樹下，樹上掛滿寫著一對對情人名字的紅布條，
據說這是極為靈驗的姻緣樹，他問她願不願和他一起掛上紅布條？
看著布條上由他親筆寫下的兩人名字，她疑惑地問他，只一人筆跡可靈？
結果他一愣，連忙表示，要不她在布條上頭親上一口，表示她也認可，
這話說得好笑、離譜，可她卻也乖乖照做了，甚至還親上兩口……

文創風 1185 1

沈文戈乃鎮遠侯府的嫡女，在家中是被父母及六位兄姊疼寵的寶貝，
奈何情竇初開，只一眼就瘋了似地愛上那縱馬奔馳的尚家郎君，
她甚至赴戰場救他一命，雙腿因此落下寒症，令她生不如死，但她不後悔，
即便家人反對，她依舊毅然決然地嫁入尚家，可還沒洞房他就出征了，
因為愛他，她堂堂將門虎女在夫家被婆婆搓磨、苛待三年都受了，
好不容易盼到他返家，他卻帶回一楚楚可憐的嬌柔女子，要她接納，
於是，她只能獨守空閨，眼睜睜地看著他倆恩愛數年，直至死去，
幸好，上天給了她重生的機會，這回她絕不再活得這般卑屈了！

文創風 1186 2

雖然沒能重生回嫁人前，但在夫婿帶小嬌娘回來的前幾天也就先忍著，
靜候他帶人回來，然後毫不留情地帶上所有奴僕及嫁妝「走」回娘家，
沒錯，她就是要讓所有人知道，她要和離，不要這忘恩負義的夫婿了！
她沈七娘家大業大，憑啥夫家享盡沈家的好處，還要處處羞辱、折磨她？
前世嫁人後她沒回過一次娘家，連至親手足們的葬禮都未能出席，
如今為了和離，她開先例將夫家告上官府，一如當初非君不嫁的轟轟烈烈，
這般憋屈的小媳婦，誰愛當誰去當，她即便壞了名聲也不再受這委屈！
大不了她不再嫁人便是，她都死過一次了，還怕這種小事嗎？

文創風 1187 3

沈文戈養的小黑貓「雪團」不見了，婢女們滿院子都找不著！
結果，隱約聽見隔著一堵牆的鄰家傳來微弱貓叫聲，那可是宣王府啊！
傳聞中，宣王王玄瑰行事狠戾、手段毒辣，甚至還會烹人肉、飲人血，
可因他乃當今聖上的幼弟，兩人關係親如父子，沒人能奈他何，
偏巧母親不在家，無法上門拜訪尋貓，只能架上梯子親自爬牆偷瞧了，
畢竟奴婢們窺伺宣王府，若被抓到，都不知道要怎麼死了，
她好不容易爬上牆頭，眼前驟然出現一張妖魅俊美、盛氣凌人的臉，
這不是鄰居宣王本人，還能是誰？所以說，她是被逮個正著了？

文創風 1188 4 完

自從去過奢華的鄰居家後，她家雪團就攔不住，整日跑去蹭吃蹭喝，
害得沈文戈這個貓主人也不得不三天兩頭地架梯子爬牆找貓去，
結果爬著爬著，她甚至翻過牆去，和鄰居交起朋友來了，
時日一久，她才發現宣王這人身負罵名雖多，但人其實不壞，還老慣著她，
在他有意的疼寵之下，本已無意再嫁的她，一顆心漸漸落在他身上，
後來她才曉得，原來他竟是當年與她前夫一同在戰場上被她救下的小兵，
可他的嬤嬤說，他是個別人對他好一點，就恨不得把心都掏出去的人，
所以他對她好，全是為了報恩？還以為他是良人，原來是她自作多情了……

風 文創

1209

繡裡乾坤 5 完

國家圖書館出版品預行編目資料

繡裡乾坤 / 夏言著. --
初版. -- 臺北市 : 狗屋出版社有限公司, 2023.11
冊 ; 公分. --（文創風 ; 1205-1209）
ISBN 978-986-509-470-6（第5冊 : 平裝）. --

857.7　　　　112016683

著作者	夏言
編輯	黃淑珍　李佩倫
校對	吳帛奕
發行所	狗屋出版社有限公司
地址	台北市104中山區龍江路71巷15號1樓
電話	02-2776-5889～0
發行字號	局版台業字845號
法律顧問	蕭雄淋律師
總經銷	知遠文化事業有限公司
電話	02-2664-8800
初版	2023年11月
國際書碼	ISBN-13　978-986-509-470-6

本著作物由北京晉江原創網絡科技有限公司授權出版

定價280元

狗屋劃撥帳號：19001626

網址：love.doghouse.com.tw　E-mail：love@doghouse.com.tw